傳統小說的衰微與轉型

從《鏡花緣》到《老殘遊記》，從婉曲隱晦的暗諷到直言不諱的譴責

作者

石昌渝

目錄

目錄

第四章　譴責小說

第五章　小說其他流派及短篇小說新文體的出現

參考文獻

後記

目錄

自序

自魯迅《中國小說史略》問世以來，近百年間，這類作品可以說林林總總，其中小說斷代史、類型史居多，小說全史也有，然全史鮮有個人編撰者。集體編撰，集眾人之力，能在短時間裡成書，且能發揮撰稿者各自所長，其優勢是明顯的，但它也有一個與生俱來的弱點：脈絡難以貫通。即便有主編者訂定體例，確定框架，編次章節，各章撰稿人卻都是秉持著自己的觀點和書寫風格，各自立足本章而不大能夠照應前後，全書拼接痕跡在所難免。因此，多年以前我就萌發了一個心願：以一己之力撰寫一部小說全史。

古代小說研究，在古代文學研究領域中，比詩文研究要年輕得太多，作為一門學科，從「五四」新文學運動算起，也只有百年的歷史，學術在不斷開拓，未知的空間還很大。就小說文獻而言，今天發現和開發挖掘的就遠非魯迅那個時代可以相比的了。對於小說發展的許多問題和對於小說具體作品的思想藝術，一代人有一代人的看法。史貴實、貴盡，而史實正在不斷產生，每過一秒就多了一秒的歷史，「修史」的工作也會一代接續一代地繼續下去。

小說史重寫，並不意味著將舊的推翻重來，而應當是在舊的基礎上修訂、補充，在想法上能夠與時俱進。我認為小說史

自序

不應該是小說作家、作品論的編年，它當然應該論作家、論作品，但它更應該描敘小說歷史發展的進程，揭示小說演變的前因後果，呈現接近歷史真相的立體和動態的圖景。小說是文學的一部分，文學是文化的一部分，文化是社會生活的一部分，小說創作和小說形態的生存及演變，與政治、經濟、思想、宗教等有著千絲萬縷的關係，揭示這種複雜關係洵非易事，但它卻是小說史著作必須承擔的學術使命。小說史既為史，那它的描敘必須求實。經過時間過濾篩選，今天我們尊為經典的作品固然應該放在史敘的顯要地位，然而對那些在今天看來已經黯然失色，可是當年在民間盛傳一時，甚至傳至域外，對漢文化圈產生了較大影響的作品，也不能忽視。史著對歷史的描述大多不可能與當時發生的事實吻合，但我們卻應當努力使自己的描述接近歷史的真相。

以一己之力撰寫小說全史，也許有點自不量力，壓力之大自不必說。從動筆到今天完稿，經歷了二十多個年頭，撰寫工作時斷時續，但從不敢有絲毫懈怠。我堅信獨自撰述，雖然受到個人條件的諸多局限，但至少可以做到個人的小說觀念能夠貫通全書，各章節能夠前後照應，敘事風格能夠統一，全書也許會有疏漏和錯誤，但總歸是一部血脈貫通的作品。現在書稿已成，對此自己也不能完全滿意，但限於自己的學識，再加上年邁力衰，也就只能如此交卷了。

導論

一、小說界說

為小說撰史，首先要弄清楚「小說」指的是什麼。「小說」概念，歷來糾纏不清。糾纏不清的原因，是我們總在文字上打轉。「小」和「說」的連用，最早見於《莊子．外物》：「飾小說以干縣令，其於大達亦遠矣。」意思是說裝飾淺識小語以謀取高名，那與明達大智的距離就遙遠了。這裡「小說」還不是文體概念。首先指「小說」為一種文類的是東漢的桓譚和班固。桓譚說：「若其小說家，合叢殘小語，近取譬論，以作短書，治身理家，有可觀之辭。」[01]

班固說：「小說家者流，蓋出於稗官。街談巷語，道聽塗說者之所造也。孔子曰：『雖小道，必有可觀者焉，致遠恐泥。』是以君子弗為也，然亦弗滅也。閭里小知者之所及，亦使綴而不忘，如或一言可采，此亦芻蕘狂夫之議也。」[02]

兩人說法相近，皆指一種「叢殘小語」，記錄的是街談巷語，「芻蕘狂夫之議」，其中或者含有一些治身理家的小道理。班固說這些「叢殘小語」是由專門收集庶人之言的「稗官」所編撰，意在向天子反映民情。這種文類與後世文學類中散文敘

---

01 《昭明文選》卷三十一江淹雜體詩〈李都尉陵從軍〉注。

02 《漢書．藝文志》。

事的小說絕不是一回事，但「小說」作為一種文體概念卻成立了，而且影響深遠。後來歷代史傳典志著錄藝文類都有「小說家」，正如清代《四庫全書總目》所說，「其來已久」，並將「小說」分為三派，「敘述雜事」，「記錄異聞」，「綴輯瑣語」。如《西京雜記》、《世說新語》、《唐國史補》、《開元天寶遺事》、《癸辛雜識》、《輟耕錄》等歸在「雜事」類，《山海經》、《穆天子傳》、《漢武故事》、《搜神記》、《夷堅志》等歸在「異聞」類，《博物志》、《述異記》、《酉陽雜俎》等歸在「瑣語」類。《四庫全書總目》認為「小說」應承擔「寓勸戒、廣見聞、資考證」的功能，所謂「猥鄙荒誕，徒亂耳目者」，不合古制，有失雅馴，一概排斥。《四庫全書總目》的「小說」概念，代表了傳統目錄學的觀點，與文學類的「小說」含義相差甚遠。

按照《四庫全書總目》的小說概念，不但白話短篇小說如「三言二拍」之類算不上小說，就連文言的唐代傳奇、《聊齋志異》之類也算不上小說，於是有人認為今天稱之為文學敘事散文的「小說」概念來自於西方。這種看法是知其一，不知其二。殊不知古代，至遲在明代已存在文學敘事散文「小說」的概念，它與傳統目錄學的小說概念並存。明代產生了《三國志演義》、《水滸傳》、《西遊記》、《金瓶梅》四大奇書，產生了「三言」、「二拍」，這些作品，當時人已經稱它們為小說了。清康熙年間，劉廷璣[03]《在園雜誌》就說：

> 蓋小說之名雖同，而古今之別則相去天淵。自漢、魏、晉、唐、宋、元、明以來不下數百家，皆文辭典雅，有紀其各代之帝略官制，朝政宮幃，上而天文，下而輿土，人物歲時，禽魚花卉，邊塞外國，釋道神鬼，仙妖怪異，或合或分，或詳或略，或列傳，或行紀，或舉大綱，或陳瑣細，或短章數語，或連篇成帙，用佐正史之未備，統曰歷朝小說。讀之可以索幽隱，考正誤，助詞藻之麗華，資談鋒之銳利，更可以暢行文之奇正，而得敘事之法焉。降而至於「四大奇書」，則專事稗官，取一人一事為主宰，旁及支引，累百卷或數十卷者……近日之小說若《平山冷燕》、《情夢柝》、《風流配》、《春柳鶯》、《玉嬌梨》等類，佳人才子，慕色慕才，已出之非正，猶不至於大傷風俗。若《玉樓春》、《宮花報》，稍近淫佚，與《平妖傳》之野、《封神傳》之幻、《破夢史》之僻，皆堪捧腹，至《燈月圓》、《肉蒲團》、《野史》、《浪史》、《快史》、《媚史》、《河間傳》、《癡婆子傳》，則流毒無盡。更甚而下者，《宜春香質》、《弁而釵》、《龍陽逸史》，悉當斧碎棗梨，遍取已印行世者，盡付祖龍一炬，庶快人心。

文中所說「歷朝小說」就是傳統目錄學的「小說」，它與文學範疇的小說「相去天淵」，足證今天我們要為之撰史的「小說」的概念，是與「四大奇書」等作品伴生的，絕非舶自西洋。

理論源於實踐，有了「四大奇書」宏偉絢麗的巨著，自然

03　「劉廷璣：《在園雜誌》卷二，中華書局 2005 年版，第 82—85 頁。

就會有相應的小說理論。在明清兩代有關小說的理論文字中，我們大致可歸納出明清時代對於小說的概念大致有三個要點：

第一，小說以愉悅為第一訴求。明代綠天館主人《古今小說敘》云：「按，按南宋供奉局，有說話人，如今說書之流，其文必通俗，其作者莫可考。泥馬倦勤，以太上享天下之養，仁壽清暇，喜閱話本，命內璫日進一帙，當意，則以金錢厚酬。於是內璫輩廣求先代奇蹟及閭里新聞，倩人敷演進御，以怡天顏。」且不論太監進御話本一事之有無，重點是在話本供人消遣這個事實上。凌濛初說他創作《拍案驚奇》是「取古今來雜碎事可新聽睹、佐談諧者」[04]，後來又作《二刻拍案驚奇》同樣是「偶戲取古今所聞一二奇局可紀者，演而成說，聊舒胸中磊塊。非曰行之可遠，姑以遊戲為快意耳。」[05]。所謂「新聽睹、佐談諧」、「以遊戲為快意」，都是強調小說是以娛心為第一要義。明代戲劇家湯顯祖談到文言的傳奇小說也持同樣觀點，他為傳奇小說選集《虞初志》作序時說，該書所收作品「以奇僻荒誕，若滅若沒，可喜可愕之事，讀之使人心開神釋，骨飛眉舞。雖雄高不如《史》、《漢》，簡澹不如《世說》，而婉縟流麗，洵小說家之珍珠船也」。[06]

04　即空觀主人（凌濛初）：《拍案驚奇．自序》。

05　即空觀主人：《二刻拍案驚奇．小引》。

06　湯顯祖：《點校虞初志序》，《湯顯祖詩文集》卷五十，上海古籍出版社 1982 年版， 第 1482 頁。

第二，出於愉悅的訴求，為滿足讀者的好奇和快心，小說不能不虛構。明代「無礙居士」《警世通言敘》稱，小說「人不必有其事，事不必麗其人」；明代謝肇淛[07]說：「凡為小說及雜劇戲文，須是虛實相半，方為遊戲三昧之筆。亦要情景造極而止，不必問其有無也……近來作小說，稍涉怪誕，人便笑其不經，而新出雜劇，若《浣紗》、《青衫》、《義乳》、《孤兒》等作，必事事考之正史，年月不合，姓字不同，不敢作也，如此則看史傳足矣，何名為戲？」

清代乾隆年間陶家鶴《綠野仙蹤序》則說得更徹底：「世之讀說部者，動曰『謊耳謊耳』。彼所謂謊者，固謊矣；彼所謂真者，果能盡書而讀之否？……夫文至於謊到家，雖謊亦不可不讀矣。願善讀說部者，宜急取《水滸》、《金瓶梅》、《綠野仙蹤》三書讀之。彼皆謊到家之文字也。」[08]

小說雖為杜撰，但並非沒有真實性，它的真實性不表現為所寫人和事為生活中實有，而是表現為所虛構的人和事反映著生活邏輯的真實。

第三，既然小說為娛心而虛構，就必須如謝肇淛所說，「亦要情景造極而止」，也就是說，要把假的寫成像是真的，把虛擬的世界描繪得像生活中真實發生的那樣，使人相信，令人感

07　謝肇淛：《五雜組》卷十五「事部三」，上海書店出版社 2001 年版，第 313 頁。

08　陶家鶴：《綠野仙蹤序》，《綠野仙蹤》，人民文學出版社 1987 年排印本「附錄」，第 815 頁。

動。這樣，就必須調動筆墨，該渲染處要渲染，該描摹處要描摹，總之要達到繪聲繪色、惟妙惟肖的境界。如此，一般來說「尺寸短書」便容納不了，且不說長篇章回小說，就是話本小說和文言的傳奇小說，也都不是《搜神記》、《世說新語》式篇幅所能容納得了的。

如果上述概念基本符合歷史事實的話，那麼可以說古代小說的誕生在唐代，以傳奇文為主體的文言敘事作品是小說的最初形態。宋元俗文學興起，由說唱技藝的「說話」書面化而形成的話本和平話，漸漸成長為長篇的章回小說和短篇的話本小說，以「四大奇書」和「三言」為代表，構成小說的主體，並登上文壇與傳統詩文並肩而立。唐前的志怪、志人以及雜史雜傳雖然與小說有歷史淵源，但它們只是小說的孕育形態，還不具有小說文體的內涵。不能依據歷代史志的「小說」概念，把「小說家類」所著錄的作品都視為文學範疇的小說，從而把小說文體的誕生上溯到漢魏甚至先秦。

二、娛樂與教化

小說的產生，遠在詩歌和散文之後。如果說因情感抒發的需要而創造了詩，因資政宣教的需要而創造了文，那麼因娛樂消遣的需要則創造了小說。魯迅說詩歌起源於勞動，小說起源於休息，「人在勞動時，既用歌吟以自娛，借它忘卻勞苦了，則到休息時，亦必要尋一種事情以消遣閒暇。這種事情，就是彼此談論故事，而這談論故事，正就是小說的起源」[09]。這推測大概距事實不遠。但說故事是口頭的文學，不是書面文學的小說，從口頭到書面的轉化，究竟是怎樣實現的？講故事的傳統可以追溯到上古時代，像清初小說《豆棚閒話》所描寫的鄉村豆棚下講說故事的情形，大概沿演了數千年。口頭故事和書面故事儘管只有一紙之隔，可是從口頭到書面的轉化卻經歷了漫長的歷史歲月。轉化必須條件具備。物質的條件是造紙和印刷，早期的甲骨、絹帛、竹簡不可能去承載供消遣的故事；精神的條件是人們在觀念上接受書面故事也是文的一個部分，傳統觀念認為文章是經國之大業，《文心雕龍》第一篇即為〈原道〉，「聖因文以明道」，「文之為德也大矣」[10]，用文字記錄娛樂性故事，豈不是對經國大業的褻瀆？民間下士或許可以這樣做，但一般看重聲譽的文人卻不屑或者不敢這樣做。而故事要提升到情節的藝術層面，必須要有具備文化修養和文學功底的文人參與。

誠然，唐代以前也有一些文字記錄了口傳故事，但它們絕不是為娛樂而記錄。先秦諸子散文如《莊子》、《孟子》、《荀子》、《韓非子》等都或多或少採擷了口傳故事，這些故事只是被先秦思想家們用來闡明某些哲理。魏晉南北朝有志怪的《搜

09　魯迅：《中國小說的歷史的變遷》。

10　劉勰：《文心雕龍．原道》。引自周振甫《文心雕龍注釋》，人民文學出版社 1981 年版，第 1 頁。

神記》之類的許多作品，這些作品的宗旨主要在宣揚神道，多為佛教、道教的輔教之書[11]；志人的《世說新語》之類的許多作品是當時為舉薦需要創作的作品，是人倫鑒識的產物，它們所記錄超邁常人的異操獨行，是供士人學習和仿效的，《世說新語》也就成為士人的枕邊書；雜史雜傳中有許多故事，但它們是史傳的支脈，是為補正史之不足而存在的，絕非供人娛樂消遣。

不可否認，唐前的志怪、志人和雜史雜傳都程度不同地含有文學的因素，從敘事傳統來說，它們孕育了小說，或者可以說是「古小說」、「前小說」。從唐前的「古小說」轉化為唐傳奇這個小說的最初形態，其驅動力量就是娛樂。文人遊戲筆墨，拿文字作為遊戲消遣工具，並且成為一種潮流，始於唐代。這並非偶然，唐代是一個開放的、思想多元的時代，儒家的文道觀不再是文壇的主宰力量。詩言志，文以載道，已不是不可違背的金科玉律。白居易的〈江南喜逢蕭九徹，因話長安舊遊，戲贈五十韻〉、白行簡的《天地陰陽交歡大樂賦》等，描寫豔情，其筆墨之放肆，並不下於張鷟的傳奇小說〈遊仙窟〉。就是以重振儒家道統文統為己任的韓愈，受世風薰染，也免不了涉足小說的撰作，因而遭到張籍的批評，引發了一場關於小說是否為「駁雜之說」的爭論。唐代文人用文學消遣已無甚顧忌，是小說誕生的精神條件。

11　詳見湯用彤《漢魏兩晉南北朝佛教史》第十五章，中華書局 1983 年版。

事實上，唐傳奇大多就是士大夫貴族閒談的產物。韋絢說他的《嘉話錄敘》是劉禹錫客廳上閒聊的記錄，「卿相新語，異常夢話，若諧謔、卜祝、童謠、佳句，即席聽之，退而默記，或染翰竹簡，或簪筆書紳」，記錄之目的，「傳之好事以為談柄也」[12]。陳鴻談到他的〈長恨歌傳〉的寫作緣起時說：「元和元年冬十二月，太原白樂天自校書郎尉於盩厔，鴻與琅琊王質夫家於是邑。暇日相攜游仙遊寺，話及此事（指唐玄宗與楊貴妃事），相與感嘆。質夫舉酒於樂天前曰：『夫希代之事，非遇出世之才潤色之，則與時消沒，不聞於世。樂天深於詩，多於情者也，試為歌之，如何？』樂天因為〈長恨歌〉。意者不但感其事，亦欲懲尤物，窒亂階，垂於將來者也。歌既成，使鴻傳焉。」[13]〈長恨歌傳〉得之於遊宴，而〈任氏傳〉則聞之於旅途，「建中二年，既濟自左拾遺於金吳。將軍裴冀，京兆少尹孫成，戶部郎中崔需，右拾遺陸淳皆適居東南，自秦徂吳，水陸同道。時前拾遺朱放因旅遊而隨焉。浮潁涉淮，方舟沿流，晝宴夜話，各征其異說。眾君子聞任氏之事，共深嘆駭，因請既濟傳之，以志異云」[14]。李公佐的〈古岳瀆經〉也聞之於旅

---

12 韋絢：《嘉話錄敘》。轉引自侯忠義編《中國文言小說參考資料》，北京大學出版社 1985 年版，第 254 頁。

13 陳鴻：〈長恨歌傳〉。引自汪辟疆校錄《唐人小說》，上海古籍出版社 1978 年版，第 141 頁。

14 沈既濟：〈任氏傳〉。引自汪辟疆校錄《唐人小說》，上海古籍出版社 1978 年版，第 58 頁。

途，「貞元丁丑歲，隴西李公佐泛瀟湘、蒼梧。偶遇征南從事弘農楊衡，泊舟古岸，淹留佛寺，江空月浮，征異話奇」，楊衡講述無支祁的故事，幾年以後，李公佐訪太湖包山，於石穴間得古《岳瀆經》殘卷，所記無支祁事蹟與楊衡所述相符，由此寫成〈古岳瀆經〉。[15] 李公佐煞有介事，似乎確有水神無支祁，其實學者一看即知其為虛誇以娛目而已，明代宋濂指它是「造以玩世」[16]，胡應麟也稱之為「唐文士滑稽玩世之文」[17]。唐傳奇得之於閒談，這樣的例子不勝枚舉。

曾有一說認為唐傳奇可作行卷，有博取功名之用，傳奇小說由是而興，系根據宋代趙彥衛《雲麓漫鈔》卷八的一段話：「唐之舉人，先藉當世顯人以姓名達之主司，然後以所業投獻。逾數日又投，謂之溫卷。如《幽怪錄》、《傳奇》等皆是也。蓋此等文備眾體，可以見史才、詩筆、議論。」今人程千帆指出趙彥衛的話與現存的關於唐代納卷、行卷制度的文獻所提供的事實不合[18]，不足為據。倒是有證據證明，傳奇小說因其內容虛妄，作為納卷呈獻禮部後反倒壞了科舉的前程。錢易《南部新書》甲卷：「李景讓典貢年，有李復言者，納省卷，有《纂異》一部

---

15 李公佐：〈古岳瀆經〉。引自張友鶴選注《唐宋傳奇選》，人民文學出版社 1964 年版，第 55 頁。

16 宋濂：《宋學士全集》卷三十八〈刪〈古岳瀆經〉〉。

17 胡應麟：《少室山房筆叢》卷三十二〈四部正訛下〉，上海書店出版社 2001 年版，第 316 頁。

18 程千帆：《唐代進士行卷與文學》，上海古籍出版社 1980 年版。

十卷。榜出曰：『事非經濟，動涉虛妄，其所納仰貢院驅使官卻還。』復言因此罷舉。」《纂異》即今傳《續玄怪錄》，李景讓知貢舉為唐文宗開成五年（西元八四〇年）。可見，納卷、行卷的內容應當有關「經濟」（經時濟世），是明道的文字，絕非遊戲筆墨如傳奇小說之類[19]。白話小說晚於文言小說，它是由口頭技藝「說話」轉變而成。「說話」是宋元勾欄瓦肆供娛樂的技藝，從口頭技藝轉變為書面文學的話本和平話，娛樂的宗旨一以貫之。

但是，單純娛樂的文字是行之不遠的，現存的早期話本如〈柳耆卿詩酒玩江樓記〉、〈西湖三塔記〉、〈洛陽三怪記〉、〈西山一窟鬼〉、〈孔淑芳雙魚扇墜傳〉等，故事之離奇，足以聳人聽聞，然而僅止於感官而已。馮夢龍就曾批評〈玩江樓〉、〈雙魚墜記〉之類為「鄙俚淺薄，齒牙弗馨焉」[20]。娛樂是小說的原生性功能，娛樂的動力如果失去審美和教化的導向，就會陷於低級惡謔的泥淖。唐傳奇雖然產生於徵奇話異的閒聊之中，但畢竟是在文人圈子裡講傳，灌注著文人的情志，多少蘊含有審美、道德、政治、哲理、宗教等意蘊。唐前志怪寫狐精的很多，唐傳奇〈任氏傳〉也寫狐精，但它卻能化腐朽為神奇，在狐精任氏身上賦予了美好的人情。作者寫任氏對愛情的執著，

19 詳見傅璿琮《唐代科舉與文學》第十章「進士行卷與納卷」，陝西人民出版社 1986 年版。

20 綠天館主人（馮夢龍）：〈古今小說敘〉。

為愛而甘冒生命的風險，是寄託著對現實庸俗習氣的批判的。李公佐寫〈謝小娥傳〉是要傳揚謝小娥這樣一位弱女子身上秉承的貞節俠義的美德，「君子曰：『誓志不舍，復父夫之仇，節也；傭保雜處，不知女人，貞也。女子之行，唯貞與節，能終始全之而已，如小娥，足以儆天下逆道亂常之心，足以觀天下貞夫孝婦之節。』餘備詳前事，發明隱文，暗與冥會，符於人心。知善不錄，非《春秋》之義也，故作傳以旌美之」。

白話小說植根於市井娛樂市場，初期的作品大多是「說話」節目的文字化故事而已。從一些僥倖留存下來的作品看，如《紅白蜘蛛》[21]（後被改寫為〈鄭節使立功神臂弓〉，收在《醒世恒言》)、〈攔路虎〉（收在《清平山堂話本》，改作〈楊溫攔路虎傳〉）等，都還是沒有情節的故事。關於故事與情節的區別，英國小說家兼理論家 E．M．福斯特 (Edward Morgan Forster) 說：「故事是敘述按時間順序安排的事情。情節也是敘述事情，不過重點是放在因果關係上。『國王死了，後來王后死了』，這是一個故事。『國王死了，後來王后由於悲傷也死了』，這是一段情節。時間順序保持不變，但是因果關係的意識使時間順序意識顯得暗淡了。」[22] 凸顯因果關係，就是作者把故事提升為情節，而情節是蘊含著道德的、審美的、政治的評價

21 《紅白蜘蛛》僅存殘頁，詳見黃永年《記元刻〈新編紅白蜘蛛小說〉殘頁》，載《中華文史論叢》1982 年第 1 輯。

22 《小說美學經典三種》，上海文藝出版社 1990 年版，第 271 頁。

的。白話小說從初期的單一娛樂進步到寓教於樂，經歷了漫長歲月，直到一批重視通俗文學的文人參與，才達到娛樂與教化統一的境界。

《三國志通俗演義》嘉靖本〈庸愚子序〉講到由三國故事提升為情節的過程時說：「前代嘗以野史作為評話，令瞽者演說，其間言辭鄙謬，又失之於野。士君子多厭之。」羅貫中考諸國史，留心損益，作《三國志通俗演義》，「文不甚深，言不甚俗，事紀其實，亦庶幾乎史，蓋欲讀誦者，人人得而知之，若《詩》所謂里巷歌謠之義也」。題名「演義」，就是宣示通過歷史故事演述世間的大道理。傳統社會輿論總是視小說為小道，鄙俗敗壞人心，主張嚴禁，清康熙間劉獻廷卻說，看小說、聽說書是人的天性，六經之教也原本人情，關鍵在於「因其勢而利導之」[23]，也就是寓教於小說，同樣可以擔負起治俗的使命。

娛樂是小說的原生性功能，教化是小說的第二種功能，是建立在娛樂之上的、比娛樂更高級的功能。教化不只是道德的，還包括審美的、智識的等多種元素。沒有教化的娛樂只是一種感官享受，算不上藝術；沒有娛樂功能的教化，那就只是教化，算不上文學。小說中的娛樂和教化是對立統一的，二者相容並蓄，方能達到成熟的藝術境界。

23　劉獻廷：《廣陽雜記》卷二，中華書局 1957 年版，第 107 頁。

三、史家傳統與「說話」傳統

縱觀小說的歷史，不只是娛樂與教化的矛盾制約著小說的運動，同時還有別的矛盾，這其中就有史家傳統和「說話」傳統的矛盾。史家傳統體現在歷朝歷代的豐富的史傳文本中，同時又表現為由史家不斷積累經驗所形成的一種修史的觀念體系。「說話」傳統則是千百年民間徵奇話異、講說故事的文化習俗，這個傳承不斷的習俗也形成自己的一套觀念體系。史傳與「說話」同是敘事，「說話」發生得更早，史傳在文字出現後才逐漸形成。殷商記錄卜祭以及與之相關事情的甲骨文便是史傳的萌芽。在中國古代史官文化的價值觀念中，官修的正史甚至具有法典的權威。「說話」雖然根深蒂固，千百年來牢不可破，頑固地在草根間生長，並發展成文學敘事的小說，但在史傳面前總是自慚形穢，抬不起頭來。史家傳統，簡而言之就是「據事蹟實錄」，他們認為真理就寓居在事實中，王陽明說「以事言，謂之史；以道言，謂之經。事即道，道即事」[24]。《春秋》就被儒家列為「五經」之一。「說話」恰恰輕視事實，只要好聽，怎麼杜撰編造都可以。劉勰談到修史時說：「然俗皆愛奇，莫顧實理。傳聞而欲偉其事，錄遠而欲詳其跡。於是棄同即異，穿鑿傍說，舊史所無，我書則傳。此訛濫之本源，而述遠之也。」[25]

24　王陽明:《傳習錄集評》卷上，《王陽明全集》，上海古籍出版社 1992 年版，第 10 頁。

25　劉勰：《文心雕龍．史傳》。引自周振甫《文心雕龍注釋》，人民文學出版社 1981 年版，第 171—172 頁。

在史家眼裡，不顧事實的虛構是修史的巨蠹。

小說文體恰恰又是從史傳中孕育出來的，志怪、志人、雜史雜傳，都被傳統目錄學家看成是史傳的支流和附庸，事實上唐傳奇作品多以「傳」「記」題名，如〈任氏傳〉、〈柳氏傳〉、〈霍小玉傳〉、〈東城老父傳〉、〈長恨歌傳〉以及〈古鏡記〉、〈枕中記〉、〈三夢記〉、〈離魂記〉等，作家們是用史家敘事筆法來創作的。早期話本來源於「說話」，帶有濃重的說唱痕跡，與史傳敘事距離較遠，可一旦文人參與，史家傳統便滲透進來。

小說的本性是虛構，本與史傳不搭界，但史家傳統實在太強大了，小說不得不謙恭地說自己是「正史之餘」[26]，由是也不得不掩飾自己的虛構。小說開頭一定要交代故事發生的確切時間和地點，一定要交代人物的來歷，說明小說敘述的故事是千真萬確發生過的事情。

史家傳統對白話小說的牽制，突出地表現在歷史演義小說的創作過程中。宋元「說話」四大家數中有「講史」一家，專門講說前代書史文傳興廢爭戰之事，從現存的元刊《三國志平話》來看，虛的多，實的少，情節中充滿了於史無稽的民間傳說，與歷史相去十萬八千里。但它是小說，不是史傳，市井草民喜聞樂見，故坊賈願意刊刻印行。但君子卻認為它言辭鄙謬，又失之於野，於是就有羅貫中據《通鑑綱目》等正史予以

26　笑花主人：〈今古奇觀序〉。

匡正，寫成《三國志通俗演義》。羅貫中稔熟三國歷史，又有深邃的識見和文學的功底，使得《三國志通俗演義》虛實莫辨，清代史學家章學誠仔細考辨，結論是「七分實事，三分虛構」。這是歷史演義小說最成功的範例。繼之而起的林林總總的「按鑒演義」，大都是抄錄史書，摻雜少許民間傳說作為調味作料，正如今人孫楷第所言，「小儒沾沾，則頗泥史實，自矜博雅，恥為市言。然所閱者至多不過朱子《綱目》，鉤稽史書，既無其學力；演義生發，又愧此槃才。其結果為非史抄，非小說，非文學，非考定」[27]。包括《三國志通俗演義》在內的歷史演義小說，本質是小說，不能動輒以史實來挑剔它，「按鑒演義」的編撰者正是受史家傳統的制約，才造成它如此曖昧的面孔。

小說家從史家傳統中掙扎出來很不容易，明代中期以來，就有不少小說作者和批評者進行抗爭，謝肇淛說小說「須是虛實相半，方為遊戲三昧之筆」，《說岳全傳》的作者金豐也主張小說「虛實相半」，「從來創說者不宜盡出於虛，而亦不必盡由於實。苟事事皆虛則過於誕妄，而無以服考古之心；事事皆實則失於平庸，而無以動一時之聽」[28]。如果說「虛實相半」還是在史家傳統面前遮遮掩掩，猶抱琵琶半遮面，那麼清代乾隆年間為《綠野仙蹤》作序的陶家鶴就乾脆直白得多了，說《綠野

27　孫楷第：《日本東京所見小說書目》卷三〈明清部二〉，人民文學出版社 1958 年版，第 38 頁。

28　金豐：〈新鐫精忠演義說本岳王全傳序〉。

仙蹤》與《水滸傳》、《金瓶梅》都是「謊到家之文字」。曹雪芹徑直稱自己的《紅樓夢》是「真事隱去」、「假語村言」，所敘述的故事無朝代可考，「滿紙荒唐言」而已。「史統散而小說興。」[29] 當小說完全克服了對史家傳統的敬畏和依附時，小說才得到創作的解放，才真正找回了自我。

四、雅與俗

雅和俗是一種文化現象。雅文化是社會上層文化，孔子《論語．述而》說：「《詩》、《書》執禮，皆雅言也。」雅言，既指文化內容，又指語言外殼。古代合於經義的叫雅，雅馴篤實的叫雅；語言和風格方面，含蓄穩重的叫雅，語言精緻，也就是有別於地方方言的士大夫的標準語，或可稱當時的國語叫雅。與雅相對，俗文化是屬於下層民眾的文化，其內容不盡符合《詩》、《書》禮教的規矩繩墨，語言和風格方面，詭譎輕佻的為俗，方言俚語為俗。雅和俗既對立，又統一在一個民族文化中。中華文化中雅俗文化沒有斷然的分界，雅既從俗中提煉出來，又承擔著正俗化俗的使命。

任何一個民族的文學形式都有雅俗的分野，中國文學中的傳統詩文屬於雅文學，小說、戲曲、民歌、彈詞寶卷屬於俗文學。文學的雅俗是相對而存在的，一種文學形式的內部也有雅

29　綠天館主人（馮夢龍）：〈古今小說敘〉。

俗之分。文言小說作為小說，相對傳統詩文是俗，這是由於它的駁雜荒誕；但在小說內部，它相對白話小說卻又是雅。小說內部的雅和俗的對立統一，是小說發展的又一個重要的因素。

唐代傳奇小說是士人寫給士人讀的文學，它產生和活躍在雅文化圈內。在儒家道統鬆弛的年代，它可以汪洋恣肆、百無禁忌，創造出一大批想像豐富、情感動人的作品。道統一旦得以重振，它就要受到「不雅」的指責。張籍批評韓愈的〈毛穎傳〉「駁雜無實」，而「駁雜無實」就是俗的代名詞。司馬遷《史記．五帝本紀》中說「百家言黃帝，其言不雅馴」，不雅馴即指荒誕無稽。張籍的批評代表了唐代中後期的主流思潮的觀點，這種觀點占了社會輿論的上風，唐傳奇就要衰退了。事實也是單篇的傳奇小說銳減，小說又復古到魏晉南北朝，尚質黜華，出現了像《酉陽雜俎》這樣的作品集，其中不少文章已失去傳奇小說的風味。傳奇小說蒙上不雅的俗名，士人便疏遠它，它便漸漸走出雅文化圈子，下移到「俚儒野老」的社會層級。明代胡應麟說：「小說，唐人以前，紀述多虛，而藻繪可觀。宋人以後，論次多實，而彩豔殊乏。蓋唐以前出文人才士之手，而宋以後率俚儒野老之談故也。」[30]

胡應麟所謂的「小說」，包括一志怪、二傳奇、三雜錄、四叢談、五辨訂、六箴規，他這段文字所指「小說」，是「志怪」

30 胡應麟：《少室山房筆叢》卷二十九〈九流緒論下〉，上海書店出版社 2001 年版，第 283 頁。

「傳奇」兩類記述事蹟文字，說宋以後小說作者大多出自「俚儒野老之談」，反映了歷史事實，但說宋人小說「多實」則不盡貼切。宋人志怪模仿晉宋，據傳聞實錄，文字趨於簡古是客觀存在，但宋人傳奇多以歷史故事為題，如〈綠珠傳〉、〈迷樓記〉之類，虛構多多，文字亦鋪張，只是藻繪確實遠遠不及唐傳奇。元以降，至明代中後期，出現了一大批如《嬌紅記》、《尋芳雅集》、《鍾情麗集》之類的作品，高儒《百川書志》卷六著錄它們的時候，特加評語說：「皆本〈鶯鶯傳〉而作，語帶煙花，氣含脂粉，鑿穴穿牆之期，越禮傷身之事，不為莊人所取，但備一體，為解睡之具耳。」[31]

「越禮」當然是不雅，「不為莊人所取」則是口頭上的，拿它做「解睡之具」透露著「莊人」之所真好。還是胡應麟說得直白：「大雅君子，心知其妄，而口競傳之，旦斥其非而暮引用之，猶之淫聲麗色，惡之而弗能弗好也。夫好者彌多，傳者彌眾；傳者日眾，則作者日繁。夫何怪焉？」[32]

這類半文半白、篇幅已拉得很長的傳奇小說繼續走著俗化的道路，到清初它們乾脆放棄文言，使用白話，並且採取章回的形式，便成為才子佳人小說。若不是《聊齋志異》重振唐傳奇雄風，傳奇小說果真要壽終正寢了。

---

31 高儒：《百川書志》，上海古籍出版社 2005 年版，第 90 頁。

32 胡應麟：《少室山房筆叢》卷二十九〈九流緒論下〉，上海書店出版社 2001 年版，第 282 頁。

如果說傳奇小說是從雅到俗，那麼白話小說的運動路向恰好相反，是從俗到雅。白話小說從「說話」脫胎而來，長期處於稚拙俚俗的狀態，它們帶著濃厚的草根氣息，粗拙卻又鮮活，不論是「講史」如《三國志平話》，還是「小說」如《六十家小說》（現名《清平山堂話本》），都難以登上大雅之堂。

由俗到雅的變化的發生，與王陽明「心學」的崛起有著直接的關係。王陽明認為人人皆可成聖賢，他的布道講學是面向民眾的，要讓不多識字或根本不識字的草民懂得他的道理，就不能不用通俗的方式講說。他說：「你們拿一個聖人去與人講學，人見聖人來，都怕走了，如何講得行？須做得個愚夫愚婦，方可與人講學。」[33] 他雖沒有談到通俗小說，但講到戲曲就可以用來化民善俗，他說：「今要民俗反樸還淳，取今之戲子，將妖淫詞調俱去了，只取忠臣孝子故事，使愚俗百姓人人易曉，無意中感激他良知起來，卻於風化有益。」[34]

從來的莊人雅士對於俗文學都是鄙夷不屑的，至少在口頭上如此。王陽明如此說而且如此做，目的當然是要把儒學從書本章句中推向民間的人倫日用，與佛、道爭奪廣大的信徒，但他利用通俗的形式來傳道，卻為文士參與小說創作開了綠燈。白話小說的作者在很長時間裡都是不見經傳的無名氏，從這時開始出現有姓名可考的大文人，如吳承恩、馮夢龍、凌濛初、

33 《王陽明全集》，上海古籍出版社 1992 年版，第 116 頁。

34 《王陽明全集》，上海古籍出版社 1992 年版，第 113 頁。

李漁、吳敬梓、曹雪芹等。

文人的參與，使俗而又俗的白話小說有可能改變娛樂唯一的宗旨，從而具有了雅的品質。李漁認為俗可寓雅，「能於淺處見才，方是文章高手」[35]。煙水散人說：「論者猶謂俚談瑣語，文不雅馴，鑿空架奇，事無確據。嗚呼，則亦未知斯編實有針世砭俗之意矣。」[36] 小說既然可以肩負「針世砭俗」的使命，自然就不能用一個「俗」字罵倒它。羅浮居士〈蜃樓志序〉指出，小說雖有別於「大言」，但小說寫「家人父子日用飲食往來酬酢之細故」，卻可以「准乎天理國法人情以立言」，「說雖小乎，即謂之大言炎炎也可」。白話小說俗中有雅，是白話小說藝術成熟的重要標誌。

雅俗共存的典範作品莫過於《聊齋志異》和《紅樓夢》。馮鎮巒評《聊齋志異》說：「以傳記體敘小說之事，仿《史》、《漢》遺法，一書兼二體，弊實有之，然非此精神不出，所以通人之，俗人亦愛之，竟傳矣。」[37]

諸聯評《紅樓夢》說：「自古言情者，無過《西廂》。然《西廂》只兩人事，組織歡愁，摛詞易工。若《石頭記》，則人甚多，事甚雜，乃以家常之說話，抒各種之性情，俾雅俗共賞，

---

35 李漁：《閒情偶寄．詞曲部》。引自《中國古典戲曲論著集成》（七），中國戲劇出版社 1959 年版，第 28 頁。

36 煙水散人：〈珍珠舶序〉。轉引自大連圖書館參考部編《明清小說序跋選》，春風文藝出版社 1983 年版，第 45 頁。

37 張友鶴輯校：《聊齋志異》會校會注會評本，上海古籍出版社 1978 年新 1 版，第 15 頁。

較《西廂》為更勝。」[38]《聊齋志異》和《紅樓夢》能夠成為小說的經典之作，除了蒲松齡和曹雪芹的主觀因素和他們所處的時代條件之外，雅與俗的碰撞與融合也是重要的一點。

38　一粟編：《紅樓夢卷》，中華書局 1963 年版，第 118 頁。

第一編

清代後期小說的衰落

嘉慶元年（西元一七九六年）至光緒二十年（西元一八九四年，甲午中日戰爭之年）將近一百年，是小說的衰落期。這個時期的小說數量超過清代前期的一百年，但再也沒有出現一流的作家和作品。

第一章

清代後期小說衰落的原因

第一章　清代後期小說衰落的原因

第一節　朝廷禁毀小說

清朝禁毀小說自不從嘉慶始，康熙五十三年（西元一七一四年）就已將禁毀小說法律化，凡「造作刻印淫詞小說」者，「係官革職，軍民杖一百，流三千里；市賣者杖一百，徒三年。該管官不行查出者，初次罰俸六個月，二次罰俸一年，三次降一級調用」[01]。此法收入《大清律例》卷二十三「刑律賊盜」條款。此條款對於何謂「淫詞小說」並沒有明確的界說，當時豔情小說盛行，尚未見有法辦此類小說作者、刊刻者和發售者的紀錄。乾隆年間「文字獄」十分酷烈，但朝廷關注的是有關政治的作品，而非「淫詞小說」，對小說創作的壓力有限。

嘉慶時期情況發生變化。社會矛盾日益尖銳，秘密宗教如白蓮教之類的「教亂」此起彼伏，嚴重威脅清廷的統治。嘉慶帝認為小說與治亂大有關係，他的關注點從「淫詞小說」轉移到「無稽小說」、「不經小說」，嘉慶七年（西元一八〇二年）一月二十五日他說，「愚民之好勇鬥狠者，溺於邪慝，轉相慕效，糾夥結盟，肆行淫暴，概由看此等書詞所致」[02]。這就是說，他認為小說不止有關風化，更與社會動盪有直接關係，因此其查禁的嚴厲程度非昔日可比。

嘉慶十八年（西元一八一三年）九月十五日天理教眾進攻

01　《清聖祖實錄》卷二五八，中華書局 1986 年影印本。

02　《清仁宗實錄》卷一〇四，中華書局 1986 年影印本。

紫禁城，令朝野震動。朝廷對此事件調查，得出的結論之一是稗官小說不能脫其關係。嘉慶帝於十月十三日說：「至稗官小說，編造本自無稽，因其詞多俚鄙，市井粗解識字之徒，手挾一冊，薰染既久，鬥狠淫邪之習，皆出於此，實為風俗人心之害。坊肆刊刻售賣，本干例禁，並著實力稽查銷毀，勿得視為具文。」[03] 同年十二月二十日又下旨禁止開設租賃小說的書肆：「至稗官野史，大率侈談怪力亂神之事，最為人心風俗之害，屢經降旨飭禁。此等小說，未必家有其書，多由坊肆租賃，應行實力禁止。嗣後不准開設小說坊肆，違者將開設坊肆之人，以違制論。」[04]

朝廷禁令的範圍從「淫詞小說」擴大至「不經小說」、「無稽小說」，實際上把小說完全包括在內了。「不經」指不合名教，小說的第一功能就是消遣，讓人沉溺於娛樂，當然與聖教不合。「無稽」指虛擬，小說不能沒有想像虛構，怪力亂神在在必有。嘉慶朝廷所要壓制的是整個小說文體。這個政策就是從嘉慶十八年天理教眾「奪門犯闕」總結出來的。道光年間白山《靈臺小補》說，「教匪」之行事全模仿戲曲小說，「夫盜弄潢池，未有不以此為可法，天王元帥，大都伏蠢動之機，更有平天冠、赭黃袍，教匪窺竊流涎；又是瓦崗寨、四盟山，盜賊爭誇得志。專心留意，無非《掃北》；熟讀牢記，盡是《征西》。

03 《清仁宗實錄》卷二七六，中華書局 1986 年影印本。

04 《清仁宗實錄》卷二七六，中華書局 1986 年影印本。

《封神榜》刻刻追求，《平妖傳》時時讚羨。《三國志》上慢忠義，《水滸傳》下誘強梁。實起禍之端倪，招邪之領袖，其害曷勝言哉！」[05]

道光十八年（西元一八三八年）五月，江蘇按察使司為禁毀小說，在吳縣學宮設立公局，收買各種小說書本、板木予以銷毀，公布之收繳書目達一百多種，《水滸傳》、《金瓶梅》、《紅樓夢》等均在其中。道光二十四年（西元一八四四年）浙江學政仿江蘇，在杭州仙林寺設立公局收繳小說書本、板木加以銷毀，所開書目與江蘇所列大致相同。設立專門機構銷毀小說，史無前例。江蘇、浙江是當時小說創作和刊刻最發達的地區，此舉對小說創作的打擊，可想而知。

咸豐元年（西元一八五一年）洪秀全在廣西金田村起義，太平天國運動歷時十四年，動搖了清朝統治的根基。平定了太平天國之後，江蘇巡撫丁日昌於同治七年（西元一八六八年）二月上奏朝廷，認為太平天國之亂與小說有關，「近來兵戈浩劫，未嘗非此等逾閒蕩檢之說默釀其殃」，主張設立常設機構嚴行禁毀[06]，朝廷依其所奏，由禮部諮知各省督撫飭屬照辦。由是，原臨時設置的「銷毀淫詞小說局」升格為常設機構，「永遠經理」查禁小說的工作。丁日昌開列的禁毀小說書目較前又有所擴大。

05　轉引自王利器輯錄《元明清三代禁毀小說戲曲史料》，上海古籍出版社 1981 年版，第 358 頁。

06　丁日昌：《撫吳公牘》卷一，光緒丁丑年林達泉校刊，臺灣「中華文史叢書」華文書局。

嘉慶以降的百年間，朝廷和地方政府對小說的禁黜不斷升級。用行政的手段壓制文學創作，並不是一種有效的方法。白話小說的編寫、刊刻和發兌是一種商業行為，有廣大的市場，從業人員甚眾，不是一紙禁令就可以消滅的。事實上小說在社會或明或暗地編撰出來，書坊照舊刊刻，之後在市場流通。不過，朝廷的高壓政策，使得一些有身分的文人視小說編撰為畏途，退避三舍，造成這個時期小說藝術品質顯著下降，平庸之作充斥坊間。

第二節　樸學之盛行

如果說朝廷對小說的禁毀使得一些文人不敢撰寫小說，那麼嘉慶年間盛行的以考證為主的樸學則使文人不屑於創作小說。

「樸學」得名於這門學問的學風和文風，它的學問內核是經學。樸學是對明代王陽明心學的反駁，力排空疏而務求實用，致力於經書的箋釋，古書的辨偽和輯佚，典籍版本的校勘，文字的訓詁以及金石、音韻、算學、地理學等的研究，講究無徵不信，基本方法是考證。此派認為學問以實為貴，故文風亦樸實簡潔，從而有樸學之稱。

樸學的興起，有學術自身發展的原因，也與康乾實行文化專制有直接的關係。思想不自由的時代，士人學者便逃到故紙堆裡做考證的工作。從學術的角度看，其考證的方法與近代科學的研究方法很是相近，可以說這個學派對於中國古代學術的

貢獻是不可磨滅的。

樸學發端於清初，至乾隆、嘉慶朝達到高潮，所以又稱「乾嘉學派」。梁啟超說：「乾嘉間之考證學，幾乎獨占學界勢力，雖以素崇宋學之清室帝王，尚且從風而靡，其他更不必說了。所以稍為時髦一點的闊官乃至富商大賈，都要『附庸風雅』，跟著這些大學者學幾句考證的內行話。」[07]

樸學既然是對王陽明心學的反駁，理所當然鄙視李贄，排斥以虛構為原則的稗官小說。樸學的發端者顧炎武（西元一六一三年至西元一六八二年）曾嚴厲抨擊李贄：「自古以來，小人之無忌憚而敢於叛聖人者，莫甚於李贄。」[08] 他主張「文須有益於天下」、「文之不可絕於天地間者，曰明道也，紀政事也，察民隱也，樂道人之善也。若此者有益於天下，有益於將來，多一篇，多一篇之益矣。若夫怪力亂神之事，無稽之言，勦襲之說，諛佞之文，若此者，有損於己，無益於人，多一篇，多一篇之損矣。」[09]

小說所敘多怪力亂神之事，又以想像見長，當屬「無稽之言」。顧炎武雖然沒有直接點出小說即無稽之言，但小說無益於天下之意甚明。乾嘉學派的一位代表人物錢大昕（西元一七二八年至西元一八〇四年）說得更明白了，他說：「古有儒、釋、道

07　梁啟超：《中國近三百年學術史》，北京中國書店 1985 年版，第 24 頁。

08　顧炎武：《日知錄》卷十八。《日知錄集釋》，嶽麓書社 1994 年版，第 668 頁。

09　顧炎武：《日知錄》卷十九。《日知錄集釋》，嶽麓書社 1994 年版，第 674 頁。

三教，自明以來，又多一教曰小說。小說演義之書，未嘗自以為教也，而士大夫、農、工、商、賈，無不習聞之，以至兒童婦女不識字者，亦皆聞而如見之，是其教較之儒、釋、道而更廣也。釋、道猶勸人以善，小說專導人以惡。奸邪淫盜之事，儒、釋、道書所不忍斥言者，彼必盡相窮形，津津樂道，以殺人為好漢，以漁色為風流，喪心病狂，無所忌憚；子弟之逸居無教者多矣，而又有此等書以誘之，曷怪其近於禽獸乎？世人習而不察，輒怪刑獄之日繁，盜賊之日熾，豈知小說之中於人心風俗者，已非一朝一夕之故也。有覺世牖民之責者，亟宜焚而棄之，勿使流播，內自京邑，外達直省，嚴察坊市有刷印鬻售者，科以違制之罪，行之數十年，必有弭盜省刑之效。或訾吾言為迂，遠闊事情，是目睫之見也。」[10]

錢大昕此論，立足於人心風俗，乃道學家們的老生常談，但他對小說的批判，不限於什麼「淫詞小說」、「不經小說」和「無稽小說」，而是一切小說。把小說這個文學門類視為邪惡的一教，這是對小說全盤和絕對的否定。他是乾嘉學派的著名人物，主持過鐘山、婁東、蘇州、紫陽諸多書院，其言論對小說的殺傷力是政府法令所不及的。

唐代古文運動的「文以載道」的文學工具論導致了傳奇小說的消歇；清代乾嘉學派的主實反虛的思潮，使以虛擬為特徵的

10　錢大昕：《嘉定錢大昕全集．潛研堂文集．正俗》，江蘇古籍出版社 1997 年版，第 272 頁。

小說受到更嚴重的衝擊。況且樸學成為當時的顯學，士人趨之若鶩，小說這種「無稽之言」，士人自然不屑為之。小說的著作權便又傳遞到「書會才人」之類的下層文士手中；稍有學識的文士，即使涉足小說創作，也把小說當作宣講學問的工具，有影響的作品如《鏡花緣》，有的則以文言駢文敘事，意在炫耀才藻之美，如《蟫史》、《燕山外史》。在這種情況下，希望有代表時代的鉅著出來，當然也就是一種奢求了。孫楷第對此議論說：「明朝人不喜講考證，萬曆以來，士大夫生活日趨於放誕纖佻，所以在這個期間小說戲曲也特別走了好運。清朝人好讀古書，好講考據，尤其是嘉慶以還士大夫的志趣幾乎完全在窮經稽古一方面，成了一時的風氣；生活在經學昌明之世，學問既要樸，生活方法也不得不單純；據當時人的見解，連詞章之學還覺得可以不作，何況於小說戲曲呢？學者默想到嘉道間樸學如何之盛，便知道戲曲小說在當時有不得不低微的理由了。」[11] 小說在傳統文化價值觀中本屬虛妄不根之談，聊備消閒而已，在樸學高揚的時代，其地位更顯卑微，衰落是歷史的必然。

11　孫楷第：〈李笠翁與十二樓〉。《滄州後集》，中華書局 2009 年版，第 99 頁。

第二章

人情世情小說的末路——《紅樓夢》續作及其他

第二章　人情世情小說的末路—《紅樓夢》續作及其他

《紅樓夢》的悲劇結局，令深受傳統大團圓美學思想薰染的讀者大為咨嗟，有人不能釋懷，乃握筆拈毫撰寫續篇，讓林黛玉起死回生，寶玉兼妻黛玉、寶釵，賈氏家族復興如初，結局美滿大稱人心。嘉慶以降，續書接踵而出，逮至清末，竟有十數種之多。續書一部出來，即招致讀者嗤鄙，不滿者再續之，如此循環往復，造成續書系列之洋洋大觀。第一部續書逍遙子《後紅樓夢》三十回創作於乾、嘉之際，版行後，秦子忱批評說：「細玩其敘事處，大率與原本相反，而語言聲口，亦與前書不相吻合，於人心終覺未愜。」[01]

於是作《續紅樓夢》三十卷以取代之。然而批評如影隨身至，裕瑞《棗窗閒筆》指它「荒唐不經」，《憹玉樓叢書提要》謂是書「神仙人鬼，混雜一堂，荒謬無稽，莫此為甚」、「人以其說鬼也，戲呼為『鬼紅樓』」[02]。續作者並不因往者覆轍而止步，「你方唱罷我登場」，直至光緒末年吳沃堯作《新石頭記》，仍不能跳出此歷史循環。《新石頭記》第一回說：「按《石頭記》是《紅樓夢》的原名。自曹雪芹先生撰的《紅樓夢》出版以來，後人又撰了多少《續紅樓夢》、《紅樓後夢》、《紅樓補夢》、《綺樓重夢》，種種荒誕不經之言，不勝枚舉，看的人沒有一個說好的。我這《新石頭記》豈不又犯了這個毛病嗎？」明知不可而執

01　秦子忱：《續紅樓夢》弁言。轉引自一粟編著《紅樓夢書錄》，中華書局 1963 年版，第 93 頁。

02　轉引自一粟編著《紅樓夢書錄》，中華書局 1963 年版，第 95 頁。

意為之，《紅樓夢》似一夢魘，縈繞心頭，驅之不去，非續貂不可，續作者心態大致如此。

《紅樓夢》續書的情節，大多接續在《紅樓夢》第一百二十回之後，也有接續在九十七回之後的。如果以續書對林黛玉和薛寶釵的褒貶態度來劃分，則有尊林貶薛、擁薛貶林以及對二人不偏不倚三派。此外還有不接續一百二十回情節，用寶玉轉世作話頭，如《後水滸傳》之於《水滸傳》，另起爐灶者，如《綺樓重夢》，但這只是個別的情況。

第一節　尊林派續書

《後紅樓夢》三十回，是《紅樓夢》續書創作的發軔者，成書在嘉慶元年（西元一七九六年）或稍前。作者署「逍遙子」，真實姓名不詳。嘉慶三年（西元一七九八年）仲振奎《紅樓夢傳奇》自序談到這部書，云：「壬子（乾隆五十七年，西元一七九二年）秋末，臥疾都門，得《紅樓夢》於枕上讀之，哀寶玉之痴心，傷黛玉晴雯之薄命，惡寶釵襲人之陰險，而喜其書之纏綿悱惻，有手揮目送之妙也……丙辰（嘉慶元年）客揚州司馬李春舟先生幕中，更得《後紅樓夢》而讀之，大可為黛玉晴雯吐氣，因有合兩書度曲之意，亦未暇為也。」[03]

《後紅樓夢》誠如仲振奎所說，是要為黛玉、晴雯吐氣，其

03　轉引自一粟編著《紅樓夢書錄》，中華書局 1963 年版，第 321 頁。

故事情節接續在《紅樓夢》第一百二十回之後，敘賈政從一僧一道手中帶回寶玉，林黛玉去世時口含煉容金魚，因而軀體不朽得以死而復生，晴雯則借五兒之屍還魂。寶玉中進士，入仕途，黛玉不但與寶釵同事一夫，而且兼理賈、林兩家事務，重振了賈家經濟。賈赦一干敗家子也痛改前非，家族再度興旺發達。此書描寫寶玉熱衷功名，黛玉津津於俗務，與《紅樓夢》精神不啻有天壤之別。

嘉慶十九年（西元一八一四年）刻本《紅樓圓夢》三十一回，作者署「夢之先生」，真實姓名不詳。此書的宗旨，「楔子」明言「把假道學而陰險如寶釵、襲人一干人都壓下去，真才學而爽快如黛玉、晴雯一干人都提起來」[04]。書接《紅樓夢》第一百二十回之後，敘黛玉還魂復生，以淚水化成之明珠，換得十萬石大米賑濟災民，寶玉則迷途知返，以法術平息洪水、復修決堤。雙雙獲皇帝嘉獎，並奉旨成婚。寶玉又平亂建不世之功，授文華殿大學士，擁黛玉等十二妻，享盡榮華富貴。

嘉慶二十四年（西元一八一九年）《紅樓夢補》四十八回書成刊行。作者「歸鋤子」沈懋德，字寅恭，號歸鋤。浙江桐鄉人。嘉慶、道光時期戲曲家，著有雜劇《奇烈記》、《後白蛇傳》，傳奇《香雪緣》、《旌烈記》等。作者自序謂《後紅樓夢》、《續紅樓夢》（擁薛之作，成書在嘉慶二年）終留缺陷，

04　《紅樓圓夢》卷首，北京大學出版社 1988 年版。

乃再續之。此書「犀脊山樵」〈序〉曰:「稗官者流，卮言日出，而近日世人所膾炙於口者，莫如《紅樓夢》一書，其詞甚顯，而其旨甚微，誠為天地間最奇最妙之文。竊謂無能重續者，不圖歸鋤子復有此洋洋灑灑四十八回之作也。」又云《紅樓夢》原書止於八十回，今世所傳後四十回「不知誰何傖父續成者也」，「以釵冒黛」成就金玉之姻，在在背離原書意思。歸鋤子乃作翻案文章，為黛玉、晴雯雪冤補闕，「令黛玉正位中宮，而晴雯左右輔弼，以一吐其胸中鬱鬱不平之氣，斯真煉石補天之妙手也……前書事事缺陷，此書事事圓滿，快心悅目，孰有過於此乎！」[05]《紅樓夢補》接續在《紅樓夢》第九十七回之後，敘黛玉死而復生回到南方故里，寶釵雖贏得婚姻，奈何寶玉情牽黛玉，寶釵倍受冷遇鬱鬱而死。寶玉中進士，皇帝賜與黛玉成婚。黛玉獻出鉅額藏銀，主持家政，令賈家再度興旺。而寶釵則借體還陽，與黛玉共事一夫。

《續紅樓夢稿》二十卷二十回，未完稿本。作者張曜孫（西元一八〇八年至西元一八六三年），字仲遠，號升甫，晚號復生。江蘇陽湖常州人。道光舉人。常州詞派張惠言之子。此書係未完稿本，今存抄本九冊，第一冊末題「徐韻廷抄」。書前有簽云:「此書係張仲遠觀察所撰，惜未卒業，止此九冊，外間無有流傳。閱後即送還，勿借他人散失為要。閱後即送北直街信

05　轉引自一粟編著《紅樓夢書錄》，中華書局 1963 年版，第 115、116 頁。

誠當鋪隔壁余宅，交趙姑奶奶（即萬保夫人）。」此書接續《紅樓夢》第一百二十回之後，敘黛玉魂魄被警幻仙姑送回揚州復生，原來黛玉還有一弟，她理家教弟，其弟高中進士，授弘文院編修，林家既貴且富，由皇帝賜婚寶、黛，昔日與寶玉成婚的寶釵只得甘居黛玉之下。《續紅樓夢稿》為周紹良舊藏，於一九九〇年由北京大學出版社排印出版。

道光二十三年（西元一八四三年）有《紅樓幻夢》二十四回刊行，作者署「花月痴人」，真實姓名不詳。作者自序曰：「同人默庵問余曰：『《紅樓夢》何書也？』余答曰：『情書也。』……凡讀《紅樓夢》者，莫不為寶黛二人諮嗟，甚而至於飲泣。蓋憐黛玉割情而夭，寶玉報情而遁也……於是幻作寶玉貴，黛玉華，晴雯生，妙玉存，湘蓮回，三姐復，鴛鴦尚在，襲人未去，諸般樂事，暢快人心，使讀者解頤噴飯，無少唏噓。」此書接《紅樓夢》第九十七回，敘黛玉死後魂遊太虛幻境，被警幻仙姑托渺渺真人帶回陽間，遂起死回生再歷繁華。

尊林貶薛之續書，都是巧設機關讓黛玉起死回生，不但與寶玉成婚，地位在寶釵之上，而且經營賈府轉衰為興，成為賈氏家族中興的功臣。這派作品確為黛玉吐氣，然而拋棄了黛玉叛逆禮教的靈魂，使之變為熱衷功名利祿的庸俗婦人，扭曲玷污了黛玉，完全背離了原作精神。

第二節　擁薛派續書

《紅樓夢》的讀者以喜愛、同情林黛玉的居多，但也有持相反意見的，趙之謙《章安雜說》謂林黛玉才貌雙全，「如此佳人，獨傾心一紈絝子弟，充其所至，亦復毫無所取」，又引孫漁生的話說，「以黛玉為妻，有不好者數處。終年疾病，孤冷性格，使人左不是，右不是。雖具有妙才，殊令人討苦」[06]。鄒弢《三借廬筆談》稱自己是尊林派，他的朋友許伯謙則尊薛而抑林，「謂黛玉尖酸，寶釵端重」。「己卯春，余與伯謙論此書，一言不合，遂相齟齬，幾揮老拳……於是兩人誓不共談《紅樓》」[07]。續書之有尊薛抑林的作品亦不足為怪。

尊薛派首先有書成於嘉慶二年（西元一七九七年）的《續紅樓夢》三十卷。作者秦子忱，號雪塢。隴西人。曾任兗州都司。此書接續在《紅樓夢》第一百二十回後，敘黛玉魂歸太虛幻境，寶玉修行後魂亦到太虛幻境，兩人得以完婚。黛玉因服用了警幻仙姑的「中和丸」，孤傲尖刻的性格變為「中和」，從而與寶釵同心事夫，寶玉也盡去痴頑舊性，讀書做官。作者認為原著中黛玉性格孤傲尖刻，若不洗心革面，就不能與寶玉成婚。書中神仙人鬼混雜一堂，故被人戲稱「鬼紅樓」。

嘉慶四年（西元一七九九年）成書的《紅樓復夢》一百回，

06　轉引自一粟編《紅樓夢卷》，中華書局 1963 年版，第 376、377 頁。

07　轉引自一粟編《紅樓夢卷》，中華出局 1963 年版，第 390 頁。

署「紅香閣小和山樵南陽氏編輯，款月樓武陵女史月文氏校訂」，據嘉慶十年（西元一八〇五年）金谷園刊本陳詩雯嘉慶四年序和同年作者自序，知作者為陳少海，一字南陽，號紅羽，別署小和山樵、紅樓復夢人。校訂者為其胞妹陳詩雯。書接《紅樓夢》第一百二十回後，敘寶玉轉世至丹徒祝家，名日祝夢玉，其伯叔均無子嗣。由他兼祧三房，娶一妻三妾，妻彩芝為黛玉後身，妾秋瑞、汝湘、珍珠則為香菱、可卿、襲人後身。仍在賈家的寶釵攜全家遷回金陵舊宅，與祝府通家來往，寶釵掌管賈、祝兩家事務，又因平傜亂有功，被封為武烈夫人。祝夢玉授翰林編修，彩芝（黛玉）則毫無作為。

嘉慶十年（西元一八〇五年）成書的《續紅樓夢新編》四十回，作者署「海圃主人」，真實姓名不詳。書接《紅樓夢》第一百二十回後，云黛玉「因其薄有口過」，仍回太虛幻境，不再回到紅塵，寶玉飛升受敷文真人之職，「宣理文衡，稽查善惡」，不再是情節中的人物。稱讚寶釵「仰體公姑，和睦姊妹，靜守女箴，克嫻婦道」，與寶玉所生之子賈茂，成人後娶寶琴之女梅月娥，中了狀元，官至文淵閣大學士，賈政享百齡大壽，皇帝賜給賈府匾額日：「積慶之家，必有餘慶。」賈家再度興旺發達，實賴寶釵的賢德理家和教子有方。

第三節　其他續書

續書中還有對黛玉、寶釵不偏不倚的一派，所謂不偏不倚，只是指在情節中不特別重此輕彼，在思想上仍是傾向於溫柔敦厚、嫻雅穩重的寶釵。

《補紅樓夢》四十八回、《增補紅樓夢》三十二回均為「嫏嬛山樵」所撰，兩書實為一體。前者成書於嘉慶十九年（西元一八一四年），後者成書於嘉慶二十五年（西元一八二〇年）。《補紅樓夢》模仿《紅樓夢》開卷空空道人抄錄石頭所記而成《石頭記》之緣起，敘空空道人因見《後紅樓夢》、《綺樓重夢》、《續紅樓夢》、《紅樓復夢》四種新書，大為驚訝，其間紕繆百出，怪誕不經，斷非《石頭記》口吻，於是再到青埂峰下看那石頭上文字，證實四種書都是作者自編的混話，沉吟之間，不覺將那塊石頭翻轉過來，發現尚有一段文字是當日未曾抄錄過的，這文字便是《補紅樓夢》四十八回。《增補紅樓夢》接續在《補紅樓夢》第四十八回後，開頭便痛批新出之《紅樓圓夢》，借太虛幻境中寶玉之口，指「這五部書，沒一個人能解識前書大旨，總以還魂復生為奇妙」。《補紅樓夢》、《增補紅樓夢》雖然不寫還魂復生，但卻寫了仙境、陰間和陽世三界，黛玉等業已辭世的姐妹居芙蓉城（太虛幻境）為仙境，賈母、林如海等人居酆都城（陰間），仙境、陰間可以與陽世人間通信，唯寶玉、柳湘蓮因修煉得道，方能飛升到芙蓉城絳珠宮與黛玉相見，寶

玉任芙蓉城主，每日與黛玉等人談心論道，飲酒賦詩，逍遙自在地過著仿佛當年大觀園的生活。寶釵在塵世延續凡人日子，六十大壽無疾而終，一靈真性歸至芙蓉城，在太虛幻境實現了大團圓。作者「嫏嬛山樵」真實姓名不詳，他貶哂前者五種續書，然自己所續亦不見佳妙。

在所有續書中描寫貴族大家庭生活比較真實精彩的當屬《紅樓夢影》二十四回。作者署「雲槎外史」，實即顧太清（西元一七九九年至西元一八七六年），西林覺羅氏，本名春，字子春、梅仙，號太清，別署雲槎太史。鑲藍旗人。祖父鄂昌受胡中藻《堅磨生詩鈔》文字獄牽連，被賜自盡。她嫁給貝勒奕繪為側室，因是罪人之後，從外家姓顧。顧太清是出身沒落貴族大家族的女作家，一生坎坷，也是道咸間著名女詩人。其《天遊閣集》卷七〈哭湘佩三妹〉詩云：「紅樓幻境原無據，偶耳拈毫續幾回。長序一篇承過譽，花箋頻寄索書來。」詩後自注曰：「余偶續《紅樓夢》數回，名曰《紅樓夢影》，湘佩為之序。不待脫稿即索看，常責余性懶，戲謂曰：『姊年近七十，如不速成此書，恐不能成其功矣。』」此書有咸豐十一年（西元一八六一年）序，序者署「西湖散人」即沈善寶（字湘佩），被顧太清稱為「三妹」者。作序之年顧太清六十三歲。

《紅樓夢影》接續在《紅樓夢》第一百二十回後，它摒棄了以往續書常用的起死回生或人鬼相雜的虛幻手法，走寫實路

線，死者已逝，生者繼續往昔生活軌道，賈政在毗陵驛從妖僧妖道手中救回寶玉，又在旅舍遇見獲赦的賈赦，父子兄弟團聚回到家裡。寶釵生子，賈珍復職，皇帝恩典賜還世職家產。寶玉一改前非，會試高中，入翰林，懷念黛玉也只能在夢中偶見。寶玉與一妻（寶釵）三妾（襲人、麝月、鶯兒）相親相愛，不時在大觀園與姐妹觀花賞雪、飲酒啜茗、吟詩聯句。此時賈政因邊疆建功官拜東閣大學士，賈赦隱居別墅。賈氏家族了孫冠帶榮身，一派和氣祥瑞氣象。顧太清熟悉貴族家庭生活，細節描寫得真實和豐富略近《紅樓夢》，然而其宣揚禮教，津津於功名利祿，庸俗之氣與《紅樓夢》格格不入。

另一類續書，不再延續《紅樓夢》故事，只是借題發揮，抒寫自家懷抱。此類續書有《綺樓重夢》四十八回和《新石頭記》四十回。

《綺樓重夢》第一回作者自述謂「丁巳夏，閒居無事，偶覽是書（指《紅樓夢》），因戲續之」。丁巳即嘉慶二年（西元一七九七年）。作者署「西泠蘭皋居士」，即王露（蘭沚），著有文言小說《無稽讕語》。

《綺樓重夢》以寶玉再世為寶玉之子，取名小鈺，小鈺文武雙全，掛帥平倭，封王拜相，皇帝賜配，與舜華（黛玉轉世）等五女成婚。意識低俗，詞多褻狎，裕瑞《棗窗閒筆》指為「玷污《紅樓》」。

書名《新石頭記》的小說有三部，分別為「我佛山人」（吳趼人）、「古痴蟲」、「南武野蠻」所作。三部作品成書在光緒末、宣統初，也就是二十世紀初，清朝已近覆亡，作者既不與《紅樓夢》同一時代，作品也注入了改革維新的時代元素，與此前的續書面貌迥然不同。三部作品中唯吳趼人的《新石頭記》稍有可觀。書敘寶玉出家不知歷經幾劫又回到塵世，此時已進入二十世紀，寶玉的心態意識與社會現實反差極大，頗有諷喻效果。

第四節　《蜃樓志》及其他

《紅樓夢》續書之外，人情小說之較有特色者，為「庾嶺勞人」所撰《蜃樓志》二十四回。嘉慶九年（西元一八〇四年）虞山衛峻天刻、本衙藏板本署「庾嶺勞人說，禹山老人編」。「庾嶺」在廣東與江西交界處，「禹山」在浙江德清縣。卷首羅浮居士〈序〉云：「勞人生長粵東，熟悉瑣事，所撰《蜃樓志》一書，不過本地風光，絕非空中樓閣也。」假若「庾嶺勞人」、「禹山老人」是一人之兩個別號，則作者原籍浙江德清，生長生活在廣東。此書寫到「海關盈庫大使」一職，《粵海關志》卷七記：「廣盈庫大使一員，乾隆五十一年裁南雄府司獄改設，庫建於乾隆五十七年。」書中第八回敘及宰臣、中極殿大學士沖抑被「抄籍賜死」一事，係隱指嘉慶四年（西元一七九九年）和珅「抄籍賜死」事。由此可知《蜃樓志》成書不會早於嘉慶四年，也

不會晚於嘉慶九年。

《蜃樓志》的人物情節以廣東海關和十三洋行的活動為背景，在清代小說中實為罕見，其描寫粵海關官員對洋行商人的欺壓勒索，揭開社會這一角的真相，也較為難得。全書以粵十三洋行商總之子蘇起士（笑官）為主要人物，著意寫他輕財重義，不願讀書做官，一味縱情風月。其父不堪海關主管的盤剝，棄商歸農。他卻留在城中混跡於多家小姐之間，彼時海關主管豢養的魔僧勾結海關叛亂，他招安綠林義士姚霍武，設計剿平魔僧，為朝廷立下大功。但他不願做官，寧願以中書職銜家居，與一妻四妾過著逍遙閒適的生活。

蘇起士之多情，貌似賈寶玉，其性情雖不是《金瓶梅》的西門慶，卻極類似清初豔情小說《春燈鬧》真連城一流人物。蘇起士不以文而以武立功，則是乾隆以來才子佳人小說常用的情節模式。小說中的烏岱雲有《金瓶梅》中西門慶和《紅樓夢》中薛蟠的影子，溫素馨則有李瓶兒和尤二姐的影子，第十四回寫施小霞捉弄烏岱雲，基本上搬用《紅樓夢》王熙鳳懲治賈瑞的方法，顯示出作者所受《金瓶梅》、《紅樓夢》的影響。作品中溫素馨在閨房裡閱讀《燈月緣》（即《春燈鬧》）一類小說，且描寫中有不少情色文字，其受豔情小說的影響也顯而易見。

人情小說與世情小說本不易劃清界限，到了清代後期這兩種流派更有合流的趨勢。《蜃樓志》就是這種類型的作品。

其中偏寫世情的作品中有《繡鞋記警貴新書》和《警富新書》。《繡鞋記警貴新書》四卷二十回，作者署「烏有先生」，真實姓名不詳。此書描述戶部主事葉蔭芝依仗權勢橫行於羊城、莞邑一帶，誘拐寡婦張鳳姐，逼死平民黃成通，霸占其良田宅園。黃成通的友人黎爺不畏權勢，揭露並告倒了葉蔭芝。全書大旨在警誡權貴勿貪勿淫勿暴。《警富新書》（又名《一捧雪警富新書》）四卷四十回可視為其姊妹篇，作者署「安和先生」，亦不詳其真實姓名。此書據雍正年間廣東番禺發生的一樁血案寫成，敘番禺富豪凌貴興勾結匪徒害死梁天來一家八口，梁天來到縣衙府衙告狀，凌貴興早已買通官府，告狀不受理，連證人也被滅口。梁天來於是上京告御狀，雍正皇帝派欽差勘察此案，沉冤終得昭雪。此書有嘉慶十四年（西元一八〇九年）翰選樓刊本，與《繡鞋記警貴新書》當為同一時期作品。

具有懲戒之意的作品還有《雅觀樓》四卷十六回，作者署「竹西逸史」。今存道光元年（西元一八二一年）維揚同文堂刊本。此書據揚州一件社會新聞寫成，敘揚州錢莊老闆昧心賴了一個賣鹽西商的十萬兩銀子，致使西商鬱鬱而死，西商投胎成了錢莊老闆的兒子，此子長大後吃喝嫖賭，敗光家當，落與乞丐為伍。蔡愚道人《寄蝸殘贅》卷五〈揚州雅觀樓事〉記有其本事[08]。

08　詳見阿英《小說二談・小說新談》。《小說閒談四種・小說二談》，上海古籍出版社 1985 年版，第 157—160 頁。

據說唱改寫的作品有《清風閘》和《玉蟾記》。《清風閘》四卷三十二回，卷首梅溪主人序署嘉慶二十四年（西元一八一九年）。此書係由當時揚州著名評話藝人浦琳的表演整理而成，敘宋仁宗天聖年間，鳳陽府定遠縣清風閘的一位木材商人孫大理被妻子強氏謀殺，兇手逍遙法外，孫大理冤魂不散，顯靈而使案情真相大白。將口頭文學的說書記錄整理成書面文學的小說，未必保有說書在場上的魅力。說書是表演藝術，與小說不是同一藝術門類，各自有不同的藝術表現規律。俞樾《茶香室叢鈔》談到《清風閘》說：「此書余曾見之，亦無甚佳處，不謂當日傾動一時也。殆由口吻之妙，有不在筆墨間耶！」[09]

《玉蟾記》六卷五十二回，作者署「通元子黃石」，有道光七年（西元一八二七年）綠玉山房刊本。此書據彈詞《玉蟾蜍》改寫。《花朝生筆記》云：「明徐有貞，要自一代名臣，然奪門之役，陷于謙於死，論者恨之。彈詞《玉蟾蜍》設言于公後身為某公子，清才美貌，富甲一郡。有玉琢蟾蜍一十二枚，為傳家之寶。後遇十二美人，皆願與終白首，以蟾蜍分遺之，同日成婚，此十二美人者，即有貞與其黨所轉生也。語雖不經，殊快人意。」[10]

小說《玉蟾蜍》改寫時，將于謙改為嘉靖間大將軍張經，將徐有貞改為嚴嵩，除去轉世之說。寫張經之子張昆逃脫嚴嵩

09　俞樾：《茶香室叢鈔》卷十七，中華書局 1995 年版，第 386 頁。

10　蔣瑞藻編：《小說考證》，上海古籍出版社 1984 年版，第 473、474 頁。

殺害，通元子贈他十二枚玉蟾，他將十二枚玉蟾分贈給十二位美女作為婚姻信物，後來平倭有功，剷除嚴嵩奸黨，與十二美女成婚。小說敘述仍有說唱痕跡。

元明白話小說，尤其是話本小說，多有記錄整理和改寫自「說話」者，這是白話小說草創時期的編撰方式。長篇章回小說較早擺脫了對「說話」的依賴，走上作家獨自創作之路，明末清初的話本小說以李漁的作品為代表，也告別了據舊故事改寫的時代。入清以後，白話小說基本上已是作家文學。嘉慶以後出現的《清風閘》、《玉蟾記》又回到據說唱編撰的方式，而且循著這個路線走下去的作品越來越多。雖然不能說這是一種歷史的倒退，但至少說明由於政治和文化的原因，文士們漸離小說而去，小說創作顯露出衰落的徵兆。

同治、光緒之際，蒙古族作家尹湛納希（漢名寶瑛，字潤亭，號衡山）著有《一層樓》和《泣紅亭》兩部受《紅樓夢》影響極深的作品。

尹湛納希（西元一八三七年至西元一八九二年），清卓索圖盟土默特右旗（今遼寧北票下府鄉）人，成吉思汗後裔，襲四等臺吉。其家被稱為「忠信府」。尹湛納希中年時家境已衰落，一生致力於文學創作。據說《青史演義》前八回係其父旺欽巴拉（漢名寶荊山）所作，他繼續寫下去，直到去世亦未能結稿。小說除《一層樓》和《泣紅亭》外，還有未定稿《紅雲淚》以

及早年之作《月鶋》。他還將《紅樓夢》翻譯成蒙文，可見他的蒙、漢文學修養非同一般。

《一層樓》三十二回，敘賁侯府公子璞玉與三位表姐金爐梅、孟聖如、金琴默的坎坷愛情，三位小姐皆才貌雙全，璞玉與她們青梅竹馬，日久生情。璞玉與爐梅更情投意合，但璞玉之父為家族利益，強迫璞玉娶蘇貝勒小姐蘇己為妻。三位表姐從此離散，各自所嫁非人。蘇己雖有才有貌，但身體不仕，不久即病逝。璞玉傷痛不已，意欲出家以絕紅塵。《泣紅亭》上接《一層樓》，敘璞玉隨父到江南赴任，途中聞知聖如未嫁先寡，境況淒涼；琴默拒嫁醜夫投江自盡，被戴中堂救起；爐梅被許嫁中年洋商，遂女扮男裝出逃。曲曲折折，璞玉在杭州與三女相逢，終於結成眷屬。兩部作品實為一部小說的上下集。賁璞玉有賈寶玉的影子，爐梅綽號「爐黛玉」，琴默綽號「琴寶釵」，這些人物形象都受《紅樓夢》的影響。情節中的片段有改寫自《紅樓夢》及續書《後紅樓夢》、《續紅樓夢》等書者。但尹湛納希是一位蒙古族作家，有著蒙古貴族生活的經歷，因此，《一層樓》、《泣紅亭》自有它獨特的風情。

第三章

英雄傳奇小說的餘緒

第三章　英雄傳奇小說的餘緒

第一節　「說唐」英雄的延續

「說唐」是民間「說話」的傳統話題，自瓦崗寨講起，一直往下延續。這個題材的小說與民間「說話」有著密切的關係，清代前朝就有《隋唐演義》、《說唐演義全傳》、《征西說唐三傳》、《反唐演義傳》等。清代後期繼續發展，又有《粉妝樓》和《綠牡丹》兩部。

《粉妝樓》十卷八十回，有嘉慶二年（西元一七九七年）寶華樓刊本。作者署「竹溪山人」，真實姓名不詳。卷首作者自序云:「羅貫中所編《隋唐演義》一書，書於世久矣……前過廣陵，聞世俗有《粉妝樓》舊集，取而閱之，始知亦羅氏纂輯，而世襲藏之，未以示諸人者也。余既喜其故家遺俗猶有存者，而尤愛其八十卷中洋洋灑灑所載忠男烈女、俠士名流，慷慨激昂，令人擊節……雖曰世寢年湮，無從徵信，而推作者命意，則一言盡之曰：不可使善人無後之心也……余故譜而敘之，抄錄成帙，又恐流傳既久，難免魯亥之訛，爰重加釐正，芟繁薙蕪，付之剞劂，以為勸善一徵云。」這些都是托詞。說本書和《隋唐演義》都是羅貫中所撰，足以證明作者「竹溪山人」並無多少見識。

《粉妝樓》敘唐代開國功臣羅成的後裔羅燦、羅焜行俠仗義，除暴鋤奸的故事。粉妝樓是奸相沈謙府邸內的一座樓，為奸相之子沈廷芳尋歡作惡之所。沈廷芳強占民女被羅燦、羅焜所阻，遂處心積慮加害羅氏兄弟。羅氏兄弟被迫逃亡至雞爪

山，聚義討伐權奸。羅焜的未婚妻柏玉霜在粉妝樓打死沈廷芳。英雄和俠女在除奸雪恨之後終成眷屬。權奸及其衙內仗勢橫行，無惡不作，功臣之後不畏強暴，見義勇為，打死衙內闖下大禍，流落江湖，最後聚集武力剷除權奸，這種情節在《反唐演義傳》、《說呼全傳》等小說中反覆呈現，已成為一種英雄傳奇情節的模式。《粉妝樓》只是這種模式的再演繹，毫無創意。但這類剷除持有特權的貪官污吏的故事，反映了民眾在君主專制制度壓迫下的不平和憤懣情緒，頗受廣大民眾的歡迎，故而一再花樣翻新，長銷不衰。

嘉慶五年（西元一八〇〇年）出版的《綠牡丹》六十四回，不署撰人。此書又題《續反唐傳》、《反唐後傳》、《四望亭全傳》等，其命意顯然承接寫薛剛反唐的《反唐演義傳》。《綠牡丹》敘武則天寵信的佞臣吏部尚書之子王倫、西臺御史之子欒鎰萬在地方橫行不法，駱宏勳路見不平，出手主持正義，遂先後得罪二人，遭到誣陷。在困境中與江湖上的花振芳、花碧蓮父女結下深厚情意，花振芳執意招駱宏勳為婿；又結交俠盜鮑福一家，其女鮑金花亦武藝高強，他們在狄仁傑的率領下，與當年反唐的薛剛等人護衛廬陵王回京即皇帝位，一舉剷除了武則天的黨羽。駱宏勳原聘有妻桂氏，又娶花碧蓮為側室。眾人除奸護國有功，俱得封贈。《綠牡丹》得名於考選天下才女的試題「綠牡丹」，鮑金花、花碧蓮、胡賽花三女以文武全才名列前三名。

《綠牡丹》的敘事方式顯然受說書的影響，敘述過程中作者常常出來插話，第四回寫王倫騙誘花氏母女入府，調戲花碧蓮，被花氏母女打得落花流水，客廳上一應古玩器物盡被砸爛，這時作者出來說道：「看官到此，未免要說作書之人前後不照應。王倫家內常養著三五十個教習，今日如何只有這寥寥幾個家人？」作了一番解釋。這是「說話」的常用手段，也是早期話本小說經見的敘事方式。孫楷第說「似就鼓子詞改作」[01]，雖未舉證，按其敘事方式，應該離事實不遠。此書曾被改編成戲曲、曲藝，京劇有《宏碧緣》、《四望亭》、《四傑村》、《翠鳳樓》等，評彈有《宏碧緣》，徽劇、秦腔、川戲、滇劇、梆子等亦有改編者。

第二節　楊家將的餘波

自明代小說《楊家府演義》之後，乾隆年間又有《說呼全傳》演繹楊家將呼延贊後裔呼延守勇、呼延守信的傳奇，清代後期與楊家將掛鉤的小說亦有多種。嘉慶年間演述狄青的小說就有三部：《五虎平西前傳》、《五虎平南後傳》和《萬花樓楊包狄演義》。狄青（西元一〇〇八年至西元一〇五七年）並不屬於楊家將。楊家祖孫三代分別是楊業（西元？年至西元九八六年）、楊延昭（西元九五八年至西元一〇一四年）、楊文廣（西元？年至西元一〇七四年），狄青生活年代在楊延昭與楊文廣

01　孫楷第：《中國通俗小說書目》，人民文學出版社 1982 年版，第 220 頁。

之間，在征戰中也可能有所交集，但《宋史》上並無此項記載。《楊家府演義》描寫狄青掛帥南征儂智高，屢戰不利，損兵折將，朝廷遂派楊宗保（延昭）取代狄青，軍隊扯起楊家旗號，此書中的狄青險些被楊宗保軍前正法。在《楊家府演義》中狄青不隸屬楊家軍，寫得十分清楚。然而《萬花樓楊包狄演義》嘉慶十九年長慶堂藏板本目錄頁和正文卷首卻題「後續大宋楊家將文武曲星包公狄青初傳」，把狄青納入楊家將序列。書中也有楊宗保要斬狄青的情節，罪名卻是押送的三十萬禦寒征衣被劫，狄青乃楊宗保的屬將。

《五虎平西前傳》十四卷一百一十二回，《五虎平南後傳》六卷四十二回，前者寫狄青征西遼，後者寫狄青平廣南儂智高之亂，可視為狄青傳奇的上下集。兩書不題撰人，然為一人所作。狄青為北宋名將，行伍出身，英勇善戰，曾任延州指使、秦州刺史，轉戰西北數年，後平定廣南儂智高叛亂，《宋史》卷二九〇有傳。但小說不顧史實，因循「說唐」薛仁貴、薛丁山外征強敵、內鬥權奸的情節模式。「前傳」存嘉慶六年（西元一八〇一年）刊本，敘狄青征西遼誤入單單國，被迫與賽花公主成婚，被權奸龐洪誣為叛國，狄母被囚。狄青得賽花公主之助打敗西遼，得勝回朝後，龐洪策劃除掉狄青，將一奸臣之女嫁與狄青為妻，該女在洞房行刺，狄青殺死該女，獲罪發配。這時西遼國乘機大舉進犯，包公請出狄青，得賽花公主襄助，

大獲全勝。龐洪陰謀暴露，父女均被處決。狄青與石玉、張忠、李義、劉慶合稱「五虎將」。「後傳」敘五虎將平定南蠻王儂智高叛亂，其時龐洪已死，但朝中另有奸臣陰謀陷害狄青五虎將，狄青之子狄龍、狄虎亦如其父，在征戰中娶得武藝超群的美女，危難之際，楊令公孫女楊金花掛帥出征，與五虎合力平定叛亂，最後處死奸臣。

《萬花樓楊包狄演義》（又名《萬花樓》、《狄青初傳》）十四卷六十八回，作者「李雨堂」，生平不詳。卷首有嘉慶十三年（西元一八〇八年）作者序。此書成書在《五虎平西前傳》及《五虎平南後傳》之後，但所敘狄青的故事卻從狄青出身開始，寫他在峨嵋山學得武藝後往汴京尋母，結識綠林好漢張忠、李義等，即後來被稱為「五虎將」者。他們在萬花樓打死無惡不作的奸臣之子，奸臣乃龐洪（太師）黨羽，由是得罪龐洪，險被處死。出征西夏，在楊宗保麾下效命，屢建戰功，也屢遭朝廷權奸暗算和陷害，幸得包公庇護方免於難。因澄清當年狸貓換太子真相，使奸黨氣焰有所收斂。在與西夏的戰爭中，楊宗保犧牲，狄青被封大元帥，五虎將打敗西夏凱旋回朝。狄青與范仲淹之女成婚，楊宗保之子楊文廣則與百花公主成婚。此書情節與《說呼全傳》有某些重合處，如狸貓換太子，奸相龐洪在《說呼全傳》中叫「龐集」。史上宋仁宗朝確有「龐籍」其人，但並非奸臣。作品從奸臣之子尋歡作樂之所「萬花

樓」命名，與《粉妝樓》相類，人物關係和故事模式也都大同小異，權奸之女是皇帝的愛妃，忠良之士打死奸臣之子，奸臣父女勾結起來迫害忠良，忠良之士得綠林好漢相助，最後終於除掉了禍國殃民的奸臣。本書第六十八回結束云：「有說明此書與下《五虎平西》一百一十二回每事略多關照之筆，唯於范小姐招贅完婚事有不同。然其原古本以來已有此筆，悉依原本，不加改作。」

嘉慶二十年（西元一八一五年）刊行的《後宋慈雲走國全傳》三十五回，不題撰人。嘉慶二十年福文堂刊本內封題「後續五虎將平南」，書末也說明「此書上接《五虎平南》之後，下開《說岳精忠》之書」。此書仍以忠奸鬥爭為主線，作者〈敘〉稱：「天下有道，君子則見；天下無道，君子則隱耳。至於趨炎附勢、尸位素餐之輩，豈與流芳百世之君子同日而語哉。」、「慈雲太子」即宋哲宗之子趙佶，即後來的宋徽宗。此書敘趙佶的母舅陸鳳陽打死奸臣龐丞相之子，母親陸皇后被打入冷宮，趙佶得寇尚書之助逃出魔掌。楊家將後裔五路藩王起兵討逆，攻入汴京擒拿奸相，慈雲太子繼位。書中描寫戰爭多講布陣鬥法，神魔色彩甚濃。

道光元年（西元一八二一年）又有《平閩全傳》五十二回刊行，不題撰人。此書情節模式不同於上述諸書，它敘楊文廣和母親穆桂英等剿平南閩王勾結南閩十八洞主叛亂，雙方布陣

鬥法，各有神魔助戰，有明顯模仿《封神演義》的痕跡。楊家將系列小說的餘波到此已疲弱乏力，再也不能激起可觀的浪花。

光緒十六年（西元一八九〇年）刊行的《天門陣演義十二寡婦征西》十九回，乃截取明代小說《南北宋志傳》中《北宋志傳》第三十二回至第五十回共十九回而成，僅回目標題略有改動，是為書賈剽竊技倆，算不上創作。

第三節　其他歷史人物的傳奇

嘉慶以降，敘寫歷史人物和傳說中的歷史人物的英雄傳奇作品，有寫王昭君的《雙鳳奇緣》，寫花木蘭的《忠孝勇烈奇女傳》，寫竇建德為首的瓦崗寨綠林好漢的《瓦崗寨演義》，寫趙匡胤的《宋太祖三下南唐》等。

《雙鳳奇緣》（又名《昭君傳》）八卷八十回，作者署「雪樵主人」，真實姓名不詳。有嘉慶十四年（西元一八〇九年）刊本。本書以前人戲曲、野史和民間傳說為基礎，大肆虛構，敘王昭君被迫和番，在匈奴十六年，借匈奴之手除掉奸臣毛延壽。她有仙衣護身，始終保持貞操，最後自沉死節。其妹王娉，才色俱佳，且武藝超群，有「賽昭君」之美稱，被漢元帝冊封為皇后，率漢軍大敗匈奴，重振了漢朝國威。書末云：「此書已終，名為《雙鳳奇緣》。因前有昭君，後有賽昭君，續姻報仇，始終異兆，總不外『忠孝節義』四字，青史標名，人人

欽仰，千古奇女子出於一家姊妹，故云《雙鳳奇緣》。」作者思想極其陳腐，且罔顧史實，《漢書．匈奴傳》載昭君嫁呼韓邪單于，生一子，呼韓邪去世，改嫁雕陶莫皋，生二女。強她殉節，實為道學家的妄想。錢靜方《小說叢考》批評說：「演義所載衛律、蘇武、李廣、李陵、毛延壽，信有其人……蘇、李死，前元帝數十年，衛律死，前元帝百年。延壽，畫工也。今以為丞相，謬已。且謂衛律乃其弟子，謬之又謬。蘇武娶胡女為妻，事誠有之；今謂其娶猩猩，大謬。匈奴以女妻李陵而降之，事誠有之；今謂李陵盡忠，胡女盡節，大謬。演義謂元帝卒取昭君妹王氏為后。考史，元帝之后，確係王氏，稽其大族，殆是一家。古者娣姪相從，事所當有，然必謂之姊妹者，非也。或謂：《琴操》謂昭君吞藥而死，故後世小說，無不言其殉節。然《漢史》具在，不得為《琴操》一言所惑也。」小說的本性就是虛構，以史實來責難並不恰當，但從《雙鳳奇緣》歷史常識之缺乏，可推知作者的文化修養極為有限。

與《雙鳳奇緣》同類的寫巾幗英雄的還有《忠孝勇烈奇女傳》三十二回，不題撰人。此書有道光七年（西元一八二七年）淦川周匯淙〈跋〉，成書大約就在此年。木蘭代父從軍是南北朝以來膾炙人口的傳奇，北朝樂府民歌〈木蘭辭〉生動傳寫了當年的傳說。本書採納了〈木蘭辭〉代父從軍、馳騁沙場屢建奇功、凱旋回朝不求封賞的基本情節架構，但把故事移置於唐太宗時代，征戰中大寫臨陣鬥法，祭靈符破妖術，大破玉門關，情節中穿插奸臣構陷，最終木蘭剜胸以示忠心，使唐太宗醒悟被奸臣蒙蔽，冊封木蘭為貞烈公主，葬於木蘭山下，題其坊曰「忠孝勇烈」。小說塞入忠奸鬥爭元素，落於乾嘉英雄傳奇小說情節模式的窠臼，且著力渲染忠孝道德倫理，將〈木蘭辭〉庸俗化了。

咸豐八年（西元一八五八年）刊行的《宋太祖三下南唐》八卷五十三回，作者署「好古主人」，真實姓名不詳。此前的小說《飛龍全傳》第四十回述及女英雄陶三春，插話說：「後來趙太祖三下南唐，於壽州被困，陶三春掛印為帥，領兵下江南解圍救駕。在雙鎖山收了劉金定，二龍山活擒元帥宋繼秩，刀劈泗水王楚豹，有這許多功勞。」《宋太祖三下南唐》演述宋太祖趙匡胤親征南唐在壽州被困三年，但解救他的並不是陶三春，而是梨山老母、陳摶老祖所派的五名女將：劉金定、郁生香、蕭引鳳、艾銀屏、花解語。可見當時說書演述趙匡胤的故事不止一個系統。本書寫趙匡胤所以有被困三年之災，乃因他妄殺功臣，赤眉老祖特遣徒弟余鴻下山支援南唐，以示懲戒。描寫戰爭，熱衷於布陣鬥法，名為宋太祖與南唐之戰，實為兩派劍仙鬥寶。

繼續趙匡胤話題的還有道光二年（西元一八二二年）的《北宋金槍全傳》五十回，署：「江寧研石山樵訂正，鴛湖廢閒主人校閱。」訂正、校閱者真實姓名不詳。《飛龍全傳》第六十回結尾云：「《飛龍傳》如斯而已終。但世事更變，難以逆料，要知

天下此後誰繼，當看《北宋金槍》，便見源委也。」《北宋金槍全傳》實為明代小說《南北兩宋志傳》的北宋部分，是否為《飛龍全傳》所指的《北宋金槍》，不得而知。

咸豐十一年（西元一八六一年）刊行的《瓦崗寨演義全傳》五卷二十回，演述隋末單雄信、王伯當、秦叔寶、程咬金、羅成、徐茂公、魏徵等英雄聚義瓦崗寨，奉李密為王，與群雄爭奪天下，後歸附於大唐李世民的故事。作者梁朗川自序說：「此書前已有作矣，予故擇其最熱鬧者而詳作之，為一小補云。」實則據《說唐全傳》前半部寫成，算不得創作，乃書賈牟利而為之。

第四節　《蕩寇志》和《兒女英雄傳》

《蕩寇志》又名《結水滸傳》，七十回附結子一回。作者俞萬春（西元一七九四年至西元一八四九年），字仲華，號忽來道人。山陰（今浙江紹興）人。諸生。曾隨父宦游廣東，道光十一年（西元一八三一年）鎮壓湘西暴動和廣東起義有功而獲議敘。後以岐黃（醫家）游於杭州，晚歸玄門，兼修淨業。著有《騎射論》、《火器考》、《戚南塘紀效新書釋》、《醫學辨症》、《淨土事相》等。其子俞龍光《蕩寇志識語》稱，俞萬春作《蕩寇志》，「感兆於嘉慶之丙寅（嘉慶十一年，西元一八〇六年），草創於道光之丙戌（道光六年，西元一八二六年），迄丁未（道光二十七年，西元一八四七年），寒暑凡二十易，始竟其緒，未

遑修飾而歿。」[02]

解囊資助《蕩寇志》鋟版的徐佩珂（午橋）作序曰：「余友仲華俞君，深嫉邪說之足以惑人，忠義、盜賊之不容不辨，故繼耐庵之傳，結成七十卷光明正大之書，名之曰《蕩寇志》。蓋以尊王滅寇為主，而使天下後世，曉然於盜賊之終無不敗，忠義之不容假借混朦，庶幾尊君親上之心，油然而生矣。」[03]

此書於咸豐三年（西元一八五三年）在蘇州出版，當年二月太平天國攻占南京，改南京為天京。俞萬春在教民、平民起義風起雲湧之時，他也親身參與過對這類起義的鎮壓，深以為《水滸傳》誨盜，危害極大，如半月老人〈蕩寇志續序〉所說：「蓋以此書流傳，凡斯世之敢行悖逆者，無不藉梁山之鴟張跋扈為詞，反自以為任俠而無所忌憚。其害人心術，以流毒於鄉國天下者，殊非淺鮮。近世以來，盜賊蜂起，朝廷征討不息，草野奔走流離，其由來已非一日。非由於拜盟結黨之徒，托諸《水滸》一百八人，以釀成之耶？」[04]俞萬春及這些衛道者們，面對大有燎原之勢的民眾武力反抗，不追究朝廷腐敗、黑暗以及對民眾殘酷壓榨的原因，卻歸結在一部小說之釀成，這是封建統治者向來持有的思維方式，也是《蕩寇志》創作的初衷。

《蕩寇志》上接金聖歎刪改本《水滸傳》第七十回，回次從

---

02 《蕩寇志》，人民文學出版社 1981 年版，第 1044 頁。

03 《蕩寇志》，人民文學出版社 1981 年版，第 1042 頁。

04 《蕩寇志》，人民文學出版社 1981 年版，第 1047 頁。

第七十一回開頭，迄於第一百四十回，全書實七十回，附「結子」一回。卷前「結水滸全傳」宣講全書緣起和大旨，說「天下後世做強盜的，無不看了宋江的樣：心裡強盜，口裡忠義。殺人放火也叫忠義，打家劫舍也叫忠義，戕官拒捕、攻城陷邑也叫忠義。看官你想，這喚做甚麼說話？真是邪說淫辭，壞人心術，貽害無窮」。為辨明盜賊與忠義，所以有《蕩寇志》之作。

《蕩寇志》開頭接盧俊義驚惡夢，朝廷練兵準備討伐梁山，戴宗、周通下山潛入東京探聽軍情，引出陳希真、陳麗卿父女。接著敘陳氏父女的故事。陳希真父女的遭遇與林冲頗為相似，高衙內調戲陳麗卿並欲強娶為妻，被陳氏父女狠狠教訓了一頓，連耳鼻也都割去了，高俅誓要捉拿陳氏父女，陳氏父女被逼走上江湖，但卻不上梁山，去了猿臂寨落草。戴宗、周通拉他上梁山，他對女兒說：「我恁的沒路走，也不犯做賊！便做賊，也不犯做宋江的副手！」他認為自己出身名門，曾做過京畿南營提轄，征討西夏建有戰功，雖被權臣迫害，伏處草莽，也不敢忘卻朝廷累世厚恩，去仿效宋江。他結識祝家莊祝朝奉的兄弟祝永清，並將陳麗卿許之為妻，而祝永清一心要報梁山踏平祝家莊之仇。陳氏父女在猿臂寨結納眾多英雄，殲滅了梁山所屬的山頭，並與梁山泊楊雄、石秀以及狄雷所據青雲山對壘，陳希真取勝後又與宋江在魏河交戰。陳希真配合政府軍作戰有功，被朝廷招安，授忠義勇士名號，從此成為政府軍的一

部分，在張叔夜的統率下，圍剿梁山，俘獲了尚未戰死的宋江、盧俊義、吳用、公孫勝等三十六人，解赴東京處死。包括陳希真、陳麗卿父女在內的三十六位功臣均得皇帝封賞。

小說特別安排王進陣前痛罵林沖，致使林沖氣死的情節。王進指林沖說：「你做的是殿帥府教頭，我做的也是殿帥府教頭；你受高俅的管束，我也受高俅的管束；高俅要生事害你，高俅何嘗不生事害我？我不過見識比你高些。」指林沖陷入綠林，橫行無忌，以致走上不歸之途，當場將林沖氣倒於馬下，不久即鬱憤而死，此前還安排荀冠道人質問宋江說：「貪官污吏干你甚事？刑賞黜陟，天子之職也；彈劾奏聞，臺臣之職也；廉訪糾察，司道之職也。義士現居何職，乃思越俎而謀？」《蕩寇志》的邏輯很清楚，平民百姓受壓迫、受凌辱，只應忍氣吞聲，如果起而反抗，那就是造反，就是大逆不道。這種皇權專制下的順民理論，當然是為當時已經腐敗透頂的專制政治服務的，在太平天國運動方興未艾之時提出來，其政治傾向尤為顯眼。咸豐十年（西元一八六〇年）李秀成攻克蘇州，就將《蕩寇志》板片收繳付之一炬。同治七年（西元一八六八年）當道又續刻是書，使其廣為流布。

《蕩寇志》反《水滸傳》，但其筆法卻極力模仿《水滸傳》，在人物關係和情節設計上十分注意與《水滸傳》照應。描寫戰爭，加入不少布陣鬥法的場面，陳希真就被渲染成修煉有超常法術的人物。人物形象塑造方面，陳麗卿的個性較為鮮明。如

果論其敘事藝術，《蕩寇志》在《水滸後傳》和《後水滸傳》之上，與同時期的英雄傳奇小說相比，也算得上佼佼者。

清代後期，《兒女英雄傳》也是一部較有影響力的作品。作者署「燕北閒人」，實名文康（西元一七九八年至西元一八六六年後），字鐵仙，一字悔庵，費莫氏，鑲紅旗人。出身顯赫家族，號稱「三代四大學士之家」。道光年間文康由捐納任理藩院員外郎、郎中將近二十年，由理藩院郎中升任天津河間兵備道，道光二十六年（西元一八四六年）特起為駐藏辦事大臣，以疾不果行，咸豐元年（西元一八五一年）任安徽鳳陽通判，同治二年（西元一八六三年）至五年（西元一八六六年）任四川榮昌知縣。晚年生活困頓，諸子不肖，將家產敗光。光緒四年（1878）馬從善《兒女英雄傳序》講到他的境遇說：「晚年諸子不肖，家道中落，先時遺物斥賣略盡。先生塊處一室，筆墨之外無長物，故著此書以自遣。其書雖托於稗官家言，而國家典故，先世舊聞，往往而在。且先生一身親歷乎盛衰升降之際，故於世運之變遷，人情之反覆，三致意焉。先生殆悔其已往之過，而抒其未遂之志歟？」[05]

《兒女英雄傳》初版於光緒四年，為北京聚珍堂活字本，四十回，首有緣起一回。今存鈔本十八冊，每冊為一卷，共十八卷，卷首「緣起首回」，終第三十九回（此回包括今本第

05　《兒女英雄傳》卷首，齊魯書社 1990 年版，第 1 頁。

三十九整回和第四十回半回）。回目著錄為五十三回，此鈔本並非全帙。光緒四年馬從善〈兒女英雄傳序〉稱小說原本五十三回，「回為一卷，蠹蝕之餘，僅有四十卷可讀，其餘十三卷殘缺零落不能綴輯，且筆墨弇陋，疑為夫己氏所續，故竟從刊削」。可知今本四十回並不是原作的全部。

卷首「緣起首回」論及兒女英雄說：「這『兒女英雄』四個字，如今世上人大半把他看成兩種人、兩樁事：誤把些使氣角力、好勇鬥狠的認作英雄，又把些調脂弄粉、斷袖餘桃的認作兒女。所以一開口便道是『某某英雄志短，兒女情長』，『某某兒女情薄，英雄氣壯』。殊不知有了英雄至性，才成就得兒女心腸；有了兒女真情，才作得出英雄事業。」作者針對的是以《水滸傳》為代表的江湖英雄觀，江湖亡命漢將「英雄」與「兒女」對立，所謂「兒女情薄，英雄氣壯」，宋江、盧俊義遭厄，皆禍起女人，他們視女人為禍水，排斥兒女之情。而作者也並不認為亡命江湖、打家劫舍的是英雄，第二十一回就曾指《水滸傳》上的梁山泊「胡作非為」，「緣起首回」還說，「立志要作個忠臣，這就是個英雄心，忠臣斷無不愛君的，愛君這便是個兒女心；立志要作個孝子，這就是個英雄心，孝子斷無不愛親的，愛親這便是個兒女心」。《兒女英雄傳》的英雄秉持忠孝之心，調和了英雄氣概和兒女之情，這是全書的大旨，也反映了英雄傳奇小說的英雄觀的重大變化。

本書所寫的主人公安驥、何玉鳳（號十三妹者），便是作

者據此觀念塑造出來的兒女英雄。小說以康熙末、雍正初為背景，敘北京漢軍世族舊家公子安驥，因父親忤逆上司被陷入獄，攜鉅款南下到山陽縣救父，途經能仁寺，被一夥奸僧劫掠。生死千鈞一髮之際，被俠女十三妹解救。同時被救的還有張金鳳和她的父母。十三妹幫助安驥湊足贖金，又撮合安驥與張金鳳成婚。安驥在父親出獄之後，尋訪十三妹蹤跡，知十三妹原名何玉鳳，其父被奸臣陷害，化名十三妹報仇尋父。她得知自家仇人已被朝廷誅戮，父親也已不在人世，意欲自盡，安驥之父百般勸慰，使她也嫁給了安驥。安驥在金、玉兩位夫人的激勵之下，發憤攻讀，連中舉人、探花，授翰林院侍講學士、國子監祭酒等，二女各生一子，子貴孫榮，華貴無比。

文康作《兒女英雄傳》也有反《紅樓夢》之意而為之的意思，他認為《紅樓夢》是一部「香豔談情」（第三十四回）的書。就拿這《兒女英雄傳》裡的安龍媒（驥）講，比起那《紅樓夢》裡的賈寶玉，雖說一樣的兩個翩翩公子，論閥閱勳華，安龍媒是個七品琴堂的弱息，賈寶玉是個累代國公的文孫，天之所賦，自然該於賈寶玉獨厚才是。何以賈寶玉那番鄉試那等難堪，後來直弄到死別生離？安龍媒這番鄉試這等有興，從此就弄得功成名就？關鍵在賈寶玉「丟開正經」，而安驥「不肯丟開正經」。又說：「講到安公子的眷屬何玉鳳、張金鳳，看去雖合賈公子那個帷中人薛寶釵、意中人林黛玉同一豔麗聰明，卻又這邊是刻刻知道愛惜他那點精金美玉，同心合意媚茲一人；

那邊是一個把定自己的金玉姻緣，還暗裡弄些陰險，一個是妒著人家的金玉姻緣，一味肆其尖酸，以致到頭來弄得瀟湘妃子連一座血淚成斑的瀟湘館立腳不牢，慘美人魂歸地下，畢竟『玉帶林中掛』，蘅蕪君連一所荒蕪不治的蘅蕪院安身不穩，替和尚獨守空閨，如同『金釵雪裡埋』，還叫他從那裡『之子於歸，宜其室家』？」（第三十四回）文康思想的平庸淺薄如此，《兒女英雄傳》之思想傾向即此可見。

《兒女英雄傳》描述俠女十三妹在「悅來店」、「能仁寺」的傳奇情節，是全書最具魅力的部分，如果沒有這一部分情節，這部作品就稱不上「英雄傳奇小說」，只是才子佳人小說的亞流而已。

本書敘述類比說書人的敘事方式，用純熟的北京口語寫成，再加上詼諧的趣味，形成一種獨特的風格。第六回「十三妹能仁寺除奸」描述能仁寺的一場武打，有層次、有節奏，文字乾淨俐落，十分生動傳神。在十三妹解救綁在柱上的安公子這一情節中，作者不寫十三妹如何趕到能仁寺，如何飛彈來打舉刀欲殺安公子的奸僧，卻只從安公子的視角寫大和尚如何中彈，小和尚又如何中彈，保持了場面的連續性，渲染了氣氛的緊張，到安公子從驚嚇昏迷中清醒過來，方見到十三妹從牆頭上跳了下來，與四五個和尚廝殺，一招一式，一來一往，寫得穩健有力，一絲不亂。《兒女英雄傳》的敘事深得「說書」的壼奧。文康是一位旗人，敘事運用北京方言，有其獨有的俏皮和風趣。

第四章

《鏡花緣》及其他諷喻小說

第四章　《鏡花緣》及其他諷喻小說

第一節　《鏡花緣》

《鏡花緣》被魯迅稱為「博物多識之作」[01]，這個論斷言之有據。《鏡花緣》一百回，講說學問的地方很多，諸子百家、琴棋書畫、醫卜星相、聲韻訓詁、曆算輿圖乃至燈謎酒令，論說起來滔滔不絕。例如寫百位才女臨別前聚會十日，從第六十九回到第九十四回，用了整整二十六回的篇幅展示她們的學問。這些學問並非泛泛之談，陸以湉《冷廬雜識》曰：「《鏡花緣》說部徵引浩博，所載單方，以之治病輒效。表弟周蓮史太史士炳，為予言之，予母周太孺人，喜施方藥，在臺郡時，求者甚眾。道光癸卯夏，有患湯火傷，遍身潰爛，醫治不效，來乞方藥。檢閱是書中方用秋葵花浸麻油同塗。時秋葵花方盛開，依方治之立愈。乃採花貯油瓶中，以施人，無不應手獲效。」[02]

《鏡花緣》中所論學問雖非妄言，但作為小說，游離於人物性格和情節來大談學問，非文學所宜，議者頗有微詞。楊懋建《夢華瑣簿》云：「嘉慶間新出《鏡花緣》一書，《韻鶴軒筆談》亟稱之，推許過當。余獨竊不謂然。作者自命為博物君子，不惜獺祭填寫，是何不徑作類書而必為小說耶？即如放榜謁師之日，百人群飲，行令糾酒，乃至累三四卷不能畢其一日之事。閱者昏昏欲睡矣。作者猶津津有味，何其不憚煩也。」[03]

01　魯迅：《中國小說史略》第二十五篇〈清之以小說見才學者〉。

02　轉引自孔另境編《中國小說史料》，上海古籍出版社 1982 年版，第 216 頁。

03　轉引自孔另境編《中國小說史料》，上海古籍出版社 1982 年版，第 215 頁。

《鏡花緣》作為小說，吸引一般讀者的是書中描述唐敖偕多九公、林之洋遊歷海外各國，所見異域奇民、殊方風俗，作者藉以暗諷時下風氣，詼諧風趣，寓意深遠，其諷刺筆力雖不如寫實的《儒林外史》，卻在《斬鬼傳》、《平鬼傳》之上。

《鏡花緣》成書約在嘉慶二十年（西元一八一五年）。作者李汝珍（約西元一七六三年至西元一八三〇年），字松石，直隸大興（今屬北京）人。乾隆四十七年（西元一七八二年）隨兄移居海州板浦，從凌廷堪受業，凌氏精通樂理音韻，李汝珍受益良多。嘉慶六年（西元一八〇一年）李汝珍赴豫東縣丞任，參與治河，頗有建樹。《鏡花緣》中對女兒國治水的描寫，就本於他在豫東治水的經驗。他學識淵博，撰有音韻學著作《李氏音鑒》、圍棋書《受子譜》等，《鏡花緣》中有大量論學說藝的文字，均反闢外之談。李汝珍創作《鏡花緣》耗費了半生心血，其第一百回自云：「恰喜生逢聖世……讀了些四庫奇書，享了些半生清福。心有餘閒，涉筆成趣，每於長夏餘冬，燈前月夕，以文為戲，年復一年，編出這《鏡花緣》一百回……小說家言，何關輕重！消磨了三十多年層層心血，算不得大千世界小小文章。」《鏡花緣》於嘉慶二十三年（西元一八一八年）在蘇州付梓版行。

《鏡花緣》一百回，前六回在全書中有「楔子」的作用。文敘西王母壽誕，嫦娥要百花仙子下令百花齊放為西王母慶壽，百花仙子不肯從命，她認為花時有序，不能聚四季於一時讓百花齊放，且立誓說倘日後有百花齊放之事，情願墮落紅塵受孽海無邊之苦。不料天星心月狐下凡為武則天，改唐為周，在殘冬賞雪酒宴上旨令百花齊放，眾花未及請示百花仙子，竟然全部綻放。為此百花仙子和九十九位花仙全被貶下塵世。百花仙子降生為嶺南秀才唐敖之女唐小山（閨臣），按作者設計，其他九十九位花仙下凡後均為才女，散居各地，歷經艱難曲折，最後了結塵緣返回瑤池。前六回勾勒出全書情節的因果框架，也宣示了全書主旨是為天下才女立傳吐氣。

第七回至第五十三回寫唐敖遊歷海外，唐小山尋父出海，唐氏父女漂洋遨遊的經歷是全書最精彩的部分。唐敖隨妻舅林之洋出海，歷經君子國、大人國、無腸國、無股國、黑齒國、白民國、淑士國、兩面國、巫咸國、岐舌國、女兒國等二十餘國，逢「夢神」所示十二才女，游至小蓬萊便隱居不返。唐小山出海尋父，亦經種種磨難，至小蓬萊獲父信，又睹泣紅亭石碑之文，遂遵父意，改名閨臣，回國往京中應武則天特詔女科試。

唐敖遊歷海外諸國的見聞，最富諷刺色彩。各國之國名及風物，來源於《山海經》、《博物志》、《淮南子》、《南史》、《文獻通考》等書記載，當然屬子虛烏有，作者不過借題發揮，用以諷喻時下社會風氣。「小人國」裡人情澆薄，口是心非，明是甜的，他偏說苦的，明是鹹的，他偏說是淡的，是個詭詐異

常的國度。「白民國」的學館裡詩書滿架，筆墨如林，學人金玉其外，敗絮其中，把《孟子》的「幼吾幼，以及人之幼」讀成「切吾切，以反人之切」，還要自誇學問淵博。「淑士國」書聲琅琅，家家戶戶豎著「賢良方正」、「孝悌力田」、「通經孝廉」等金字匾額，連酒保都是儒巾素服，滿口「之乎者也」，到處散發著腐儒的酸氣。「兩面國」的國民都有兩副面孔，正面謙恭笑臉，背面兇險惡臉，平時都把腦後面孔遮住，只露一張和藹謙恭的笑臉。「長臂國」的人伸出臂來竟有兩丈，這是因為他們總喜歡去拿別人的東西，於是手伸得越來越長。「豕喙國」的人都長著一張豬嘴，那是因為他們慣於扯謊，受到陰間冥官的懲罰，弄成如此形象。「穿胸國」的人居心不良，因而心肺俱爛，只得拿狼心狗肺進行填補。

然而最引人入勝的是林之洋在「女兒國」被選為王妃的奇遇。「女兒國」以女為尊，傳統男尊女卑的地位格局被顛倒，唐敖的妻兄林之洋被國王選為王妃，他像常態社會的女人一樣被纏足，那纏足其實就是一種肉刑，一群力大無窮，生著黑鬚的「宮娥」強行用力將林之洋的兩腳曲成彎弓，拿白綾一層一層嚴實纏裹，林之洋雙腳如炭火炙烤一般疼痛，而鬆開腳步，即遭到竹板的懲罰。林之洋在「宮娥」的看守下，簡直就是一個受刑的犯人。女子纏足是一種反自然的行為，是中國父權社會中男子的一種畸形性心理的產物，千百年來許多文人墨客寫了許

多讚賞女人小腳的詩文，而不知女人纏足之痛苦，李汝珍用「己所不欲，勿施於人」的倫理邏輯，讓林之洋這個男人來嘗嘗女人纏足的滋味—男人所不欲，還要施之於女人嗎？「女兒國」的故事讓人忍俊不禁，其諷刺的蘊含卻是十分深刻的。古代小說充斥著對「三寸金蓮」的讚美，唯《鏡花緣》第一個站出來棒喝這個千年承襲下來的變態陋習。李汝珍對待女性的態度，可與蒲松齡、曹雪芹同列。

《鏡花緣》寫的海外諸國中，也有幾個理想化的，如民風淳厚、好讓不爭的「君子國」，毫無小人習氣的「大人國」，無論貧富皆以才學高為貴的「黑齒國」，這些描寫表現了作者的美好社會理想。

第五十四回至第一百回敘唐小山回國後應試女科，與其他九十九名才女同登黃榜，姓名及名次正如泣紅亭碑文所記。眾才女聚集一堂，彈琴賦詩，論學說藝，各顯其能。歡宴後，唐小山再度出海尋父，亦入小蓬萊仙山不歸。此時徐敬業等人後代再次起兵反周復唐，在爭戰中十位才女先後殉難，中宗復辟，尊武則天為太后，武則天又下懿旨，來歲再開女科，命前科才女重赴宏文宴。

一百回，如作者自云，「僅得其事之半」，百名才女除殉難之十名外，如何返歸瑤池，應該是一百回後的情節。作者本想完成全稿後付梓，但友人勸他：「子之性既懶而筆又遲，欲脫全

稿，未卜何時；何不以此一百回先付梨棗，再撰續編，使四海知音以先睹其半為快耶？」故書末云：「若要曉得這鏡中全影，且待後緣。」然而「後緣」終未成書，只留下故事並不完整的一百回《鏡花緣》。

《鏡花緣》的人物形象缺乏個性描寫，情節基本上是單線發展，其藝術成就集中表現在它的諷喻上。它承襲的是《斬鬼傳》虛擬手法，而不是《儒林外史》的寫實路線。描寫海外諸國，顯示出豐富和奇特的想像，敘述詼諧機智，寓意深長，在古代諷刺文學中占有一席之地。

第二節　其他諷喻小說

筆調幽默而近於滑稽的諷喻小說，在清代後期有《何典》和《常言道》。

《何典》十回，原題「纏夾二先生評」、「過路人編定」。光緒二十年（西元一八九四年）上海晉記書莊石印本署「上海張南莊先生編」、「茂苑陳詩人小舫評」，可知「過路人」是張南莊的筆名，「纏夾二先生」是陳得仁的筆名。這筆名即有滑稽的意味。張南莊為乾嘉時人，生卒年不詳。光緒四年（西元一八七八年）「海上餐霞客」〈何典跋〉云：「《何典》一書，上邑張南莊先生之作也。先生為姑丈春蕃貳尹之尊人，外兄小蕃學博之祖。當乾嘉時，邑中有十布衣，皆高才不遇者，而先生為之冠。先生書法歐陽，詩宗范陸；尤劬書，歲入千金，盡以購善本，藏書甲於時。著作等身，而身後不名一錢，無力付手民。憶余髫齡時，猶見先生編年詩稿，蠅頭細書，共十餘冊。而咸豐初，『紅巾』據邑城，盡付一炬。獨是書倖存。」[04]

《何典》成書具體時間無以確知，它在作者生前並未出版，其最早印本為光緒四年上海申報館仿聚珍板排印本，收入《申報館叢書》。

《何典》上承《斬鬼傳》、《平鬼傳》，借鬼蜮諷喻人世，但它與前者又有所不同，前者諷喻的是人性的一些弱點，如吝嗇、欺詐、好色、無恥等，每個鬼都是人的一種品性的符號，《何典》諷刺的是社會的腐朽、醜惡和悖謬，更接近世情小說。

本書敘三家村暴發戶活鬼中年得子，說是天尊所賜，於是大肆鋪張慶祝，造廟做戲，不料樂極生悲，戲場上酒鬼鬥毆打死人，地方官吏不捉拿真凶，卻借此敲詐活鬼，坐他「造言生事」之罪，將活鬼家財勒剝殆盡，活鬼出獄後又染上瘟疫不治而亡。未幾，其妻雌鬼改嫁劉打鬼，結果家產被占且挨打受氣，鬱鬱而死。剩下孤兒活死人乞討為生，後得仙人所授仙丹，又拜鬼谷先生為師，學得周身本事，幫助閻王鎮壓了兩個大頭鬼的造反，建立不世之功，封妻蔭子，青史留名。小說滿篇都是說鬼，但無一不是說人間世故人情。作者對現實和人性

04　丁錫根編著：《中國歷代小說序跋集》，人民文學出版社 1996 年版，第 1706 頁。

的認識並沒有特別深刻之處，獨到之處是巧妙地運用作者家鄉一帶的俚語方言，不避極土極村的字眼，嬉笑怒罵，將世相塗上滑稽色彩，儘管油滑村俗，卻頗得世相之神髓。

用俗語諧音寓意譏諷，風格接近《何典》的有《常言道》四卷十六回，作者「落魄道人」，真實姓名不詳。今存刊本卷首〈序〉署「嘉慶甲子（嘉慶九年，西元一八〇四年）新正人日西土痴人題於虎阜之生公講臺」。成書當在嘉慶九年。「虎阜」即蘇州虎丘，「生公」即南朝梁僧竺道生，傳說他在虎丘寺聚石講經，石皆點頭。「西土痴人」與「落魄道人」也許是作者的兩個別號。其〈序〉云：「別開生面，止將口頭言隨意攀談。迸去陳言，只舉眼前事出口亂道。言之無罪，不過巷議街談；聞者足戒，無不家喻戶曉。雖屬不可為訓，亦復聊以解嘲。所謂常言道俗情也云爾。」

小說描述明末秀才時伯濟（諧音「時不濟」）家有祖傳至寶金銀錢，該錢有子、母各一枚，時家僅有子錢。時伯濟懷揣子錢不意進入小人國，小人國財主錢士命（諧音「錢是命」）卻有母錢。若子錢與母錢到一人之手則可聚錢無數。錢士命為占有子錢，費盡心機，不擇手段，最後一無所有，一家化為烏有；而時伯濟受盡凌辱，歷經艱難才走出小人國，福緣善慶，終得金銀錢，一家歡樂。全書譏諷「金錢萬能」的觀點，如第一回所說，「無德而尊，無勢而熱，無翼而飛，無足而走，無遠不往，無幽不至。上可以通神，下可以使鬼。係斯人之性命，關一生之榮辱。危可使安，死可使活，貴可使賤，生可使殺……真是天地間第一件的至寶」。

《常言道》以儒家的義利觀批判「金錢萬能」的觀點，主題明確而單一，有概念化傾向，較之《何典》針對世相的描摹和信手著墨，則呆板得多。

第五章

俠義公案小說

第五章　俠義公案小說

第一節　武俠與清官的結合

俠義公案小說是清代後期興起的一個小說類型。它是俠義小說與公案小說結合的產物，且有著深刻的社會歷史背景。

俠義小說源遠流長，《史記》中〈刺客列傳〉、〈遊俠列傳〉記敘的都是歷史上真實的人物，這些傳記已現俠義小說的雛形。至唐代，傳奇小說〈虯髯客傳〉、〈紅線〉、〈崑崙奴〉、〈聶隱娘〉等，成為文言的俠義小說的成熟標誌。白話的俠義小說發展相對遲滯，其作品均為話本小說，如明代《拍案驚奇》卷四〈程元玉店肆代償錢，十一娘雲岡縱談俠〉之類，作品稀少，不成氣候。俠義小說與英雄傳奇小說容易混淆。俠義小說中的俠客，誠然也是英雄，但他們與英雄傳奇小說的英雄之根本不同之處在於其毫無功名之心，趨人之急，捨己之私，不張揚、不圖報，獨往獨來，行蹤飄忽不定。如李白詩〈俠客行〉所云：「十步殺一人，千里不留行。事了拂衣去，深藏身與名。」英雄傳奇小說中的英雄，固然也有仗義行俠之舉，縱橫天下，但總以建功立業為歸宿，跳不出功名利祿的圈子。

白話的公案小說繁榮於明代後期，如《包龍圖百家公案》、《海剛峰先生居官公案傳》等，每部作品都輯錄了分門別類的許多案件，故事敘述簡略，而判詞卻常常全文照錄，它們與當時的法律類「珥筆書」有密切的關係。這類作品的創作隨明朝覆亡而沉寂，入清一百數十年後，至嘉慶五年（西元一八〇〇年）

方有無名氏《于公案奇聞》八卷二百九十二回問世，也為公案小說的編撰畫上了句號。

俠義公案小說不同於俠義小說，也不同於公案小說。這類作品中的武俠，或者除奸鋤霸，或者平定叛亂，都依附於一位清官，實際上是清官法外施法的工具，「俠」不再超然法外，也失去獨立的品格，徒具「俠」的虛名而已；作品中的清官，欲維護法律公正和社會正義，但面對強大的邪惡勢力，加之統治體系腐敗無能，不能不依賴體制外的武俠的幫助。這類作品文武相濟，情節突破傳統的俠義、公案常套，故頗受讀者青睞。俠義公案小說是民間說唱的產物，其文本都是據說唱記錄整理修訂而成，具有濃厚的市井趣味，不同於單純的文人創作。

俠義公案小說興起於乾隆、嘉慶之際，其標誌性作品是《施公案奇聞》（簡稱《施公案》）。乾隆時代既是清朝繁榮的頂點，又是清朝衰敗的起點。一方面因為官僚地主對平民的欺壓剝削達到肆無忌憚的程度，另一方面因為秘密宗教教民、農民和少數民族的反抗，暴動起義和血腥鎮壓漸至成為社會常態。政府在鎮壓民眾反抗的同時，又有招撫和利用社會上好勇鬥狠的「強梁」，以對付反叛者的策略；而那些混跡於江湖的遊民，投向政府陣營，在鎮壓反叛者的戰爭中建功立業者多有所在，這條道路遂成為市井遊民嚮往的發跡變泰的終南捷徑。清官公正廉明，義俠除暴安良，是君主專制體制下無助的草民所企望的救星。這樣的社會政治背景，市井社會的這種心態，成為俠義公

案小說產生的土壤。俠義公案小說作品種數不多，但它們很受歡迎，全國各地爭相翻刻再版，印數驚人。且續作一續再續，仍意興未了。在清代後期，俠義公案小說成為最時興和流行的小說類型之一。

第二節　《施公案奇聞》

描寫清官施仕倫和俠客黃天霸的《施公案奇聞》八卷九十七回，不署撰人。卷首《施公案序》末署「嘉慶戊午孟冬月新鐫」，「戊午」為嘉慶三年（西元一七九八年），可斷為成書時間。小說的主人公施仕倫，原型即歷史上的施世綸（西元一六五八年至西元一七二二年），為施琅之子，康熙二十四年（西元一六八五年）以蔭生知江蘇泰州，後歷任揚州、江寧知府，湖南布政使，順天府尹，戶部侍郎及漕運總督。為官清正廉潔，「不侮矜寡，不畏彊禦」，其施政事蹟在民間廣為傳頌，並成為說唱的熱門話題。嘉慶初年車王府曲本說唱鼓詞《劉公案》就提到說書有「施公案」，該書《都察院》還提到一位擅長講說「施公案」的說書藝人黃輔臣。陳康祺（西元一八四〇年至西元一八九〇年）《燕下鄉脞錄》記曰：「少時即聞鄉里父老言，施世綸為清官。入都後，則聞院曲盲詞有演唱其政績者，蓋由小說中刻有《施公案》一書，比公為宋之包孝肅，明之海忠介，故俗口流傳，至今不泯也。」[01]

01　轉引自孔另境編輯《中國小說史料》，上海古籍出版社 1982 年版，第 211 頁。

《施公案奇聞》係據當時說書編撰而成。全書九十七回，每回文字較一般章回小說要少得多，敘述中保留著一些說書的痕跡。全書以施仕倫為貫串全書的中心人物，情節乃串聯許多案件而成，著重描寫施公審案的精明詳察。在這一點上十分接近明代《包龍圖百家公案》之類的公案小說。與明代公案小說不同的是，情節中插入一位俠士黃天霸，這黃天霸為救自己的綠林朋友欲刺殺施公，反被施公收服為爪牙。黃天霸在情節中只是一個配角，著墨並不多，但這個人物的出現，則使《施公案奇聞》在公案小說的類型上發生了蛻變。這種演變到了《三俠五義》時，俠士在情節中的地位和作用便得到提升，由配角而一躍為與清官包拯並列的主角。《施公案奇聞》續書中的黃天霸也成為主角，俠士在情節中比重不少於清官，甚至大於清官，成為俠義公案小說類型的標準模式。

《施公案奇聞》演述施公在江都縣以及順天府所斷各類案件，至赴通州倉廠總督之任，大旱祈雨為止。小說描寫施公的形象是「麻臉，缺耳，歪嘴，雞胸，項肩，身軀瘦弱，容甚不好」（第三十七回）。描寫他的步態「一跛一點走下公堂」（第二十九回），顯然還有腿疾。全書開頭一段文字就說他「為人清正，五行甚陋」，御賜「不全」之號。這描寫似乎並不是醜化，俞樾《茶香室三鈔》卷四記云：「國朝龔煒《巢林筆談》云，漕憲施公，貌奇醜，人號『缺不全』。初任縣尹謁上官，上官或掩口而笑。公正色曰：『公以其貌醜邪？人面獸心可惡耳；若某則獸面人心，何害焉？』」[02]

鄧之誠《骨董三記》亦記曰：「顧公燮《消夏閒記》云：康熙時蘇州施撫軍世綸，係將軍琅之子，以功蔭。貌甚奇：眼歪，手瘸，足跛，口偏。」[03] 相貌的醜陋和心靈的美麗，這等強烈的反差，給人難忘的印象。小說描寫黃天霸是揚州、江都有名的「響馬」，號稱「南方四霸」之一，武藝高強，能飛簷走壁，手使鏢槍三支，年紀二旬有餘，頷下無須，江湖上自號為「我」。投靠施公後，施公認為他名字不雅，令改名「施忠」。黃天霸只是受施公調遣的忠實走卒，形象並不鮮明。

《施公案奇聞》只是演述了施公生平事蹟的一個段落，續作有很大的創作空間。光緒年間，就有《施公後傳》一百回、《三續施公案》五十回、《四續施公案》五十回、《五續施公案》四十回、《六續施公案》四十回、《七續施公案》四十回、《八續施公案》四十回、《九續施公案》四十回、《全續施公案》四十回。光緒二十九年（西元一九〇三年）集正續十種合刊，題《施公案全傳》五百二十八回，其書〈序〉曰：「夫《施公案》一書，久已海內風行，南北書肆，各有翻刻。僅以江都令始，以倉督終。其敘事簡略，用筆草率，大有疏漏。而施公之德政偉績，又未能罄其什一。兼之書中語言，本係北音，輾轉

02　俞越：《茶香室叢鈔》（三），中華書局 1995 年版，第 1053 頁。

03　鄧之誠：《骨董瑣記全編》，北京出版社 1996 年版，第 469 頁。

翻刻，殊多亥豕魯魚之訛。本局將前部重複校補刊刻，與後案合成全璧。凡名傳、方略、實錄，無不採取。蓋施公之忠君報國；天霸一綠林傑寇耳，棄逆從順，卒至身膺殊典，褒封公爵，至今姓氏昭著，猶在人口，雖施公之德政化人，亦由改過遷善之獲報也。前後采輯，凡五百二十八回，悉心讎校重刊，以公同好。雖屬稗官野史之文，而實跡實事，直可補正史之一助耳。」[04]

全傳在正集之後，敘施仕倫以太子少保銜賑災山東，一路除奸鋤霸，因放賑有功，擢總漕巡按，往淮安赴任途中及在總漕任上昭雪冤案，剿滅盜賊，偵破仁壽宮御馬被盜案，黃天霸擒獲盜馬者綠林好漢竇爾敦；又追回被盜的御用琥珀夜光杯，並除掉與山賊勾結的奸臣。施仕倫政績卓著，加封太子太保，黃天霸授江南提督，諸英雄各有封賞。歷史上的施仕（世）綸，《清史稿》有傳，稱「世綸當官聰強果決，摧抑豪猾，禁戢胥吏。所至有惠政，民號曰『青天』。[05]」但小說並不如〈施公案全傳序〉所言，「實跡實事」，乃是據施世綸事蹟牽藤掛蔓，故事情節多由附會虛構，小說家言而已。

《施公案奇聞》在當時流傳甚廣，影響極大。京劇和地方劇種爭相搬演，描寫黃天霸的京劇之目就有三十多種，《惡虎

04　光緒二十九年上海廣益書局石印本《施公案全傳》卷首。

05　《清史稿》第三十三冊，卷二七七，列傳六十四，中華書局排印本 1977 年版，第 10097 頁。

村》（《施公案奇聞》第六十四回至第六十八回）、《落馬湖》（《四續施公案》第四十六回）《盜御馬》（《七續施公案》第一回）、《連環套》（《七續施公案》第二至第九回，又第十七回至第三十四回）等，在晚清都是民眾耳熟能詳的劇碼。

第三節　《七俠五義》

如果說《施公案奇聞》是俠義公案小說的發軔之作，那麼光緒年間的《七俠五義》則是俠義公案小說的成熟、代表之作。

《七俠五義》又名《忠烈俠義傳》、《三俠五義》，一百二十回。據說唱編撰成書。它原是道光、咸豐年間著名說唱藝人石玉崑的口頭文學作品。石玉崑是天津人，生卒年不詳，有記載說他技藝高超，在北京享有盛名。他說唱的節目尤以包公案最為精彩，有人記錄下來，刪去唱詞，僅存白文，題為《龍圖耳錄》共一百二十回，刊印以供人閱讀。至光緒年間，有「問竹主人」（真實姓名不詳）將《龍圖耳錄》加以修訂，仍保留一百二十回的規模，改題為《忠烈俠義傳》。修訂者〈序〉稱:「是書本名《龍圖公案》，又日《包公案》，說部中演了三十餘回，從此書內又續成六十多本。雖是傳奇志異，難免怪力亂神。茲將此書翻舊出新，添長補短，刪除邪說之事，改出正大之文；極贊忠烈之臣，俠義之士。」此「問竹主人」的修訂本又經「入迷道人」（真實姓名不詳）校閱，光緒五年（西元一八七九年）

「入迷道人」〈忠烈俠義傳序〉講述校閱此書和出版經過說：「辛未（同治十年，西元一八七一年）春，由友人問竹主人處得是書而卒讀之，愛不釋手。雖係演義，無深文；喜其筆墨淋漓，敘事尚免冗泛，且無淫穢語言。至於報應昭彰，尤可感發善心，總為開卷有益之帙，是以草錄一部而珍藏之。乙亥（光緒元年，西元一八七五年），司榷淮安，公餘時從新校閱，另錄成編，訂為四函，年餘始獲告成。去冬有世好友人退思主人者，亦癖於斯，因攜去，久假不歸，故以借書送遲嘲之。渠始囁嚅言愛，竟已付刻於聚珍版矣。」、「退思主人」（真實姓名不詳）在〈忠烈俠義傳序〉中證實了「入迷道人」的說法，是他在光緒四年（西元一八七八年）冬從入迷道人那裡借得校閱本，商之二友，付聚珍版印行。聚珍版為活字版的雅稱。

問竹主人修訂、入迷道人校閱之《忠烈俠義傳》，每卷首題「三俠五義」，故此書又名《三俠五義》。光緒十五年（西元一八八九年）著名文人俞樾（西元一八二一年至西元一九〇七年）獲讀此書，大為讚賞，不禁親自動手加以修改潤飾。他在〈重編七俠五義傳序〉中說：「往年潘鄭盦（祖蔭）尚書奉諱家居，與余吳下寓廬相距甚近，時相過從。偶與言及今人學問遠不如昔，無論所作詩文，即院本傳奇平話小說，凡出於近時者，皆不如乾、嘉以前所出者遠甚。尚書云：『有《三俠五義》一書，雖近時所出，而頗可觀。』余攜歸閱之，笑曰：『此《龍

圖公案》耳，何足辱鄭盦之一盼乎！』及閱至終篇，見其事蹟新奇，筆意酣恣，描寫既細入毫芒，點染又曲中筋節。正如柳麻子說《武松打店》，初到店內無人，驀地一吼，店中空缸空甏，皆嗡嗡有聲。閒中著色，精神百倍。如此筆墨，方許作平話小說；如此平話小說，方算得天地間另是一種筆墨。乃嘆鄭盦尚書欣賞之不虛也。」俞樾動筆修訂，除一般文字潤色外，主要改動有三處：一、將原書第一回「狸貓換太子」情節，據史傳改寫；二、疑書中人物顏查散為「顏昚敏」之訛，遂改之；三、又以為「三俠」名不符實，南俠展昭，北俠歐陽春，雙俠丁兆蘭、丁兆蕙，號稱「三俠」，實為四人，加上黑妖狐智化、小俠艾虎、小諸葛沈仲元，合起來應是「七俠」，故將他的修訂本改題《七俠五義》。《七俠五義》付梓後，與已有的《三俠五義》版本並行流傳。文人參與《三俠五義》的修訂，使原本的文字雅馴了許多，但並沒有根本改變它是民間說唱作品的本質。

《七俠五義》描述北宋年間一群江湖俠義之士依附清官包拯，並協助包拯斷案除害的故事。包拯（西元九九九年至西元一〇六二年），北宋廬州合肥（今屬安徽省）人。進士出身，歷任知縣、知府等地方官，後官至天章閣待制和龍圖閣直學士，人稱「包待制」、「包龍圖」、「包公」等。包拯為官清廉，執法剛正不阿，人們又尊稱他為「包青天」。包拯去世後，關於他的故事便在民間傳開來，越傳越神，歷久不衰。這些傳說被搬

上元代雜劇舞臺的不下十多種，明代公案小說《包龍圖判百家公案》記敘了他所判斷的上百種案件。戲曲和小說中的包公故事，其實是彙聚著歷代許多清官廉吏的事蹟，並且添加了許多想像的神奇元素，距離歷史事實已很遙遠，包拯也成為半人半神的形象。

《七俠五義》一百二十回，其中前二十七回主要寫包拯斷案的故事，這部分包拯所斷各案，都是由以往戲曲小說以及民間說唱移植過來，沒有多少新的創造。其中最重大的是「狸貓換太子」案，宋真宗的李妃誕下一子，劉妃用狸貓換下其子，誣李妃生下怪物，貶入冷宮，並欲置李妃於死地。李妃之子被人救出皇宮，長大後嗣位便是宋仁宗。李妃也被人救出隱於民間。包拯偵知此案真相，除掉劉后一黨，使宋仁宗與親母相認。據《宋史》，宋仁宗生母確為李妃，不過「狸貓換太子」之說，純屬虛構。元雜劇《抱妝盒》以及《包龍圖判百家公案》第七十五回〈判仁宗認李國母〉等，都是講述這個傳奇故事。《七俠五義》的前二十七回，因襲居多，沒有什麼創新。

其創新點在描述「三俠」（或謂「七俠」）、「五義」這一部分情節，這也是小說的主體部分。南俠展昭在第三回已出場與上京會試的包拯萍水相逢，第六回在土龍崗救了革職回京途中的包拯，第二十二回在皇帝面前展現武藝，被封為御前四品帶刀護衛，得號「御貓」，但與「五義」作為主角施展拳腳還是

第五章　俠義公案小說

從第三十八回開始，「五義」又稱「五鼠」。貓和老鼠的故事在民間流傳甚久，明代小說有〈五鼠鬧東京〉，《包龍圖判百家公案》第五十八回〈決戮五鼠鬧東京〉述說包公得到玉面神貓之助，收服了鬧得東京（今開封）滿城不安的五個鼠精的故事。《七俠五義》中的「御貓」展昭卻不是明代小說中的如來佛籠中的神貓，他是常州府武進縣遇傑村的俠客，而「五鼠」也不是禍害東京（今開封）的妖孽，錦毛鼠白玉堂也曾潛入東京宮廷盜御寶，但那只是向「御貓」挑戰，他們都是仗義行俠的好漢，其事蹟如劫持權奸太師的生辰黃金，救援落難的舉子顏生，解弱女之困、勇鬥花花太歲，緝拿採花大盜等等。

不過，「七俠」和「五義」並不是真正意義的俠客。他們雖然也曾行走江湖，路見不平拔刀相助，但他們都有功名之心，終歸是依附了朝廷，按朝廷的意旨行事，本質上成了朝廷的鷹犬。關於俠客，司馬遷概括為「其行雖不軌於正義，然其言必信，其行必果，已諾必誠，不愛其軀，赴士之厄困。既已存亡死生矣，而不矜其能，羞伐其德，蓋亦有足多者焉」[06]。

其要點有三：一、行「不軌於正義」，所謂「正義」是指禮教倫理綱常以及與之相適應的制度，換句話說，俠客的行為不受當時主流觀念和法律制度的約束，故法家韓非子指責他們是「以武犯禁」。二、重然諾，輕生死。三、厚施薄望，不求回

06　《史記》第十冊，卷一二四，中華書局 1959 版，第 3181 頁。

報，不屑於名利。古代小說中多有俠客的身影，《搜神記》中〈干將莫邪〉所寫「山中客」，為干將、莫邪之子報仇，殺了殘暴自私的楚王，將自己的頭顱也割了下來拋進滾燙的油鍋裡，他與干將、莫邪素昧平生，死了也沒有留下姓名，這就是俠客。俠客與刺客有某些相似，但俠客絕不是刺客。俠客始終保持自己高蹈和獨立的人格，特立獨行，飄零江湖，決不依附於人；而刺客卻是受雇於人。司馬遷認為二者不可混淆，故而《史記》在〈遊俠列傳〉之外，另立〈刺客列傳〉。

「七俠」和「五義」當然也不是那樣只看見利益的角色，他們有正義感，能明辨是非，只是在觀點和行動上都還在禮教倫理綱常的軌道之內，立身揚名仍是他們心中根深蒂固的欲望。南俠展昭入朝獻藝，使縱躍法飛身躥上高閣，宋仁宗喝彩：「奇哉！奇哉！這哪裡是個人，分明是朕的御貓一般。」展昭在閣上聽到皇帝的誇讚，立即跪伏在房頂瓦壟上謝恩，連下到地面的工夫都等不及，受寵若驚的奴態躍然紙上。「錦毛鼠」白玉堂是「五義」中最桀驁不馴者，他與展昭沒完沒了的較真，只因「御貓」的雅號正好克了「五鼠」，所以一定要較個高低。但一旦獲得皇帝四品護衛的封賞，那不平之氣便拋到爪哇國去了，從此便死心塌地為朝廷效命。「七俠」、「五義」的確也除暴安良，但傳統俠客飄零江湖的風範，在他們身上已蕩然無存。

展昭、白玉堂等人有許多扶弱濟困、除暴安良的義舉，其

中最關鍵的、也是小說著力描述的是粉碎襄陽王趙爵的行動。趙爵是宋仁宗的叔父，他內結朝中奸臣，外攬地方豪強和賊寇，在朝野編織了一個巨大的奸邪網路，荼毒百姓，威脅朝廷，成為宋仁宗欲除而又無力除掉的心腹大患。「七俠五義」這種體制之外的力量，正好成為皇帝除奸的利器。法外執法，這故事反映的並不是北宋歷史的真實，而是清朝政治腐敗和社會黑暗的現實。

《七俠五義》的敘事保留著說書的口述痕跡。在結構上，全書情節以拱衛包拯、顏沓敏的「七俠五義」的活動為主要線索，情節中的各個故事雖然由主要角色來串聯，但又有各自的相對獨立性。「一口氣難說兩家話」，人物雖多且關係也複雜，但情節只能單線發展。說書必須追求故事性，《七俠五義》很善於製造懸念—狸貓換太子，太子登基後能否與生母相認？白玉堂與展昭挑戰，從江湖鬧到內苑，究竟如何收場？襄陽王密謀造反，勢力盤根錯節，隱蔽極深，「七俠五義」如何拿到鐵的證據？如此種種，皆大懸念中有小懸念，大環節套小環節，一波未平，一波又起，跌宕起伏，令人目不暇給。這種動作性強的情節追求，與《金瓶梅》、《紅樓夢》描述家庭生活瑣事、揭示人生和人性真諦的小說趣味，判然有別。此外，《七俠五義》對一些人物動作的描寫，有書場上口說表演的特徵。第三十三回白玉堂化名金生在旅店與顏沓敏用餐，點菜、酌酒、品魚，對

所有細節都進行了詳盡的描寫，而且還讓顏生的侍童模仿再演一遍。可以想見，在書場裡這個場景動作的表演應該是十分精彩的。又如第一百零五回白玉堂獨闖沖霄樓，那撬窗入室的一舉一動，皆繪聲繪色，毫髮畢現。接下去的第一百零六回描述鄧車潛入按院的動作，亦有同工之妙。諸如此類，都顯露出說書的趣味，與一般文人小說的敘事風格迥然有別。

《七俠五義》寫白玉堂獨闖沖霄樓罹難，並沒有拿到襄陽王謀反的證據，當然也未能將他繩之以法。第一百二十回終篇時作者云：「要知群雄戰襄陽，眾虎遭魔難，小俠到陷空島、茉花村、柳家莊三處飛報信，柳家五虎奔襄陽，艾虎過山收服三寇，柳龍趕路結拜雙雄，盧珍單刀獨闖陣，丁蛟、丁鳳雙探山，小弟兄襄陽大聚會，設計救群雄；直至眾虎豪傑脫難，大家共議破襄陽，設圈套捉拿奸王，施妙計掃除眾寇，押解奸王，夜趕開封府，肅清襄陽郡，又敘鍘斬襄陽王，包公保眾虎，小英雄金殿封官，紫髯伯辭官出家，白玉堂靈魂救按院，顏沓敏奏事封五鼠，包太師聞報哭雙俠，眾英雄開封大聚首，群俠義公廳同結拜：多少熱鬧節目，不能一一盡述。也有不足百回，俱在《小五義》書上，便見分明。」可見《七俠五義》故事未完，續書要看《小五義》。光緒十六年（西元一八九〇年）「文光樓主人」出版《小五義》，但非「不足百回」，而是一百二十四回。「小五義」指「五義」的後輩即鑽天鼠盧方之子盧珍，徹地鼠韓彰之子韓天錦，穿山鼠徐慶之子徐良，錦毛鼠白玉堂之姪白芸生，以及小俠艾虎。他們繼承父輩未竟之業，與襄陽王展開殊死搏鬥。《小五義》終篇時仍未打倒襄陽王，於是次年「文光樓主人」又出版《續小五義》一百二十四回，敘小五義大破銅網陣，將逃亡到寧夏國的襄陽王生擒歸案。故事到此，方完成大結局。《小五義》、《續小五義》接續《七俠五義》，情節套路頗有重複，敘事水準等而下之，比《七俠五義》要遜色得多。

光緒二十一年（西元一八九五年）「香草館主人」程芎著《續七俠五義》，作者〈自序〉曰：「去歲（光緒二十年）秋初，適值溽暑猶蒸，嫩涼未至，暫停五紋弱線，且觀三部新書，愛讀俠義全篇，知為石先生之著作。寫得有聲有色，光怪陸離。又被俞太史點鐵成金，文法妙不待言矣。何乃太史公頓吝郢斤之削，就將安定軍山作為收結，讀者有未能得窺全豹為憾。下文《小五義》不知何人改筆，詞句鄙陋，間有矛盾，況與前傳不能貫串。至於《續小五義》雖與《小五義》一氣貫通，但口氣稍殊，總有原稿姑置勿討。」又指出情節疵點：一、襄陽王既有異圖，且叛情已露，為何遲疑不反，株守巢穴銅網，坐以待斃，不合情理；二、白玉堂為「七俠五義」中出類拔萃者，剛到襄陽即墮銅網捐軀，令人不解；三、破銅網後，「一俠五義」授職，為何「七俠五義」不同列朝堂？程芎因不滿於此，乃撰

《續七俠五義》附驥於後。然此續亦未見佳妙。程芎謂「余本深處閨閣」、「暫停五紋弱線」，是為一女性作家。

《七俠五義》的續書和仿作還有《續俠義傳》、《英雄大八義》、《英雄小八義》等，而被改編為戲曲上演者，劇碼甚多，京劇《狸貓換太子》連臺本戲，是膾炙人口者。凡此，足見《七俠五義》影響之大。

第四節　《彭公案》及其他

《彭公案》是繼《七俠五義》之後的又一部俠義公案小說。刊刻在光緒十八年（西元一八九二年），作者署「都門貪夢道人」。「貪夢道人」真名為楊挹殿，福建人，還編有《永慶升平》後傳。其〈自序〉曰：「余著此《彭公案》一書，乃國朝之實事也，並非古詞小說之流，無端平空捏出，並無可稽考。此書中如彭公、黃三太、李七侯諸人，忠臣義士也。彭公乃國朝名儒，忠正廉明，才識過人。初任縣宰，入境私訪，使匪惡棍徒聞名心驚，叫安善良民人人敬畏。看其斷無頭案，如驢夫毆傷人命，夜內移換屍身，日驗雙屍，黃狗告狀等案，真千古佳談，雖包龍圖復生，不能辨其情敝。今竟著實事百餘回，所論者忠臣義士得以流芳千古，亂臣賊子盡遭報應循還，使讀者無廢書長嘆之說，有拍案驚奇之妙。如歐陽德之為人，堪稱俠義，非為貪圖名利所辦之事。使讀此書者，有著目驚心之想，

真別古絕今之人也。」

《彭公案》並不如作者所說，是「國朝之實事」。小說第一回介紹彭公：「姓彭名定求，更名彭朋，字友仁，乃鑲紅旗滿洲五甲喇人氏……康熙三十九年庚辰科進士。」歷史上確有彭定求，字勤止，又字南畇，長洲人，康熙二十五年狀元[07]，顯與小說所寫不符。書中的「彭朋」或許是歷史上的彭鵬，字奮斯，福建莆田人，順治十七年舉人，耿精忠叛，堅拒其偽命，事平於康熙二十三年授三河知縣，歷任工科、刑科給事中，貴州按察使，廣西、廣東巡撫等職[08]，與《施公案奇聞》的主人公原型施世綸為同時之人，且都有剛正廉明之譽。但《彭公案》所寫之彭朋與歷史上的彭鵬絕不能等同，其事蹟基本上為虛構。關於彭鵬的故事，民間早已盛傳，院曲盲詞多有演唱者。道光四年（西元一八二四年）慶升平班戲目就記有六出。光緒十八年刊本張繼起〈彭公案敘〉就說彭公事蹟「俳優且演為劇」，又孫壽彭〈彭公案序〉也說：「會廟場中談是書者，不計其數，一時觀者如堵，聽者忘倦。」《彭公案》亦如《施公案奇聞》、《七俠五義》，都是在民間說唱的本子上加工成書的，其結構方式和敘事方式都有明顯的說書胎記。

07　參見《清史稿》第四十三冊，卷四八〇《彭定求傳》，中華書局排印本 1977 年版，第 13115 頁。

08　參見《清史稿》第三十三冊，卷二七七〈彭鵬傳〉，中華書局排印本 1977 年版，第 10087 頁。

《彭公案》中協助彭朋辦案的俠士是黃三太、楊香武等人。黃三太是《施公案奇聞》主角黃天霸之父，《彭公案》成書晚於《施公案奇聞》，但故事背景要稍早於《施公案奇聞》。兩書的故事同時在民間說唱中並行發展，因黃三太、黃天霸是父子關係，兩書的人物、情節多有交叉。《彭公案》的情節大致與《施公案奇聞》相類，《施公案奇聞》有綠林豪傑竇爾敦盜御馬，《彭公案》有綠林好漢周應龍盜御杯，黃三太、黃天霸為了維護皇帝尊嚴和權威，都不惜與江湖朋友決裂，成為皇家鷹犬。黃三太亦如黃天霸，鼎力協助彭朋在地方除霸鋤奸，並且歷經艱險辦成重大欽案。

故事情節動作性強，案案相連，環環相扣，跌宕起伏，引人入勝。但人物形象比較蒼白，黃三太之高傲，楊香武之機靈，也都是標籤式的特徵，缺少深度和個性。

《彭公案》百回本一出，城鄉街市傳誦熱烈，南北書坊爭相翻刻，續書亦尾隨而出。光緒二十二年（西元一八九六年）《續彭公案》八十回刊行，「采香居士」〈敘〉曰：「《彭公案》一書，前卷未能全終，使讀者衷心悶悶，不能暢懷。吾少游四海，喜讀各種閒書，偶閱《彭公案》前部，未能全函。吾喜在茶坊酒肆之中，聞聽評談此書，吾津津有味，記誦即熟，故立意刊刻此書，流傳後，使同好者之人得觀全終，故與本坊主人同力刊成。」據此，《續彭公案》亦是整理說唱成書。光

緒二十三年（西元一八九七年）《再續彭公案》八十回刊行，情節接續在《續彭公案》之後。同年，又有《三續彭公案》八十一回刊行。此三種續書不斷地重複歐陽德等眾俠士協助彭公查辦大案、平定叛亂以及剿滅盤踞山寨與朝廷為敵的盜賊之類的情節，均不署編撰者之名。北京寶文堂於光緒二十三年（西元一八九七年）將正編與三種續書合併印行，共三百四十一回。此後續作仍不消歇，戲曲舞臺亦踴躍搬演，僅京劇連臺本戲就多達一百多本。

在國家內憂外患之際，清朝統治風雨飄搖之時，《施公案奇聞》、《七俠五義》、《彭公案》在社會不脛而走，影響草根民眾尤深，作為亂世開場前陣痛的精神麻醉，其作用不可小覷。

《彭公案》的編撰者「貪夢道人」楊挹殿還編有《永慶升平》後傳。《永慶升平》前後傳共一百九十七回，刊於光緒十八年（西元一八九二年）。此書與上述三部作品不同的是書中沒有施公、包公、彭公之類的清官，但江湖俠士馬成龍、馬夢太、顧煥章等奉朝廷號令剿滅「天地會」、「八卦教」之叛亂，情節主題和政治傾向與上述三書並無二致。此書也是據說書整理修訂而成。前傳修訂者郭廣瑞〈永慶升平序〉云：「咸豐年間，有姜振名先生，乃評談今古之人，嘗演說此書，未能有人刊刻流傳於世。余長聽哈輔源先生演說，熟記在心，閒暇之時，錄成四卷，以為遣悶。茲余友寶文堂主人，見此書文理直爽，立志刊

刻傳世，非圖漁利，實為同好之人遣悶，余亦樂從。雖增刪補改，錄實事百餘回，使忠臣義士，得以名垂千古，佞黨奸賊，報應輪迴可也矣！」《永慶升平》九十七回，是為前傳。次年，「貪夢道人」編刊後傳一百回，因前傳侯化泰二鬧廣慶園尚無下落，妖人吳恩叛亂未正典刑，有諸多未結果之事，故以後傳續之。此書專寫除邪教、平逆匪，雖以康熙朝為背景，實為嘉慶以來剿滅「亂賊邪教」現實的投影。

光緒二十三年（西元一八九七年）至二十七年（西元一九〇一年）刊行的《七劍十三俠》（又名《七子十三生》）正集、二集和三集各六十回，清末石印本署「姑蘇桃花館主人唐芸洲編次」。此書敘明朝正德年間「七劍十三俠」二十位劍俠及其門徒協助楊一清平定甘肅安化王朱寘鐇叛亂，又協助王守仁平定江西寧王朱宸濠叛亂的故事。其情節格局顯然受《施公案奇聞》等俠義公案小說影響，但它不是據民間說唱寫成的，而是文人創作。它吸納了傳統劍俠小說的寫法，著意演劍術、法術，帶有俠而仙的飄逸特色，是俠義公案小說向俠義小說的回歸，開創了清末民初武俠小說之先河。

第六章

狹邪小說 —— 才子佳人小說的變異

第六章　狹邪小說—才子佳人小說的變異

第一節　才子佳人小說之沒落

才子佳人小說興起於清初，暫態成為小說的顯赫流派。《玉嬌梨》、《平山冷燕》、《好逑傳》、《合浦珠》之後，作品層出不窮。然而其情節雖新奇曲折，但都是在一個公式中變化，缺乏創造力和想像力，也就不能不沒落下去。

乾隆末、嘉慶初有《嶺南逸史》二十八回問世。嘉慶六年（西元一八〇一年）文道堂藏版本，作者署「花溪逸士」，其真名為黃岩，號耐庵子，嘉應州（今廣東梅縣）桃源堡人。《嘉應州志．藝文志》著錄黃岩著作有《花溪文集詩集》、《嶺南荔枝詠》、《醫學精要》、《眼科纂要》。小說主人公黃逢玉為潮州府程鄉縣（清嘉應州）桃源人，作者對當地地理風貌的記敘頗為詳實，書中第十九回大講醫理，都與作者籍貫、學識大有關聯。

《嶺南逸史》以明代萬曆年間嶺南平定瑤亂為背景，敘嘉應州才子黃逢玉前往從化省其姑母，途經羅浮山梅花村，從強賊手中救出張瀚一家，張瀚以女貴兒許之。逢玉訂婚後繼續上路，行至嘉桂嶺，被女瑤王李小鬟截住，結為伉儷。逢玉告別小鬟再往前走，在天馬山又被當地瑤王梅英截上山寨，強迫他與其姊映雪成親。映雪亦絕色佳人，但逢玉仍不忘貴兒和小鬟，梅英欲斷其念想，假借逢玉之名寄書小鬟求援，小鬟率兵趕到天馬山遭伏，得部將易服以代，方免於難。逢玉聞知小鬟陣亡，悲慟欲絕，遂逃離天馬山。返回梅花村時，張瀚一家已不知去向，逢玉卻因私

通瑤寨被官府逮捕。梅英聞訊興兵來救，奈何不敵官軍。映雪親往嘉桂嶺負荊請兵，小鬟盡棄前嫌，兩山合兵出擊，大敗官軍救出逢玉。再說貴兒與父離散，改易男裝尋訪逢玉，途中被綠林強徒藍能攔劫，強招為婿。藍能之女謝金蓮非藍能親生，係藍能打劫殺死其父、占有其母而收以為女，金蓮母女久蓄報仇之意，貴兒獲悉亦以真情相告，兩人假成夫妻伺機行事。貴兒得藍能信任，率軍屢敗官軍，斬殺了迫害自己一家的官軍守將，聲勢大著。朝廷命逢玉率軍征剿，貴兒密與逢玉會晤，裡應外合一舉誅滅藍能，逢玉遂與貴兒、小鬟、映雪團圓，又娶金蓮為妾，封侯之後，攜四妻歸隱仙去。

本書敘才子佳人，不以文才而以武略，然構思亦不出才子佳人小說窠臼。值得注意的是本書對瑤族和漢、瑤關係的描寫。故事以明代征瑤為背景，其〈凡例〉云：「是編悉依《霍山老人雜錄》、《聖山外紀》、《廣東新語》及《赤雅外志》、永安、羅定府諸志考定，間有一二年月不符者，因事要成片斷，不得不另外組織。」霍山老人《雜錄》和《聖山外紀》二書今未見，《赤雅外志》為明末鄺露（西元一六〇〇年至西元一六五〇年）所著，《廣東新語》是著名詩人屈大均（西元一六三〇年至西元一六九六年）的著作。本書第六回寫羅旁地勢、五花賊「矯捷善戰」以及關於錦石山的描述，均抄自《廣東新語》卷七〈瑤人〉、卷三〈錦石山〉；一些瑤歌、山歌亦抄自《廣東新語》卷十二〈粵歌〉。主人公黃逢玉在瑤山的豔遇則本於鄺露《赤雅外志》所記的經歷。

第六章　狹邪小說—才子佳人小說的變異

清代後期的才子佳人小說一般已不再以詩選婿和以詩傳情，男女婚戀成功的關鍵也不再都是金榜題名，而多賴才子和佳人的平定匪亂的軍功，撥亂其間的小人角色也少有登場，造成婚姻阻隔的多是權奸、強盜、匪類。有些作品甚至混雜英雄傳奇、世情和神怪等多種小說類型元素。平定叛亂和抵禦外敵以及才子佳人歸隱結局，在一定程度上反映了當時內憂外患和政治黑暗腐敗的現實。

嘉慶二十二年（西元一八一七年）成書的《西湖小史》四卷十六回，作者「上谷氏蓉江」，據該書李荔云〈敘〉，蓉江是「多困名場」的不得志的文人，廣東人，真實姓名失考。書題《西湖小史》，此「西湖」非杭州之西湖，而是廣東惠州府博羅縣之西湖。小說敘兩對才子佳人：侯春旭與黃秋娥、陳秋楂與王春紅的故事，這種人物配置，頗似《平山冷燕》。兵部侍郎之子吳用修將春旭詩作冒為己作，向秋娥求婚；罷官閒居的秋娥之父激賞春旭才貌，卻被不明真相的春旭所拒；秋楂拒絕做權奸的女婿，被權奸發往朝鮮作戰，這些關目都仿自《玉嬌梨》。小說描述秋楂赴朝鮮與日本軍作戰，功成名就之後辭官歸隱，則不在傳統才子佳人小說的模式之內。

注入武功和歸隱元素的才子佳人小說已不是個別作品，成書於嘉慶二十三年（西元一八一八年）、二十四年（西元一八一九年）之間的《三分夢》十六回，亦屬於此類作品。作者「瀟湘仙

史」張士登，其自序曰:「僕隱居三十年，家在深山，有田數畝，足以贍口，性復拙懶，不慕榮利。近因陰雨彌月，荒齋無事，間將歷年偶有所聞於友人者，摭拾湊成小說一部，亦前人邯鄲夢傳奇之意也。」《三分夢》敘杭州府錢塘縣才子章夢瑤有神童之譽，然家門不幸，父母相繼去世，家產亦被人攫去，乃入贅岳父家，與素芳訂婚。而岳父又遭奸人誣陷，他營救未果，即伴岳父發配廣東，並與素芳完婚。夢瑤在逆境中自強不息，科舉應試，卻被人攻訐冒考，投筆從戎，平定匪亂有功無賞，後又從軍擊潰安南國的進犯，戰功又被新帥埋沒，不得不辭軍回到杭州。其間，又娶素珍為妻，惜素珍因病夭亡，髮妻素芳體弱多病，又娶素珍表妹湘雲。夢瑤一生坎坷不遇，一日夢中率軍大敗安南國，班師回朝，榮歸故里，醒來頓悟人生。

全書十六回，寫夢境的內容就用了五回。篇幅約占全書的三分之一，這種處理與作者懷才不遇的坎坷經歷大有關係。小說夢中與安南作戰，有大破熏心陣之役，稱「這煙氣真比酒色財氣四樣還毒得多呢」，隱鴉片比「酒色財氣」傳統四害的危害還要嚴重得多。「熏心陣」出於作者想像，但這想像卻是植根在現實之上，具有一定的警世意味。

此類作品，道光年間還有《五美緣》八十回、《犀釵記》五十回，咸豐年間有《繡球緣》二十九回等等。描述才子佳人悲歡離合而沒有平叛建功元素的作品，嘉慶間有《白圭志》

十六回，道光年間有《梅蘭佳話》四十段，光緒年間有《玉燕姻緣》七十七回等等。這些作品情節頭緒多，追求曲折離奇，皆不脫「始或乖違，終多如意」的俗套。

第二節　狹邪小說發軔之作——《品花寶鑑》

狹邪小說是才子佳人小說變異的產物。它寫的才子還是風雅的書生，而寫的佳人則變成是娼妓優伶。既然是才子戀上娼妓優伶，纏綿悱惻是必有之義，但金榜題名、皇帝賜婚的結局就一概免除了。「狹邪」指青樓妓院，妓院多居於小街曲巷，故以「狹斜」（狹邪）稱。唐傳奇小說〈李娃傳〉即有此稱：「此狹邪女李氏宅也。」

記青樓妓院事蹟者，唐有崔令欽《教坊記》和孫棨《北里志》，明有梅鼎祚《青泥蓮花記》，清有余懷《板橋雜記》等，然諸書皆為雜事瑣聞，非文學性小說。文言小說敘才子與娼妓的風流情事的，唐代白行簡〈李娃傳〉是膾炙人口的作品，但此作品的主題是讚揚李娃的情義，重點在「義」而不在李娃與滎陽公子的戀愛。宋代傳奇小說有秦醇的〈譚意哥記〉、蘇舜卿的〈愛愛歌序〉等，他們為妓女立傳，旨在張揚禮教，彰顯婦德。

白話長篇小說寫風流才子與娼妓優伶之戀情，承襲才子佳人小說意旨，模仿《紅樓夢》之筆調者，刊於道光二十九年（西

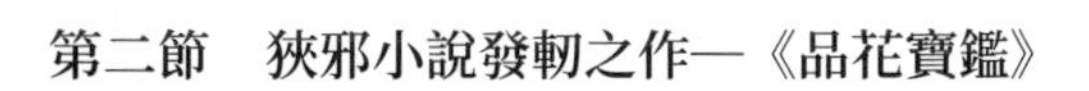

元一八四九年）的《品花寶鑑》為發端之作。

《品花寶鑑》又名《燕京評花錄》、《怡情佚史》，六十回。今存道光二十九年刊本。作者陳森，字少逸，號采玉山人、石函氏，毗陵（今江蘇常州）人。生於嘉慶年間，該書初刊時應在世。「幻中了幻居士」〈品花寶鑑序〉說陳森「本江南名宿，半生潦倒，一第蹉跎，足跡半天下。」楊懋建《夢華瑣簿》記陳森於道光中寓居北京，出入戲曲界，因摭拾見聞作《品花寶鑑》三十回，己酉（道光二十九年）自廣西復至京，始足成後半，共六十回。[01]

陳森（石函氏）〈品花寶鑑序〉談及半生經歷和創作過程，與上述他人所述，大致相合。他說：「及秋試下第，境益窮，志益悲，塊然磈礧於胸中而無以自消，日排遣於歌樓舞榭間，三月而忘倦，略識聲容技藝之妙，與夫性情之貞淫，語言之雅俗，情文之真偽。」他曾作傳奇《梅花夢》一部，繼而乃作《品花寶鑑》。他說《品花寶鑑》「皆海市蜃樓，羌無故實。所言之色，皆吾目中未見之色；所言之情，皆吾意中欲發之情；所寫之聲音笑貌、妍媸邪正，以致狹邪、淫蕩、穢褻諸瑣屑事，皆吾私揣世間所必有之事而筆之」。

《品花寶鑑》以名士梅子玉與男性優伶杜琴言「兩雄相悅」的同性戀為主線，描述了北京十位名旦（男性）與狎客的纏綿

01　參見蔣瑞藻編《小說考證》，上海古籍出版社 1984 年版，第 721—723 頁。

病態關係。故事誠如作者所言，「海市蜃樓，羌無故實」，純屬虛構，但名士狎優在晚清卻是不爭的事實。《菽園贅談》說：「京師狎優之風冠絕天下，朝貴名公不相避忌，互成慣俗。其優伶之善修容飾貌，眉聽目語者，亦非外省所能學步。是故梨園坐滿，客之來者，不僅為聆音賞技已也。憶乙未（道光十五年，西元一八三六年）春在都，陳劍門孝廉招雛伶瑤卿糾觴，葉梅珊編修促席指示余曰：『此花榜狀元也，與吳肅堂殿撰為同年。』余乍聞之，不覺破顏。蓋彼中人得列花榜高選者，必更聲價十倍；而非色藝兼擅，頗知自愛之伶，必不可得。花榜體裁，隨人意擬，大約如《品花寶鑑》所載者是。」[02]《紅樓夢》寫賈寶玉與名旦蔣玉函（琪官）友好，被賈政視為「流蕩優伶」，可見乾隆時代已有此風，到了道光年間，狎優竟成了朝貴名公不相避忌的行為。

「品花」即對京師名伶之點評列榜，小說寫了杜琴言、蘇蕙芳等十大名伶。杜琴言其貌其德其藝，堪稱名伶之首，身處污穢的花街梨園，卻能貞潔自守，不肯成為貴胄名公的玩物。梅子玉係縉紳公子，頗有才子風範，陶醉於杜琴言的演藝，遂結交為知己。小說以細膩委婉的筆墨描寫兩人同性的戀情，然而中間惡人作祟，杜琴言陷入魔掌，幾經周折方被梅子玉之父收留，成為諍友。其他九位名旦亦歷經曲折，脫離了梨園。小說

02　轉引自蔣瑞藻編《小說考證》，上海古籍出版社 1984 年版，第 723、724 頁。

結構精細，情節跌宕起伏，極類才子佳人小說，而寫情狀物，繪聲繪色，亦有似《紅樓夢》者。作者身處狎優的風氣之中，對梅子玉與杜琴言的情感持欣賞的態度，真實地描繪了乾、嘉時梨園的生態和腐朽糜爛的世風，給歷史留下了生動的影像。

第三節　狎妓的作品

寫名士與娼妓之戀情者，首推刊於咸豐八年（西元一八五八年）的《花月痕》十六卷五十二回。作者魏秀仁（西元一八一九年至西元一八七四年）字子安，福建侯官人。道光二十六年（西元一八四六年）中舉，然屢應會試不第，寓居山西作《花月痕》。此書敘才子韋痴珠、韓荷生與妓女秋痕、采秋的纏綿情事。韋痴珠在妻亡故之後亦辭世，秋痕竟殉之；韓荷生則以軍功封侯，采秋嫁之，被封贈一品夫人。兩個友人的遭遇一悲一喜，然與妓女之間的深情卻相同如一，在敘歡愉中亦頗有悲涼淒婉之意。

明代話本小說有不少涉及青樓的作品，著名的如〈杜十娘怒沉百寶箱〉、〈賣油郎獨占花魁〉、〈玉堂春落難逢夫〉等，這些作品透過狎客和妓女的關係所展現的是世情人性，並不在狎客與妓女的纏綿之情。《花月痕》的立意近於才子佳人小說，與明代話本小說的同類題材作品的境界相去甚遠。

光緒四年（西元一八七八年）成書的《青樓夢》六十四回

更接近才子佳人小說。作者俞達，一名宗駿，字吟香，別號慕真山人。江蘇長洲人。「中年累於情，比來揚州夢醒，志在山林，而塵緤羈絆，遽難擺脫」[03]，光緒十年（西元一八八四年）以風疾卒。《青樓夢》中的才子金挹香一如往昔才子佳人小說的男主人公，一心嚮往覓得佳人相配，但他乃一介寒儒，懷才不遇，世事茫茫，公卿大夫竟無一識才之人，於是流連青樓，特受妓女愛重。這些青樓女子慧眼識英雄，且色藝兼擅，蘭質蕙心，不遜於理想之佳人。金挹香擇五妓，成一妻四妾。小說鋪敘其綿綿柔情，結社賦詩，斟酒行令，種種風流雅事，不似青樓，卻似「紅樓」。光緒三十二年（西元一九〇六年）吳趼人《恨海》批評這種把娼妓當作佳人的心態說：「世人每每看了《紅樓》，使自命為寶玉。世人都做了寶玉，世上卻沒有許多蘅蕪君、瀟湘妃子。他卻把秦樓楚館中人，看得人人黛玉，個個寶釵，拿著寶玉的情，對他們施展起來⋯⋯不知那當妓女的，這一個寶玉才走，那一個寶玉又來，絡繹不絕的都是寶玉，他不知感那一個的情才好呢。那做寶玉的，才向這一家的釵、黛用了情，又到那一家的釵、黛用情，也不知要多少釵、黛才夠他用，豈不可笑？」[04]這個批評指出了《青樓夢》一類作品與《紅

03　鄒弢：《三借廬筆談》。轉引自孔另境編《中國小說史料》，上海古籍出版社 1982 年版，第 233 頁。

04　《恨海》第八回。引自吳組緗主編《中國近代文學大系小說集》（6），上海書店出版社 1991 年版，第 301 頁。

樓夢》的某種關聯，也點出這類作品的臆想只是一種幻想，並且作品中對於娼妓的美化已遠遠脫離了社會的真實性。

擺脫才子佳人夢魘，以平實正常的眼光觀察和描寫青樓娼妓的作品，有《海上花列傳》六十四回。作者韓邦慶（西元一八五六年至西元一八九四年），字子雲，別號太仙、大一山人。松江（今屬上海市）人。諸生，鄉試多次不第，曾入幕。後長期寓居滬上，常為《申報》撰稿。自編小說半月刊《海上奇書》，光緒十八年(西元一八九二年）二月創刊，每期刊出《海上花列傳》二回，至第十五期停刊，共刊出三十回，附「例言」十則。全書六十四回於光緒二十年（西元一八九四年）出版單行本。書中的嫖客不再是文質彬彬的才子，而是卑污的官僚、自命風雅的名士、浪蕩的紈絝子弟以及新進發跡的買辦等；煙花北里倚門賣笑的娼妓也不再是慧眼識人、柔腸俠骨的佳人，她們在被凌辱的生活中泯滅了良知，嫖客與娼妓之間是一場金錢與肉體的交易，充滿了算計和欺詐。全書用吳語方言寫成。《海上繁華夢》作者孫漱石曾勸韓邦慶將吳語改為普通官話，以便非吳語區讀者閱讀，「韓言曹雪芹撰《石頭記》皆操京語，我書安見不可以操吳語……文人遊戲三昧，更何妨自我作古，得以生面別開」[05]。

《海上花列傳》中的人物，《譚瀛室隨筆》說：「大抵皆有

05　孫漱石：《退醒廬筆記》下卷，上海書店出版社 1997 年版，第 65 頁。

所指，熟於同、光間上海名流事實者，類能言之」[06]。由是而開啟如實描寫娼家生活的創作風氣。「二春居士」（李伯元）《海天鴻雪記》二十回亦是描寫青樓生活的作品，最初由光緒二十五年（西元一八九九年）遊戲報館分期連載，於光緒三十年（西元一九〇四年）世界繁華報館結集發行單行本，共四冊，全書未完。第一回開場云：「上海一埠，自從通商以來，世界繁華，日新月盛，北自楊樹浦，南至十六鋪，沿著黃浦江，岸上的煤氣燈、電燈，夜間望去，竟是一條火龍一般。福州路一帶，曲院勾欄，鱗次櫛比。一到夜來，酒肉熏天，笙歌匝地。凡是到了這個地方，覺得世界上最要緊的事情，無有過於征逐者。正是說不盡的標新炫異，醉紙迷金。那紅粉青衫，傾心遊目，更覺相喻無言，解人難索。記者寓公是邦，靜觀默察，覺得所見所聞，雖然過眼雲煙，一剎那間都成陳跡，但是箇中人離合悲歡，組織一切，頗有可資談助的。」此書亦用吳語寫成，冷靜、真實地描繪了妓院生活的諸般景象，嫖客和娼妓各色人物的形象給人生動和清晰的印象。

《海天鴻雪記》作於甲午中日戰爭慘敗之後，民族面臨滅亡危機之時，李伯元對於上海紙醉金迷的生活多少存有一些譴責之意，但畢竟沉醉不醒的人們居多，故此類渲染青樓醜惡的小說仍層出不窮。光緒二十九年（西元一九〇三年）「警夢痴仙」

06　轉引自孔另境編《中國小說史料》，上海古籍出版社 1982 年版，第 235 頁。

（孫漱石）《海上繁華夢》一百回，宣統二年（西元一九一〇年）「漱六山房」（張春帆）《九尾龜》一百九十二回，是較有影響者。此外還有《九尾狐》（光緒三十四年）、《上海新繁華夢》（宣統元年）、《名妓爭風傳》（宣統元年）、《女總會》（宣統元年）、《美人計》（宣統元年）、《新茶花》（宣統二年）、《歸來燕》（宣統二年）。以《九尾龜》為代表，大多都是描述嫖客和妓女之間的勾引和欺騙，極力渲染妓女的惡德，缺乏對被欺凌、被玩弄者的人性關懷，成為所謂「嫖界指南」。對娼妓的描寫，從《花月痕》的溢美，發展到《海上花列傳》的逼真，最後到《九尾龜》的溢惡，狹邪小說經此三變而途窮，清王朝到此也土崩瓦解了。

第六章　狹邪小說—才子佳人小說的變異

第二編
清末小說的轉型

「清末小說」之「清末」，指光緒二十一年（西元一八九五年）至宣統三年（一九一一年），這十七年是中國小說的轉型期。所謂「轉型」，是說小說內容和形式發生了從傳統向現代的轉變，這個轉變要到一九一九年五四運動方才達成，但這十七年卻是歷史性變化的重要階段。此十七年，文言小說數量銳減，只有前三期總和的十分之一左右，而白話小說驟增，其數量是前兩百五十餘年總和的至少二倍以上。

第一章

小說轉型的動因和條件

第一章　小說轉型的動因和條件

第一節　民族存亡危機的刺激

道光二十年（西元一八四〇年）鴉片戰爭，中國由封建社會轉變為半殖民地半封建社會，中國歷史由古代進入到近代。鴉片戰爭打開了中國大門，以此為始，外敵不斷入侵，割地讓權，屈辱的議和輪番上演，而朝廷仍固守祖制，同光間固然也引進西方資本主義的機器生產、軍事裝備和科學技術，興辦新式學校，派遣學生出洋留學，但堅持「中學為體，西學為用」的原則，不思政治和文化的改革，這所謂「洋務運動」的新政其實並沒有使國家實力有本質的提升。

與此相適應的小說創作也沒有根本變化。道光二十年（西元一八四〇年）至光緒二十年（西元一八九四年）五十年間，小說仍沿著傳統的軌道運行，新的因素不能說沒有，但總體上並沒有隨著社會性質由封建社會轉變成半殖民地、半封建社會的轉變而及時轉變，小說對於社會性質的巨大變化的反應是遲鈍的，或者說處於傳統的慣性之中，在意識上仍是沉睡的狀態。

光緒二十年（西元一八九四年）甲午中日戰爭，清軍在朝鮮敗北，北洋艦隊全軍覆沒。當時排名世界海軍第八位的中國海軍竟慘敗於噸位、炮位均不如中國的日本海軍，令朝野大為震撼，這才使人們從酣夢中驚醒。次年與日本簽訂的中日《馬關條約》規定：清政府割讓臺灣，賠款白銀二億兩等等，狠狠地刺傷人們的自尊。痛定思痛，一些社會菁英開始覺悟—從西

方引進科技和軍艦、大炮還不足以富國強兵，必須要改革政治和文化，並喚起民眾支持和參與維新變法。小說作為民眾喜聞樂見的大眾文化形態，理所當然地被維新人士所看中，被利用為啟迪民智的重要工具。

一位察覺中國社會這種變化的英國傳教士傅蘭雅（John Fryer）於光緒二十一年（西元一八九五年）四月二十八日（西曆五月二十二日）致美國加州大學校長的信中說：「最近的中日戰爭在很大程度上改變了時局……在中國的上層階級中已經出現了強烈追求西方知識的潮流。」[01] 三天後，即五月初二日（西曆五月二十五日）傅蘭雅即在上海《申報》上刊載〈求著時新小說啟〉，啟事曰：「竊以感動人心變易風俗，莫如小說。推行廣速，傳之不久，輒能家喻戶曉，氣習不難為之一變。今中華積弊最重大者有三端：一雅片（鴉片），一時文，一纏足。若不設法更改，終非富強之兆。茲欲請中華人士願本國興盛者，撰著新趣小說，合顯此三事之大害，並祛各弊之妙法。立案演說，結構成編，貫穿為部。使人閱之心為感動，力為革除。辭句以淺明為要，語意以趣雅為宗。雖婦人幼子，皆能得而明之。述事務取近今易有，切莫抄襲舊套；立意毋尚希奇古怪，免使駭目驚心。」此徵文啟事明確提出小說有移風易俗之莫大功用，為移風易俗，求得中華復興，特懸賞徵求以除「雅（鴉）

01　轉引自周欣平〈清末時新小說集序〉，載《清末時期小說》第一冊，上海古籍出版社 2011 年版。

第一章　小說轉型的動因和條件

片、時文、纏足」為主題的「時新小說」，並要求手法寫實、不落舊套、敘事淺明通俗。啟事刊登三個月之後，徵集到小說（含戲曲、詩歌、說唱和論議）一百六十二種，其中不少作者為基督教信徒。參與傅蘭雅徵文活動的有王韜、沈毓桂、蔡爾康等人。這項活動徵得的作品在思想和藝術上並無多少特色，影響也很有限，但它卻是傳統小說轉型的里程碑。

明確提出變革傳統小說，主張「小說界革命」的是嚴復、夏曾佑、梁啟超等維新人士。光緒二十三年十月十六日至十一月十八日（西元一九七年十一月十二日至十二月十一日）嚴復（幾道）、夏曾佑（別士）在天津《國聞報》發表〈國聞報附印說部緣起〉，此文據天演論「競存」思想為立論前提，極言歐美、東瀛之開化，往往得小說之助，小說之所以有如此教化功能，在於它：一、民族之語言；二、通俗之語言；三、敘述故事曲而詳盡，幽隱畢現；四、能展現服物器用、威儀進止、人心風俗、成敗榮辱，讀者如親歷其境；五、敘事虛構以表現善者必昌，不善者必亡，雖不合社會事實，但卻合乎人心。小說具此五端，故「入人之深，行世之遠，幾幾出於經史之上，而天下之人心風俗，遂不免為說部之所持」[02]。光緒二十三年，梁啟超在《時務報》第八冊上發表〈變法通議〉，其中〈論幼學〉特別

02　轉引自陳平原、夏曉虹編《二十世紀中國小說理論資料》第一卷，北京大學出版社 1997 年版，第 27 頁。

推重小說，認為小說「近之可以激發國恥，遠之可以旁及彝情，乃至官途醜態，試場惡趣，鴉片頑癖，纏足虐刑，皆可窮極異形，振厲末俗，其為補益豈有量耶！」[03]傅蘭雅提出的「三害」，此文都有提及，梁啟超大有可能讀過他的〈求著時新小說啟〉。

光緒二十四年（西元一八九八年）八月戊戌變法失敗，譚嗣同等六君子被殺害，更刺激了小說的變革。流亡到日本的梁啟超在光緒二十四年十一月十一日（西元一八九八年十二月二十三日）橫濱《清議報》第一冊發表〈譯印政治小說序〉，此文對傳統小說持否定態度，「中土小說，雖列之於九流，然自《虞初》以來，佳制蓋鮮，述英雄則規畫《水滸》，道男女則步武《紅樓》，綜其大較，不出誨盜誨淫兩端，陳陳相因，塗塗遞附，故大方之家，每不屑道焉。」此文又認為，小說以其通俗，人情又莫不厭莊嚴而喜諧謔，故最易入人心。小說由是有資格成為開啟民智、移風易俗的重要工具。小說中尤以政治小說對於改革社會最有效力，「在昔歐洲各國變革之始，其魁儒碩學，仁人志士，往往以其身之所經歷，及胸中所懷政治之議論，一寄之於小說。於是彼中綴學之子，黌塾之暇，手之口之；下而兵丁，而市儈，而農氓，而工匠，而車夫馬卒，而婦女，而童孺，靡不手之口之。往往每一書出，而全國之議論為之一變。

03　轉引自陳平原、夏曉虹編《二十世紀中國小說理論資料》第一卷，北京大學出版社 1997 年版，第 28 頁。

彼美、英、德、法、奧、意、日本各國政界之日進，則政治小說為功最高焉。」[04]。

小說的轉變首先從翻譯域外小說開始，光緒二十二年（西元一八九六年）上海《時務報》（汪康年、黃遵憲、梁啟超主筆政）就連續刊載柯南·道爾（Conan Doyle）的探案小說，從這年開始至辛亥革命，翻譯小說達一千數百種之多。[05] 域外小說的引入，對於傳統小說的轉型起到了重要的作用。

第二節　小說作者成分的歷史性變化

小說作者，以往都是在科舉制度下生活的傳統文人和書坊文化商人。有些作者是有功名的，如馮夢龍是諸生，凌濛初是貢生，李漁是諸生，蒲松齡是貢生；即使沒有功名，一些作者也是在科舉場上打滾過的。那些書坊的寫手們，身世不詳，他們的作品如果是寫世情和才子佳人的，也都離不開科舉。傳統的士、農、工、商的四民社會中，士的生活目標就是通過科考獲得官爵，未取得舉人、進士資格不能做官者，有的退而做塾師、做幕賓、行醫或者行商，也有編撰小說者。總之，那時的小說作者是科舉時代的舊式文人。

甲午中日戰爭以後從事小說編譯和創作的文人，身分發生了巨大的變化。彼時，報紙、雜誌如雨後春筍般破土而出，光

04　梁啟超，《飲冰室合集·文集》三，中華書局 1989 年版，第 34、35 頁。
05　詳見［日本］樽本照雄編《清末民初小說目錄》，清末小說研究會 1997 年版。

緒二十一年（西元一八九五年），《中外紀聞》、《強學報》刊行於京滬，接踵而起的有《時務報》、《時務日報》，隨即上海、北京、天津、廣州、蘇州、無錫、武漢、長沙、杭州、濟南、重慶、福州等全國大中城市均有報紙、雜誌創立，數量之多、地域之廣，堪稱空前。[06]

眾多的報紙、雜誌需要龐大數量的職業編輯、記者和撰稿人，專業的小說作者群由此而產生。以往從事小說創作的人，除了書坊主人及其雇傭的寫手外，很難以小說創作維持自己和家庭生活，如蒲松齡、曹雪芹、吳敬梓，他們創作的《聊齋志異》、《紅樓夢》、《儒林外史》，生前都沒有出版，根本沒有稿酬的回饋。《女仙外史》的作者呂熊以游幕為生，他的小說如果沒有幕主資助付梓，出版幾無可能，自然也不會有稿酬問題。書商約定某位作者編撰小說，必定會付給作者一定「潤筆」，標準多少，實在難以考知，書商與作者之間的這種文字買賣關係確實存在，但並未成為文化市場中定型的普遍適用的制度。報紙、雜誌對於稿酬是有明確規定的，例如光緒三十三年（西元一九〇七年）創刊的《小說林》月刊，其募集小說啟事就說，小說一旦入選，甲等每千字五圓，乙等每千字三圓，丙等每千字二圓。晚清的幣制有三種：一曰製錢，即外圓內方的銅錢；二曰白銀，以兩為單位；三曰銀圓，當時流通於東南各省的為

06　詳見戈公振《中國報學史．民報勃興時期》，上海古籍出版社 2003 年版。

墨西哥銀圓，也稱洋圓。光緒年間朝廷仿墨西哥銀圓鑄造中國銀圓，每枚重七錢二分，與洋圓相等。每一銀圓兌換製錢一千文，在市場兌換有上下浮動的情況。當時米價每升（約今一斤半）三十文。包天笑（西元一八七六年至西元一九七三年）曾在《小說林》做過編輯，他說他的小說稿酬後來是每千字三圓，每月能發表三、五千字的小說，就可以維持一個小家庭的生活。包天笑年輕時與祖母、母親生活，一家三口，「每月五六塊錢的開支，再也不能少了，房租近兩元，飯菜約三元（這是祖母、母親和我三人的食用），其他還有雜用」[07]，包天笑為雜誌撰寫小說，維持家庭生活綽綽有餘。

由報紙、雜誌造就出來的小說家群，他們不但專業化，完全走出了科舉制度的陰影，而且思想與知識結構也大不同於舊式文人。他們有的是被迫流亡到海外的維新志士，有的是從歐美和日本回國的留學生，即使沒有留過洋的，也都接觸過西方思潮，是懷有改革志向的文人。如《申報》的王韜，《新小說》的梁啟超，《繡像小說》的李伯元，《月月小說》的吳趼人，《小說林》的曾樸等等。另，清末小說家群中仍有大量舊式文人和輕薄文人，他們製造了數量龐大的輕薄、低級趣味和毫無取義的遊戲之作，是小說守舊和墮落的一面，數量雖大，卻不足以代表這個時期小說的歷史主流。

07　包天笑：《釧影樓回憶錄》，香港大華出版社 1971 年版，第 125 頁。

第三節　石印和鉛字印刷的普及

清末十七年創作的小說數量，比此前清朝兩百五十年的小說數量之總和還要多得多，如果再加上這段時期的一千多種翻譯小說，其數量更是驚人了。小說數量的遽增，除了政治、思想和文化的原因之外，還有印刷業的支撐。中國的印刷技術，由石刻演進為雕版，又由整板雕刻發展到活字，活字有木質和銅質，但以木活字為主。木活字的印製速度和成本都優於版刻，但木質之活字易於損壞模糊，據《武英殿聚珍版程式》記載，乾隆三十九年十二月二十六日王際華、英廉、金簡等人奏章稱，武英殿木活字排印《冠子》，用連四紙刷印五部，用竹紙刷印三百一十五部，共計三百二十部。[08] 武英殿的活字印刷技術為全國最高，排版一次也只能刷印如此之數。日本長澤規矩也先生認為，木活字版一次印書大約在一百部內外。[09] 可見依靠傳統的雕版和木活字印刷，絕對是無法支撐數量如此龐大的報紙、雜誌和小說的印製和發行的。

鉛字雖形似木活字，但它的不易損壞模糊的特質是木活字無法比擬的，更重要的是鉛字印刷的機械設備、鋼模鑄字技術以及配合鉛字印刷所需的紙、墨等製造技術，是一個西方近代的技術系統裝備，其生產工藝流程完全不同於傳統手工操作的

08　陶湘編：《書目叢刊》，遼寧教育出版社 2000 年版，第 281 頁。

09　長澤規矩也：《和漢書的印刷及其歷史》，［日本］吉川弘文館 1952 年版。

木活字印刷。印製成本和速度，都非木活字印刷所能望其項背的。近代鉛印術早在明代萬曆時期就曾傳入中國，萬曆十六年（西元一五八八年）范利安主教與日本赴歐使團一起帶著西洋印刷設備抵達澳門，並用此設備印製拉丁文《天主教青少年避難所》（一名《基督教兒童避難所》）一書，但這套印刷設備兩年後運到日本，對中國沒有發生實際影響。[10]

用鉛字印刷術印製漢字書籍，最早應該是嘉慶二十年（西元一八一五年）至道光三年（西元一八二三年）間，馬禮遜主持編印的《中國語文字典》。道光二十三年（西元一八四三年）英國倫敦佈道會在上海設立墨海書館，裝備有鉛印機械。咸豐九年（西元一八五九年）美國基督教長老會的姜別利（William Gamble）在寧波創製電鍍字模，大大改進了鉛活字的製作工藝，使鉛活字在中國的廣泛運用成為可能。同治十一年（西元一八七二年）英國商人美查（Ernest Major）在上海創辦《申報》，採用鉛字機械排印，印製甚速，發行量極大。《申報》經營的成功，推動了民間報業的發展，也促進了鉛印術的普及。同治十三年（西元一八七四年）《申報》用鉛活字排印《儒林外史》，次年四月十八日《申報》刊登廣告云：「《儒林外史》一書，雖系小說，而詼諧之妙，敘述之工，實足別開蹊徑，宜為海內仕商所賞鑑，本館前用活字版排印千部，曾不浹旬而便即銷罄，在後購閱者俱以來遲弗獲為憾，是以近又詳加謄校，

10　張秉倫等：《范利安與西方印刷術的回傳》，《中國印刷》2001 年第 11 期。

重印一千五百部……每部仍收回紙價銀圓五角。」全書共八部，計價為四圓。鉛印成本降低，印製迅速，是傳統雕版和木活字印刷無法與之競爭的。

石印比鉛印更為便捷，它不用雕版，也不用排字，僅用特製藥墨書字於特製的藥紙上，將寫好文字之藥紙覆於特製之石板上，壓之，使膠性藥墨粘著石面，去紙之後，在石面拭水，趁未乾時滾以油墨，有字畫處因有膠性而著墨，無字畫處則不能著墨，覆紙壓印即成。光緒三年（西元一八七七年）《申報》之「點石齋印書局」石印《康熙字典》，姚公鶴《上海閒話》稱：「聞點石齋石印第一獲利之書為《康熙字典》，第一批印四萬部，不數月而售罄；第二批印六萬部，適逢科舉子北上會試，道出滬上，率購五六部，以作自用及贈友之需，故又不數月即罄。」一部《康熙字典》上百萬字，如果用雕版或木活字，都不可能速成。包天笑曾談到當年感受石印的好處說，「譬如說吧，像《史記》、《前漢書》、《後漢書》、《三國志》，人家稱為四史，若是木版的，要裝好幾隻書箱，現在可以縮成幾部書，那是多麼便利呢」[11]。

甲午中日戰爭後，全國各城市報刊風起雲湧，小說出版數量驟增，而且獲得廣大市場，印刷業的近代化，無疑為報刊的產生和發展，以及小說的大量生產，提供了堅實的物質基礎。

11　包天笑：《釧影樓回憶錄》，香港大華出版社 1971 年版，第 42 頁。

第一章　小說轉型的動因和條件

第二章

翻譯小說

第二章　翻譯小說

翻譯小說，單純從性質而言，屬於外國文學範疇。本書列為專章，是因為它在中國小說史上對小說轉型有著重要作用，是清末小說史不可分離的一部分。

第一節　翻譯小說對於小說轉型的作用

翻譯小說之始，或可追溯至明代天啟五年（西元一六二五年），《伊索寓言》譯成中文題為《況義》，由法國傳教士金尼閣（Nicolas Trigault，西元一五七七年至西元一六二八年）口授，張賡筆傳。入清以後，嘉慶二十年（西元一八一五年）鴻蒙陳人譯《海外奇譚》，此書日本原作題《忠臣藏》，敘日本元祿十五年（西元一七〇二年）赤穗郡義士復仇之事。道光二十年（西元一八四〇年）懶惰生譯《意拾喻言》，「懶惰生」為英國人羅伯特·湯姆（Robert Thom），他與中國人合作，選古希臘伊索（Aísôpos）、費德魯斯（Phaîdros）、阿維阿努斯（Avienus）等人寓言八十二則譯成。兩百數十年間僅有寥寥幾部譯作問世，未能形成一種文類列於文學之林，影響極其有限。

鴉片戰爭至甲午中日戰爭的五十年間，小說翻譯漸顯發展趨勢。咸豐三年（西元一八五三年）英格蘭長老牧師賓惠廉（Rev.William Chalmers Burns.M.A，西元一八一五年至西元一八六八年）與中國人合作，用文言翻譯《天路歷程》，出版於廈門。此書之譯，純為宣教之用，如漢譯本〈序〉所言，「教人

如何信上帝之道，如何賴耶穌之功，當如何著力，如何謹慎。是誠天路之捷徑也」。此書由教會發行，為使教徒和有心向教之人，無論士庶皆能通曉，同治四年（西元一八六五年）又譯成白話。

將外國小說作為文學作品譯介給讀者，並連續運作的是英國人美查（Ernest Major）於同治十一年（西元一八七二年）在上海創辦的《申報》。創刊當年四月，連續譯載了三部作品。《格列佛遊記》之小人國部分，原作四五萬字被翻譯成約五千字，題曰《談瀛小錄》，載四月十五至十八日《申報》。《瑞普·凡·溫克爾》被縮譯成八百字，題曰《一睡七十年》，載四月二十二日《申報》。《聽很多故事的把沙》，譯文約六千字《乃蘇國奇聞》（第二回起改題《乃蘇國奇聞把沙官小說》）載四月二十五至五月十日《申報》。三種作品刊載時皆不署原作者和譯者，人名地名全被中國化，用文言譯述，所述只是原作情節之梗概。但它開啟了商業報刊刊載翻譯小說的風氣。同治十一年年底，《申報》別闢文學期刊《瀛寰瑣記》，以較大篇幅連載了翻譯長篇小說《昕夕閒談》。此書作者為英國小說家利頓（Edward Bulwer Lytton），原著題《夜與晨》（Night and Morning），出版於西元一八四一年倫敦。譯者署「蠡勺居士」，即《申報》創辦人美查，實為美查口述，《申報》主編之一蔣子讓（其章）筆錄。《昕夕閒談》只譯了原著的前半部，但非縮譯而是全譯。儘管襲用傳統章回小說體制，卻對人物、地名等未做中國化處理，較多保留了英國世情民俗。

光緒十七年十一月（西元一八九一年十二月）至光緒十八年三月（西元一八九二年四月）上海週刊《萬國公報》連載美國作家貝拉米（Edward Bellamy）的烏托邦小說《回頭看紀略》之文言節譯本，譯者李提摩太。此書原名《Looking Backward，2000—1887》，作於西元一八八八年。書敘一位三十歲的美國人在西元一八八七年某一天入睡，醒來已是一百多年後的二〇〇〇年。彼時社會已發生翻天覆地的變化，生產力高度發達，人們的物質生活極大豐富，階級界分已不存在，男女平等，人人享有自由發展的空間，精神生活高度文明，完全是一個大同世界。原書用第一人稱敘述，翻譯改作第三人稱。此書譯文連載後，光緒二十年（西元一八九四年）廣學會在上海出版單行本，易名《百年一覺》。康有為稱此書有「大同影子」[01]。梁啟超在光緒二十二年（西元一八九六年）上海刊行的《西學書目表》加以推薦，或者受其影響，於光緒二十八年（一九〇二年）著小說《新中國未來記》。

甲午中日戰爭之前的漫漫歲月，翻譯小說歷歷可數，數量既少，影響必有限。譯者和出版者或出於宗教目的，或出於文化商業利益的考慮，當然，客觀地說，這也是在文化上撬開鎖

01　《康南海先生口說》，吳熙釗點校，中山大學出版社 1985 年版，第 31 頁。

國的大門，西方小說的引進，給中國小說創作提供了新的參照。

翻譯小說的勃興，還是因為甲午中日戰爭慘敗，知識分子面對亡國滅種的危機，強烈要求變法圖強，而變法圖強必須喚起民眾，維新派人士把小說、包括翻譯小說看作是啟蒙民智、宣傳政治的工具。生活在傳統禮教社會中，受數百年傳統小說浸染的文士要對歷史時代的變遷有基礎的認識，要在題材和敘事方式上實施變革，非一朝一夕所能達成。試看傅蘭雅於光緒二十二年（西元一八九六年）有獎徵得的「時新小說」一百六十二篇作品，就獲獎的作品而論，雖然都是按命題（鴉片、時文、纏足之害）作文，幾乎都是就事論事，無思想深度，且缺乏動人的形象和細節的描寫，說教氣味濃重。[02]

傅蘭雅宣導的「時新小說」是清末小說轉型的一個信號，但並沒有對小說轉型產生實際的引領作用。活躍在小說舞臺上的還是《三俠五義》、《彭公案》的一續再續，以及《海上花列傳》之類的狹邪小說。而翻譯小說則是引進外國思想，為中國小說變革提供借鑑的便捷之道，在傳統小說醞釀轉型的時期，扮演了開道先鋒之角色。

戊戌變法失敗後流亡到日本的梁啟超於光緒二十四年（西元一八九八年）十一月在橫濱《清議報》發表〈譯印政治小說序〉，主張選擇外國小說有關切於今日中國時局者，次第譯之，

02　徵文時新小說作品見《清末時新小說集》，上海古籍出版社 2011 年版。

以為中國小說變革的楷模。梁啟超的小說翻譯主張和實踐，與此前的傳教士翻譯以及趣味性、商業性翻譯在宗旨和原則上有本質的不同，他是有意識地把翻譯小說納入他的維新啟蒙運動的範疇，並推動中國小說的革新。

第二節　政治小說的翻譯

翻譯政治小說，鼓吹最力而又躬行實踐者為梁啟超。戊戌變法失敗，梁啟超在流亡日本途中就翻譯了日本東海散士（柴四郎）所著政治小說《佳人奇遇》，發表在橫濱《清議報》（旬刊）光緒二十四年十一月第一冊至次年正月第三十五冊，光緒二十七年（一九〇一年）廣智書局出版單行本，改題《佳人之奇遇》。此書敘日本愛國志士東海散士流亡到美國，與外國從事獨立運動的女戰士邂逅，互訴各自國家遭受大國欺凌而奮然反抗之慘烈情事。作者柴四郎是日本主張君主立憲制的自由民權論者，其所屬的會津藩在明治維新之際被政府作為叛逆加以討伐，家族成員或自殺或戰死或被俘，柴四郎逃亡海外。這篇作品系據作者自身經歷寫成，使有類似遭遇、正在流亡途中的梁啟超會心擊節，遂振筆一氣譯成。

光緒二十六年（一九〇〇年）《清議報》自元月起又連載日本矢野文雄《經國美談》的漢譯本。此書為周逵（宏業）所譯，敘上古希臘齊武志士驅逐斯巴達克、光復故土的故事。《清

議報》雖被清廷禁止入口，但《佳人之奇遇》和《經國美談》旋即先後在中國以單行本出版。邱煒萲《小說與民智關係》（光緒二十七年，一九〇一年）評論此二種小說「皆於政治界上新思想極有關涉，而詞意尤淺白易曉。吾華旅東文士，已有譯出，吾尚恨其已譯者之只此而足，未能大集同志，廣譯多類，以速吾國人求新之程度耳」[03]。旨在關切中國時局之外國政治小說翻譯由是發端。

選擇情節故事與中國時局有關的外國小說進行翻譯，一時成為譯界的重要準則。數年間，所譯之政治小說甚夥，除《佳人之奇遇》、《經國美談》外，較有影響的還有林紓、魏易同譯《黑奴籲天錄》（光緒二十七年，一九〇一年）、熊垓（暢九）譯《雪中梅》（光緒二十九年，一九〇三年）、佚名譯《美國獨立記演義》（光緒二十九年，一九〇三年）、陸龍朔譯《瑞西獨立警史》（光緒二十九年，一九〇三年）、陳鴻璧譯《蘇格蘭獨立記》（光緒三十二年，一九〇六年）、紅絨女士譯《旅順雙傑傳》（宣統元年，一九〇九年）等。

光緒三十一年（一九〇五年）同盟會成立前後，主張用暴力革命推翻清朝的政治主張在社會上影響與日俱增，這時翻譯描寫虛無黨的外國小說也形成一股熱潮，署名「冷血」的陳景韓是這方面譯家的代表，他譯有《虛無黨》、《虛無黨奇話》、《爆

03　陳平原、夏曉虹編：《二十世紀中國小說理論資料》（第一卷），北京大學出版社 1997 年版，第 47 頁。

烈彈》、《殺人公司》、《俠客談》、《決鬥》等。別家的譯作，如周桂笙譯《八寶匣》、芳草館主人譯《虛無黨真相》、楊心一譯《虛無黨之女》、《虛無黨飛艇》、小造譯《秘密囊》、《決鬥會》等。

教育小說和科幻小說雖不與政治直接相關，但在維新派人士看來，亦屬「開學智」的範疇。[04] 教育小說有梁啟超譯《十五小豪傑》（光緒二十八年，一九〇二年）、朱樹人譯《冶工軼事》（光緒二十九年，一九〇三年）、苦學生譯《苦學生》（光緒二十九年，一九〇三年）、南野浣白子譯《青年鏡》（光緒三十一年，一九〇五年）等。當時報刊稱「教育小說」者，並非專指「教育問題」之小說，凡對讀者有教育作用之作品，有時也包括在內。實際上，它與當時歷史小說、軍事小說、哲理小說、冒險小說等很難劃出分明的界線。科幻小說有陳繹如（彭壽）口譯、薛紹徽筆述《八十日環遊記》（光緒二十六年，一九〇〇年）、盧藉東譯《海底旅行》（光緒二十八年，一九〇二年）、楊德森譯《夢遊二十一世紀》、海天獨嘯子譯《空中飛艇》、周樹人（魯迅）譯《月界旅行》（以上三種均發表於光緒二十九年，一九〇三年）、戴贊譯《星球旅行記》、《環遊月球》、包天笑譯《千年後之世界》（以上三種均發表於光緒三十年，一九〇四年）、吳趼人譯《電術奇談》、東海覺我譯《新

04　邱煒萲：《小說與民智關係》（光緒二十七年，1901）。轉引自陳平原、夏曉虹編《二十世紀中國小說理論資料》第一卷，北京大學出版社 1997 年版，第 47 頁。

舞臺》（以上二種發表於光緒三十一年，一九〇五年）等。海天獨嘯子〈空中飛艇弁言〉認為中國社會崇信鬼神之風潮甚熾，先時之紅蓮、白蓮，近時之義和團，皆假鬼神為利器，迷信可謂牢不可破，「今者世界文明，光焰萬丈，此等網羅，允宜打破，則小說之改革尚焉」，主張科學普及「請自科學小說始」。[05]

翻譯政治小說使長期生活在封閉世界的中國讀者開拓了政治視野，接觸到不同社會制度下的生活和西方政治狀況及其思想；從文學的角度看，也讓中國讀者了解到政治小說的不同書寫方式。中國也有時事政治小說，但它重新聞性，在書寫上以事為本，體制上接近史書的紀事本末；外國政治小說以人為本，以一個人的遭遇來展示政治事件和政治傾向，人始終處在情節的中心。外國政治小說的引進，對中國時事政治小說的創作，無論是在政治思想還是在創作方法上，都產生了深刻的影響。

第三節　譯作題材的多元化

關切中國時政、以宣教為宗旨的翻譯小說，在特定的政治思想環境中，常能轟動全國，但時過境遷，有些缺少藝術性的作品便成明日黃花，再無人問津。而刊載翻譯小說的報紙期刊以及經營出版翻譯小說的書局與日俱增，競爭激烈，為商業利益考慮，亦不能不迎合讀者多種趣味，將譯作題材推向多元化。

05　陳平原、夏曉虹：《二十世紀中國小說理論資料》第一卷，北京大學出版社 1997 年版，第 106、107 頁。

第二章　翻譯小說

光緒三十一年（一九〇五年），小說林社〈謹告小說林社最近之趣意〉稱：「惟譯著紛出，非定題問，則陳陳相因，將來小說界必有黯淡無光之一日。同人懼焉。爰將已印未印各書，重加釐訂，都為十二類，其無所取意者，絕版不出。」[06]

其十二類為：歷史小說、地理小說、科學小說、軍事小說、偵探小說、言情小說、國民小說、家庭小說、社會小說、冒險小說、神怪小說、滑稽小說。這種小說分類的科學性當然有討論的空間，但有一點是毋庸置疑的，那就是它基本上不同於傳統小說的類型範疇，並且對清末小說的創作產生了重大影響。

翻譯小說各種類別中，以偵探小說的數量最多，幾乎占了翻譯小說總量的一半以上。僅譯介英國柯南．道爾的福爾摩斯探案作品就不下二十五種之多，歐美其他著名偵探小說家，如美國愛倫坡（Edgar Allan Poe）、法國埃米爾．加博里歐（Emile Gaboriau）、美國亞瑟．毛利森（Arthur Morrison）等人的作品均有譯本。光緒三十二年（一九〇六年）上海廣智書局出版《中國偵探案》，其弁言云：「乃近日所譯偵探案，不知凡幾，充塞坊間，而猶有不足以應購求者之慮。」

讀者為何如此喜愛西方的偵探小說？首先是它們打開了中國人的眼界。古代的中國是人治社會，官吏斷案重口供、輕證據，迷信重刑之下必吐真言，逼供成為鐵的邏輯。千百年來也

06　陳平原、夏曉虹：《二十世紀中國小說理論資料》第一卷，北京大學出版社 1997 年版，第 173 頁。

有明察的能吏，如包拯、海瑞、于成龍、施世綸、彭鵬等，但這只是官僚中的極少數，他們憑藉個人的鑑識，並沒有一套科學的偵破方法和手段，而剛愎自用的昏聵官吏則遍地皆是，製造冤案錯案是衙門的常態。承擔偵探職能的是差役，擔當法醫職能的是仵作，這些都是低級的從業者，無甚文化，自然更缺乏科學知識和邏輯思維。福爾摩斯和華生這樣的偵探，是中國人見所未見的，自然服膺之至。《老殘遊記》第十八回老殘幫助偵破山東齊河縣齊東鎮一家十三口命案，白太守連連贊他是「福爾摩斯」，足見福爾摩斯在當時已廣為人知。

就文學而言，偵探小說也開啟了一個全新的小說世界。古代白話小說寫「公案」的作品，包括話本小說和長篇章回小說，數量不能算少，明後期的公案小說就自成一個類型。這些作品重點都在表現判案的清官之廉明和神奇，像包拯便被描寫成半人半神的典型的清官。誰是罪犯，對於讀者來說，一般都不是秘密，或者說沒有什麼懸疑，斷案者多半憑神通和悟性來破解真相，將罪犯繩之以法。唯一之例外是《醒世恆言》卷十三〈勘皮靴單證二郎神〉，騙奸宮裡出來養病的韓夫人的「二郎神」，究竟是神還是人，是人又是何人？辦案者只憑了「二郎神」遺落的一隻皮靴，順藤摸瓜，終於找到二郎神廟的廟官孫神通，於是真相大白。這種懸疑的敘事在傳統小說中只是個案，但在外國的偵探小說中卻是普遍的情節構成方式，這種敘事以方法的科學和思維的縝密見長，尋求真相的偵破過程亦吸引讀者，

不得真相，難以釋卷。翻譯的偵探小說的可讀性遠遠超過了以往的公案小說，其翻譯之不絕如縷，亦說明了這個問題。偵探小說的引進，對於傳統公案小說創作的終結有著重要的作用。

第四節　從意譯到直譯

清末翻譯小說以意譯居多，直譯為少；文言居多，白話為少。所謂意譯，即重在譯其情節故事，不必忠實於原著的詞句和敘事體制，刪者刪之，益者益之，易者易之，務使合於東方讀者的思維習慣和審美口味。梁啟超用文言翻譯《佳人之奇遇》，刪去了原作中的詩歌及與保皇維新派主張相抵觸的反滿內容，又隨機摻入自己的創作。其後翻譯的《十五小豪傑》，則採用白話，完全按照中國傳統章回小說敘事體制，如「看官、話說、閒話休提、按下不表、卻說」，進行譯述。林紓不懂外文，依靠懂外文者口譯，他融會貫通予以筆述，更是譯意不譯詞。譯作以文言居多，與譯者和讀者的身分有關。譯者為主張新學和新近接觸新學的舊學人，讀者群主體非普通民眾，大多為有舊學修養而又對新學有興趣之知識階層。「覺我」（徐念慈）曾針對白話小說通俗易讀反不如幽奧艱澀之文言小說通行的現象，分析說：「社會之現象，轉出於意外者，何哉？余約計今之購小說者，其百分之九十，出於舊學界而輸入新學說者，其百分之九出於普通之人物，其真受學校教育，而有思想、有才

力、歡迎新小說者，未知滿百分之一否也。所以林琴南先生，今世小說界之泰斗也，問何以崇拜之者眾？則以遣詞綴句，胎息史漢，其筆墨古樸頑豔，足占文學界一席而無愧色……夫文言小說，所謂通行者既如彼，而白話小說，其不甚通行者又若是，此發行者與著譯者，所均宜注意者也。」[07] 徐念慈指白話不如文言通行，是由購讀者的身分所決定的，在桐城派古文中興的時代，有財力購古書之人，大多為當時受過古文訓練且不同程度崇奉古文之人，他們之鄙視白話，是當然的事情。

清末翻譯小說的譯者甚眾，最有影響者當數林紓（西元一八五二年至西元一九二四年）。林紓原名群玉，字徽，又字琴南，號畏廬居士，別號冷紅生。福建閩縣（今福州）人。林紓不懂外文，對外國文學知之甚少，翻譯小說必須與懂外文者合作。他所譯第一部小說為《巴黎茶花女遺事》，光緒二十五年(西元一八九九年）元月由福州素隱書屋刊行。該書〈小引〉述其翻譯緣起曰：「曉齋主人（王壽昌）歸自巴黎，與冷紅生談巴黎小說家均出自名手。生請述之。主人因道，仲馬父子文字，於巴黎最知名，《茶花女馬克格尼爾遺事》尤為小仲馬極筆。暇輒述以授冷紅生，冷紅生涉筆記之。」[08]

07　覺我（徐念慈）：《余之小說觀》，載《小說林》第十期，光緒三十四年（1908)。轉引自陳平原、夏曉虹編《二十世紀中國小說理論資料》第一卷，北京大學出版社 1997 年版，第 336 頁。

08　冷紅生（林紓）：〈巴黎茶花女遺事小引〉。轉引自陳平原、夏曉虹編《二十世紀中國小說理論資料》第一卷，北京大學出版社 1997 年版，第 40 頁。

第二章　翻譯小說

林紓古文修養極深，以古文筆法敘事繪景，曲盡其妙，對原書外國情調也能率多保留，深得讀者激賞。《巴黎茶花女遺事》刊行後風行海內，甚至有模仿之作如鐘心青《新茶花》問世。光緒二十七年（一九〇一年）林紓譯成《黑奴籲天錄》，此書之譯，在八國聯軍攻占北京之後，冀有喚醉民眾之意。林紓稱：「余與魏君（魏易）同譯是書，非巧於敘悲以博閱者無端之眼淚，特為奴之勢逼及吾種，不能不為大眾一號。」[09]

《黑奴籲天錄》系美國作家史拖活夫人（今譯為斯托夫人，H.B.Stowe，西元一八一二年至西元一八九六年）所作，該書描述美國黑人的慘狀，正可為面臨成為亡國奴的中國人殷鑑。此書譯出，社會反響強烈，靈石《讀黑奴籲天錄》曰：「我讀《籲天錄》，以我同胞之未至黑人之地位，為我同胞喜。我讀《籲天錄》，以我同胞國家思想淡薄，故恐終不免黑人之地位，我愈為同胞危。我讀《籲天錄》，證之以檀香山燒埠記，證之以美洲、澳洲禁止華人之新例，證之以東三省，證之以聯軍入京，證之以旅順、大連、威海、膠州、廣灣、九龍之舊狀，我愈信同胞蒙昧渙散，不能團結之，終為黑人續，我不覺為同胞心碎。」[10]是以英文本為底本譯出的。文藝團體「春柳社」則將它改編成話劇，在日本和國內演出，在當時極為轟動。

09　林紓：〈黑奴籲天錄跋〉，光緒二十七年（1901）。轉引自陳平原、夏曉虹編《二十世紀中國小說理論資料》第一卷，北京大學出版社 1997 年版，第 44 頁。

10　轉引自馬祖毅《中國翻譯史》上卷，湖北教育出版社 1999 年版，第 731 頁。

林紓自《巴黎茶花女遺事》譯出大受歡迎後，遂專一從事小說翻譯，至辛亥革命，所譯作品多達八十餘種。較有影響的作品除上述二種外，還有哈葛德（Sir Henry Rider Haggard）《迦茵小傳》、迭更司（今譯為狄更斯，Charles John Huffam Dickens）《塊肉餘生述》、《賊史》、司魏夫特（今譯為斯威夫特 Jonathan Swift）《海外軒渠錄》、達孚（今譯為笛福 Daniel Defoe）《魯濱孫漂流記》、司各德（今譯為司各特 Sir Walter Scott）《撒克遜劫後英雄略》、莎士比亞（William Shakespeare）《吟邊燕語》、希臘的《伊索寓言》等。

與林紓合作翻譯者，英文有陳家麟（杜衡）、魏易、曾宗鞏、毛文鐘等；法文有王壽昌（曉齋主人）、王慶通、李世中等。其中合作翻譯作品最多者為陳家麟（杜衡），許多歐美小說都是以英文本為底本譯出的。

不懂外文而從事外國小說翻譯，除林紓外，還有最早翻譯凡爾納的作品《八十日環遊記》之薛紹徽（西元一八六六年至西元一九一一年），薛紹徽為大家閨秀，其夫陳繹如（彭壽）舉人出身，曾出國，通英、法文。小說由陳繹如口譯，薛紹徽筆述。這種合作翻譯方式始於外國傳教士，是中國翻譯史初期所特有的現象，隨著翻譯活動的成熟和發展，這種方式也就成為歷史。

戊戌變法失敗以後，通曉外文而獨自翻譯者，大都不同程度受到過林紓譯作的影響，多數使用文言，少數也有採用白話者。白話翻譯而著名者有伍光建、周桂笙、徐念慈、吳檮等人。

第二章　翻譯小說

伍光建（西元一八六六年至西元一九四三年），筆名君朔，廣東新會人，留學於英國格林威治皇家海軍學院，精通英語，一生所譯歷史、哲學、文學著作等約有一百多種。光緒三十三年（一九〇七年）用白話翻譯出版大仲馬的《俠隱記》（又名《三個火槍手》）、《續俠隱記》，次年又譯《法宮秘史》。胡適評價伍氏譯作云：「我以為近年譯西洋小說，當以君朔所譯諸書為第一。君朔所用白話，全非抄襲舊小說的白話，乃是一種特創的白話，最能傳達原書的神氣，其價值高出林紓百倍。」[11]

周桂笙（西元一八七三年至西元一九三六年），名樹奎，字桂笙，號辛盦（新庵），筆名知新室主人。上海南匯人。曾入上海中法學堂學習英文和法文，做過上海英商怡太輪船公司買辦，任《月月小說》譯述編輯。周桂笙翻譯小說用平易的報章體白話，力圖按原書敘事方式和過程加以直譯。他以翻譯偵探小說著稱，其〈歇洛克復生偵案弁言〉云：「尤以偵探小說，為吾國所缺乏，不能不讓彼獨步。蓋吾國刑律訟獄，大異泰西各國，偵探之說，實未嘗夢見。」[12]

他在〈毒蛇圈譯者識語〉（光緒二十九年，一九〇三年）中說：「我國小說體裁，往往先將主人翁之姓氏來歷敘述一番，

11　胡適：〈論短篇小說〉（1918年）。《胡適古典文學研究論集》，上海古籍出版社1988年版，第686頁。

12　轉引自陳平原、夏曉虹編《二十世紀中國小說理論資料》第一卷，北京大學出版社1997年版，第135頁。

然後詳其事蹟於後；或亦有楔子、引子、詞章、言論之屬，以為之冠者，蓋非如是則無下手處矣。陳陳相因，幾乎千篇一律，當為讀者所共知。此篇為法國小說鉅子鮑福所著。乃其起筆處即就父女問答之詞，憑空落墨，恍如奇峰突兀，從天外飛來，又如燃放花炮，火星亂起。然細察之，皆有條理。自非能手，不敢出此。雖然，此亦歐西小說家之常態耳。爰照譯之，以介紹於吾國小說界中。幸弗以不健全譏之。」[13]

周桂笙的翻譯在忠實於原著的敘事方式上前進了一步，為清末小說創作提供了新的參照系統，促進了小說敘事從傳統向現代的轉變。《毒蛇圈》評點者吳趼人（趼廛主人）就明顯受到影響，他創作的小說《九命奇冤》之開頭，就捐棄了傳統方式，徑書以強盜間的對話。周桂笙所譯的代表作除《毒蛇圈》之外，還有《紅痣案》、《福爾摩斯再生案》等。

徐念慈（西元一八七五年至西元一九〇八年），字彥士，號覺我，亦署東海覺我。江蘇常熟人。曾留學日本，通日文和英文。辦過新學堂，光緒三十一年（一九〇五年）任曾樸創辦的小說林社編輯。譯作有《海外天》、《黑行星》、《新舞臺》等。他採用白話翻譯，並對當時譯界的混亂和不科學的狀況提出改良之策：「譬如一西譯書，而於其面，書明原著者誰氏，原名為何，出版何處，皆印出原文；今名為何，譯者何人。其於日報

13　轉引自陳平原、夏曉虹編《二十世紀中國小說理論資料》第一卷，北京大學出版社1997年版，第111頁。

所登告白亦如之，使人一見而知，謂某書者，即原本為某，某氏之著也。至每歲之底，更聯合各家，刊一書目提要，不特譯書者有所稽考，即購稿者亦不至無把握，而於營業上之道德，營業上之信用，又大有裨益也。」[14]

用白話翻譯日本及歐美各國小說的還有吳檮（生卒年不詳），通日文，從日文轉譯了一批俄國十九世紀著名文學家的作品，如萊門忒甫（萊蒙托夫 Mikhail Lermontov）《銀鈕碑》、溪崖霍夫（契訶夫 Anton Chekhov）《黑衣教士》、戈厲機（高爾基 Maxim Gorky）《憂患餘生》等。

文言翻譯小說是清末譯界主流，林紓執其牛耳，其後較有影響的譯家有包天笑（西元一八七六年至西元一九七三年）、陳景韓（西元一八七七年至西元一九六五年）等人。包天笑所譯《馨兒就學記》、《空谷蘭》、《梅花落》，陳景韓所譯之虛無黨小說和偵探小說，均流行一時。文言翻譯小說之殿後者是周樹人（魯迅）、周作人兄弟。他們譯編的《域外小說集》出版於宣統元年（一九〇九年），所譯短篇，俄國有迦爾洵（Vsevolod Mikhailovich Garshin）、契訶夫、梭羅古卜（Fyodor Sologub）、安特來夫（Leonid Andreyev），波蘭有顯克微支（Henryk Adam Aleksander Pius Sienkiewicz），英國有王爾

14　覺我（徐念慈）：《余之小說觀》（光緒三十四年，1908）。轉引自陳平原、夏曉虹編《二十世紀中國小說理論資料》第一卷，北京大學出版社 1997 年版，第 334、335 頁。

德（Oscar Wilde），法國有莫泊桑（Guy de Maupassant），丹麥有安徒生（Hans Christian Andersen）等等。胡適評論此書用古文譯小說，「做到『信、達、雅』三個字」，「比林譯的小說確是高的多」[15]，但譯印之後在東京和上海分別只銷了二十冊上下。究其遭冷遇的原因，在內容上，讀者習慣有始有終的故事，而書中的短篇有些卻沒有完整的故事情節，讀者「以為他才開頭，卻已完了！」[16]在文字上，周氏兄弟採用古文，卻又堅持直譯，保留著原書的章節格式，不似林紓意譯一氣到底，故讀起來有些「詰屈聱牙」[17]。古文可以用來譯小說，但古文畢竟只有少數人能夠閱讀，且與實際生活語言有距離，不能行遠，亦不能普及，《域外小說集》的滯銷，代表著文言翻譯小說的終結。

15　胡適：〈五十年來中國之文學〉（1922年）。《胡適古典文學研究論集》，上海古籍出版社1988年版，第107、108頁。

16　魯迅：〈新版域外小說集序〉（1921年）。

17　魯迅：〈新版域外小說集序〉（1921年）。

第三章

時事政治小說

第三章　時事政治小說

在君主專制時代，時事政治小說只有在朝廷統治面臨土崩瓦解之時，或在朝廷統治能力已被嚴重削弱之時，才可以興盛起來。明朝萬曆以後時事政治小說的異軍突起，即為一證。清朝統治建立後，大興文字獄，時事政治小說瞬即銷聲匿跡。清政府自鴉片戰爭起，屢屢敗於外敵，太平天國運動嚴重動搖了清朝統治的根基，為修補這搖搖欲墜的統治大廈，統治者開始洋務運動，但甲午中日一戰，即宣告了洋務運動的失敗，維新運動隨之而興起。戊戌變法失敗，使一些有識之士意識到清朝已不可改良，唯有革命推翻其統治方能實現民族的復興。維新和革命之志士仁人借鑑西方歷史經驗，以小說的形式來宣傳自己的主張，小說則成為當時政治鬥爭的重要工具。清朝統治者當然要鉗制輿論，光緒二十四年（西元一八九八年）八月戊戌變法被鎮壓，當月慈禧太后即下懿旨：「莠言亂政，最為生民之害。前經降旨將《官報》、《時務報》一律停止。近聞天津、上海、漢口各處仍復報館林立，肆口逞說，捏造謠言，惑世誣民，罔知顧忌，亟應設法禁止。著各該督撫飭屬認真查禁，其館中主筆之人，皆斯文敗類，不顧廉恥，即由地方官嚴行訪拿，從重懲治，以息邪說而靖人心。」[01]此時朝廷祭起「文字獄」的殺器已無甚效力，光緒二十六年（一九〇〇年）義和團之亂和八國聯軍入侵北京，清朝已在崩潰邊緣，政治小說更是風起

01　《清德宗實錄》卷四二八，中華書局 1986 年影印本。

雲湧，形成不可遏制的創作大潮。

清末時事政治小說作品所反映的政治傾向是複雜的，主張君主立憲的有之；主張種族革命的有之；反對維新、仇視革命的有之；既不滿現狀，又厭惡維新派和革命黨，對政治持悲觀和虛無態度的亦有之。這種狀況正反映了清朝崩潰前夕政治動亂的真實情形。

第一節　時事小說

清末時事小說活躍異常，甲午中日戰爭、戊戌變法、義和團和八國聯軍、日俄戰爭，乃至前數十年的太平天國運動，皆有作品描述。

敘寫甲午中日戰爭的作品有《臺戰演義》、《臺灣巾幗英雄傳初集》、《說倭傳》、《中東和戰本末紀略》等。

《臺戰演義》（又名《臺戰紀》）二集十二卷，初刻於光緒二十一年（西元一八九五年）六月，書成時臺灣抗日戰爭還在進行中。初刻本卷首有人物圖六幅、臺灣全圖和劉軍門告示等，三年後的翻刻本更附臺灣古今郡縣名、疆域、職官、賦稅、風俗、土產、山川、古蹟、名宦、人物及倭國考略等。此書不題撰人，敘述臺灣軍民在甲午中日戰爭戰敗、臺灣被割讓給日本之後英勇抗擊日寇的事蹟。作者申言此書皆為實錄，實際上道聽塗說甚多，荒誕之處亦不少見，殲敵戰果有誇大之嫌。

第三章　時事政治小說

《臺灣巾幗英雄傳初集》十二回，作者署「古鹽官伴佳逸史」，真實姓名不詳。成書於光緒二十一年（西元一八九五年）七月。此書與《臺戰演義》不同的是，專寫臺灣婦女在總兵夫人張氏和劉軍門（劉永福）之女領導下與日寇作戰的壯烈事蹟。作者自序稱全書按事實編列成帙，分為二十四回，先將十二回初集付諸石印，二集俟天氣稍涼再編續印。惜未見二集問世。《馬關條約》簽訂後，臺灣被割讓已成定局，然而劉永福之黑旗軍與臺灣義軍在朝廷拒不援助的惡劣條件下奮起抵抗登島之日軍，極大振奮人們的精神。臺灣抗戰新聞不脛而走，此書與《臺戰演義》之速成滿足了當時民眾的需求，也真實地反映了當時民眾的情緒。

敘寫甲午中日戰爭始末的是《說倭傳》（又名《中東大戰演義》）和《中東和戰本末紀略》。《說倭傳》三十三回，作者署「洪子貳」，從書中描述朝鮮國事之深細以及〈自序〉口吻推測，作者疑為朝鮮人。此書作於《馬關條約》簽訂二年之後，有香港中華印書總局光緒二十三年（西元一八九七年）鉛印本。其〈自序〉云：「從來創說者，事貴出乎實，不宜盡出於虛。然實之中虛，亦不可無者也。苟事事皆實，則必出於平庸，無以動詼諧者一時之聽。苟事事皆虛，則必過於誕妄，無以服稽古者之心。是以余之創說也，虛實而兼用焉。至於中日之戰，天妝臺畏亂之羞，劉公島獻船之醜，馬關訂約，臺澎割地，種種

實事，若盡將其詳而便載之，則國人必以我為受敵人之賄，以揚中國之恥。若明知其實，竟舍而不登，則人又或以我為畏官吏之勢，而效金人之緘口。嗚呼！然則創說之實，不亦戛戛乎難之矣。至若劉大帥之威，鄧管帶之忠，左夫人之節，宋宮保之勇，生番主之橫，且其餘所載劉將軍用智取勝，樺山氏遣使詐降等事，余亦不保必無齊東野人之言。然既知其為齊東野人之言，又何必連番細寫？蓋知其為齊東野人之言者，余也，非讀者也。然事既有聞於前，凡有一點能為中國掩羞者，無論事之是否出於虛，猶欲刊載留存於後，此我國臣民之常情也。」[02]此書從日本出兵朝鮮寫起，中日宣戰，平壤之役，黃海之役，中國陸海軍大敗，《馬關條約》簽訂，至臺灣軍民抗戰為止。第十九回至二十一回寫馬關和議，毫無情節，僅抄錄李鴻章與伊藤博文在光緒二十一年（西元一八九五年）二月至三月的五次議和會議之談話記錄。

《中東和戰本末紀略》九回（回目標十回，缺第六回，實為九回），載《杭州白話報》光緒二十八年（一九〇二年）至二十九年（一九〇三年）第一期至第三十一期。作者署「平情客」。小說描述光緒二十年（西元一八九四年）三月朝鮮亂起，朝鮮政府請求清廷出兵相助，日本以中國干涉朝鮮為口實，入侵朝鮮，中日戰爭爆發。書中簡述了牙山、平壤戰役和北洋海

02　〈說倭傳序〉。引自丁錫根編著《中國歷代小說序跋集》，人民文學出版社 1996 年版，第 1064、1065 頁。

軍之覆沒，最後被迫簽訂《馬關條約》。書中揭露了主和派李鴻章以及他所任用的將領之貪婪怯懦無能。

戊戌變法是甲午中日戰爭後又一撼動朝野的重大事件。事件發生次年，光緒二十五年（西元一八九九年）即有「古潤野道人」撰《捉拿康梁二逆演義》四十回石印本出版。此書寫康有為、梁啟超變法始末，極盡汙蔑之能事，情節荒誕不實，僅以洩憤而已。光緒二十九年（一九〇三年）上海大同印書局出版的《轟天雷》十四回，對變法卻持讚頌的立場。此書假託從日本小說譯出，故署作者為「藤谷古香」，作者實為常熟人孫景賢（西元一八八〇年至西元一九一九年），曾留學日本，為同盟會成員。書中主人公荀彭（號北山）的原型為常熟奇士沈鵬（北山），寫他婚姻生活不幸，屈辱之至，遂萌生做一番轟動天下之事然後去死的念頭，時值戊戌變法失敗，他向朝廷上萬言書，請慈禧太后歸政，殺榮祿、剛毅、李蓮英三凶，此書無以呈遞朝廷，遂在《國聞報》發表，轟動朝野，被譽為「轟天雷」。小說據沈北山事蹟寫成[03]，沈氏萬言書全文照錄，中間還插入浙江衢州華府被羅姓霸占二百多年之事，用以影射滿人入主中原之歷史，透露出作者的反清立場。

戊戌變法後兩年，光緒二十六年（一九〇〇年）發生義和團之亂和八國聯軍入侵北京事件。當時，反映此事件的小說不

03　曾樸：〈與沈北山書〉之曾虛白按語，見《曾公孟朴紀念特輯》（《宇宙風》二期）。阿英：《晚清小說史》，人民文學出版社 1980 年版，第 86 頁。

止一種。光緒二十七年（一九〇一年），《救劫傳》十六回開始連載於《杭州白話報》，載畢即由杭州白話報館出版單行本。作者署「艮廬居士」。此書描述山東、直隸義和團起事，八國聯軍入京，兩宮西逃，至簽訂《辛丑合約》。作者把這一場劫難歸咎於義和團，並拿它與秦末、漢末之亂比對。寫庚子事變的還有《鏡中影》四十回，作者署「禺山世次郎」，即黃小配（西元一八七二年至西元一九一二年），名世仲。廣東番禺人。早年赴南洋謀生，回香港參與報紙編輯工作，一九〇五年加入同盟會，後參加辛亥革命，一九一二年被廣東軍閥陳炯明殺害。其小說創作除《鏡中影》外，還有《廿載繁華夢》、《洪秀全演義》、《宦海升沉錄》、《大馬扁》等十餘種。《鏡中影》寫庚子事變，把矛頭對準腐敗的清政府，不過將歷史人物的真名隱去，恭親王做八皇叔，慶親王做興郡王，瓦德西做夏統帥。光緒三十年（一九〇四年）「憂患餘生」（連夢青）撰《鄰女語》十二回，陸續刊載於《繡像小說》。此作不似《救劫傳》記錄庚子事變的大事，它寫事變中的一位青年北上進京途中的所見所聞，真實而生動地描寫了當時兵荒馬亂、民眾受難的情景。作者文筆清雋，其紀實性和藝術性不僅在庚子事變小說中首屈一指，而且在清末時事小說中亦屬佼佼者。可惜第七回後風格一變，去記事變中的奇聞逸事，第十二回亦非全書結尾，但續篇未見。宣統元年（一九〇九年）《杭州白話新報》連載的《白

話痛史》亦演述庚子事變的始末，作者「夷則子」（杭慎修）基本上依據史料編排敘事，旨在警醒人們奮起圖強。

光緒三十年（一九〇四年）日俄戰爭在中國東北爆發，同年即有描述這場戰爭的《遼天鶴唳記》十六回石印本出版。作者署「日本東京田太郎」，假以日人之名述說這場戰爭，對於列強在中國領土上為爭奪在華利益而進行的戰爭，表現了強烈的羞恥和憤怒之情。其〈序〉曰：「自開戰至今，已曆歲餘，往陳之跡，坊間具有專書，惟詞旨深邃，不能普及國民之觀念。不佞不揣固陋，用淺顯語句，仿章回體裁，編成是書，務令通國國民，周知普及，易入腦筋，盡能解釋，知日俄兩國之戰爭，實緣中國積弱之所致。夫中國之土地不能自守，而藉他人之力以爭之，吁！可恥甚矣！」

光緒三十三年（一九〇七年）安慶徐錫麟刺殺皖撫恩銘，牽及紹興秋瑾被捕遇難。「靜觀子」（許俊銓）撰《六月霜》十二回為秋瑾立傳，於宣統三年（一九一一年）四月由改良小說社出版。小說採用倒敘手法，從吳芝瑛獲悉秋瑾就義寫起，回敘秋瑾就義經過，又回敘秋瑾一生，到吳氏至紹興領屍，將秋瑾安葬於西湖為止。中間插入秋瑾的一些詩作，是紀實性較強而又飽含情感的作品。

太平天國運動自咸豐元年（西元一八五一年）至同治三年（西元一八六四年），前後十四年，戰火遍及江南各地，雖然失

敗，卻嚴重動搖了清朝的統治。對於這一場轟轟烈烈的運動，先有《掃蕩粵逆演義》八回記述之。此書於光緒二十三年（西元一八九七年）由上海書局石印出版，作者署「遭劫餘生」，真實姓名不詳。作者仇視太平天國，稱之為「逆」為「賊」，對太平天國領袖人物多妖魔化，對清政府將領則多予美化，第八回寫到六合縣令溫紹源殉難，全書未完，書末附言：「下卷之二集尚有奇文……僧王平匪，曾帥克服金陵之事……可即日出書，以供諸君共賞歟！」其〈序〉稱有三十二回，然未見全璧。

與《掃蕩粵逆演義》尖銳對立的是黃小配的《洪秀全演義》五十四回。此書連載於光緒三十一年（一九〇五年）香港《有所謂報》和次年的香港《少年報》，光緒三十四年(一九〇八年）在香港出版單行本。作者〈自序〉曰：自太平天國失敗後，「四十年來，書腐忘國，肆口雌黃，發逆、洪匪之稱，猶不絕耳，殆由曾氏（國藩）《大事紀》一出，取媚當王，遂忘種族。既紀事乖違，而《李秀成供狀》一書，復竄改而為之黑白，遂使憤憤百年亡國之慘，起而與民請命之英雄，各國所認為獨立相與遣使通商者，至本國人士獨反相沿而自汙之，怪矣」。作者由是搜集故老傳聞，流覽當時出版的《太平天國戰史》、《楊輔清福州供詞》及日本人撰《滿清紀事》等書，「益知昔之貶洪王曰匪曰逆者，皆戕同媚異、忘國頌仇之輩，又狃於成王敗寇之說，故顛倒其是非，此皆媚上之文章」，故有意撰《洪秀全演義》

為之辯誣。作者基於種族革命立場，對太平天國予以肯定和讚揚。較之《掃蕩粵逆演義》，所寫洪秀全太平天國事蹟比較客觀真實。也出於種族革命立場，對於太平天國某些封建落後的事例有所避諱，同時又有一些背離史實的拔高，比如稱之為「泰西文明政體」之類，還有一些理想化的虛構，如小說中諸葛亮式的人物錢江及其種族革命綱領〈興王策〉、洪秀全〈致美國總統國書〉等。此書種族革命傾向鮮明，章太炎特為之作〈序〉，出版後風行海內外，南洋、美洲各地華僑幾乎家喻戶曉，亦有改編成戲劇者。

第二節　政治小說

廣義地說，時事小說也屬於政治小說，清末的時事小說雖然已多少受到翻譯的西方小說的影響，但總體上還是繼承了明末清初時事政治小說的衣缽，紀實性較強。為何不稱時事政治小說，而稱時事小說？是因為清末出現了一批不追求紀實，而通過虛擬的故事闡發作者的政治主張的作品，他們完全逸出了歷史上的時事政治小說的範疇，成為一種新的小說類型。為區分這些不同的小說類型，故將演述時事的小說稱作時事小說，而稱旨在發表政見的小說為政治小說。

光緒二十六年（一九〇〇年）八國聯軍攻占北京，慈禧太后攜光緒帝逃往西安，於十二月初十日（一九〇一年一月二十九

日）下詔變法，其變法主張之全面，甚至超過了戊戌年康有為、梁啟超變法的擬議。此變法諭旨一出，令朝野上下興奮不已，「維新」遂成為此後相當一段時間裡的時尚之語。

發表在光緒二十八年（一九〇二年）十月至次年七月《新小說》上的《新中國未來記》五回，是在朝廷變法上諭後的第一部新小說，發表時標識為「政治小說」。作者梁啟超（西元一八七三年至西元一九二九年），字卓如，號任公，別署飲冰室主人。廣東新會人。光緒十五年（西元一八八九年）舉人。光緒二十一年（西元一八九五年）入京會試，與康有為發動「公車上書」，暢言變法。次年至上海編刊《時務報》，著《變法通議》，又到湖南主講長沙時務學堂。光緒二十四年（西元一八九八年）入京，襄助康有為籌畫變法。變法失敗，流亡日本途中翻譯日本政治小說《佳人奇遇》，在橫濱創辦《清議報》，在此報上發表《佳人奇遇》、〈譯印政治小說序〉等，鼓吹譯印「關切於今日中國時局」之外國小說以啟迪民智，推動中國的政治變革。光緒二十八年（一九〇二年）在橫濱創辦《新小說》，並在創刊號上發表《論小說與群治之關係》，提出「小說界革命」的口號，認為「今日欲改良群治，必自小說界革命始；欲新民必自新小說始」。梁啟超對傳統小說持完全否定的立場，認為《水滸》誨盜，《紅樓》誨淫，傳統小說作品林林總總，綜其大較，不出誨盜、誨淫兩端。他主張創作的「新小說」，大概是

第三章　時事政治小說

以日本明治維新中直接影響政局的政治小說為楷模，柴四郎（西元一八五二年至西元一九二二年）的《佳人之奇遇》，矢野文雄（西元一八五〇年至西元一九三一年）的《經國美談》等，前者由梁啟超譯成漢文，後者的漢譯本刊載於梁啟超創辦的《清議報》上。他所謂「新小說」即政治小說，也就是「關切今日中國時局」之小說。他所創作的《新中國未來記》是「新小說」的發端之作。

《新中國未來記》五回，最初發表在光緒二十八年（一九〇二年）和光緒二十九年（一九〇三年）的《新小說》上。光緒二十九年《廣益叢報》、光緒三十一年（一九〇五年）上海廣智書局出版單行本。小說開頭寫六十年後，即一九六二年新春，中國舉行維新五十周年慶典。南京召開國際和平會議，一些外國元首親臨盛會。上海舉辦博覽會，專家、學者以及大學生雲集大會，孔子後裔孔弘道博士在會上報告「中國近六十年史」，孔弘道的演講回敘了六十年的維新史，這便是小說的主體部分。第三回〈求新學三大洲環遊，論時局兩名士舌戰〉，敘兩位遊歷海外數年歸國的青年黃克強與李去病，就中國政治向何處去，展開了激烈的睿智的辯論，黃克強主張立憲，而李去病則傾向革命，論辯的確很精彩。該回總評謂之超過了歷史上的《鹽鐵論》。但這一回稱之為政論則可，稱之為小說則不足。第四回〈旅順鳴琴名士合併，榆關題壁美人遠遊〉敘二人遊歷

至旅順口，在旅店中聽隔壁客房彈琴唱歌，遂結識吟唱者的一段，乃是小說家筆調，頗具形象和意境。此書至第五回並未完篇，在作者那裡，可能覺得「立憲」的政見已經充分闡發了出來，而作為小說寫下去卻有點茫然了，不得不就此止步。梁啟超在此書之「緒言」中承認，「似說部非說部，似稗史非稗史，似論著非論著，不知成何種文體，自顧良自失笑」。

描繪理想未來，從未來回溯到今天現實，這種構思和寫法在中國小說中是前無古人的。不過這種預言未來的政治小說，在日本明治時代就有末廣鐵腸（西元一八四九年至西元一八九六年）的《雪中梅》（西元一八八六年），此小說開頭即寫二〇四〇年東京紀念日本國會創立一百五十周年的場面，《新中國未來記》與之頗為相似，前述美國作家貝拉米的《回頭看紀略》（又名《百年一覺》）亦暢想百年未來，梁啟超很可能從中獲得啟發。《新中國未來記》雖然缺少小說敘事的趣味，但它的雄辯的論說卻是充滿感情的，邏輯的細密和激越的聲調，仍能打動當時處於政治十字路口的中國讀者。

主張立憲，與《新中國未來記》同樣具有理想色彩的小說，還有春所撰《未來世界》二十六回。此作連載於光緒三十三年（一九〇七年）、三十四年（一九〇八年）的《月月小說》上。此書第一回呼籲立憲說：「立憲！立憲！！速立憲！！！這個立憲，是我們四萬萬同胞黃種的一個緊要的問題，一個存亡的關鍵。」作者認為：「中國目今的時勢，既不是那革命民主的時代，也用不著這專制政府的威權。政黨中人的資格，自然還沒有組織完全。民族裡頭的精神，卻也不見得十分發達。兩兩相較，輕重適均，除了立憲，更沒有別的什麼法兒。」小說也是一種「未來記」，寫立憲的準備過程，倫理道德的構建，新式學校的倡辦，自由婚姻的達成，立憲後的中國，百姓揚眉吐氣，也能抵禦外侮。全書的政論性重於形象性，作者自云「這中國立憲的四個字兒，就是在下這一部二十六回小說的結筆」。

立憲小說中有一部以寓言的方式寫立憲成功的《憲之魂》十八回。有光緒三十三年（一九〇七年）新世界小說社刊本，不署撰人。小說敘陰司冥界政治腐敗，百弊叢生，內憂外患，風雨飄搖。閻王忽聞陽間預備立憲，遂派六個大頭鬼出國考察，結論是冥界百姓愚昧，沒有資格實行憲政。冥界不事改革，社會矛盾愈益尖銳，外國列強更是肆無忌憚，民不聊生，國將不國，革命黨乘勢而起。朝廷存亡危機顯現，閻王終於痛下決心，下詔立憲。新政施行數年間，冥界風氣大變，民智大開，實業興旺，民富而國強，擊敗外國的入侵，收回列強在冥界的特權，儼然一個政治清明、百姓安居樂業的君主立憲國家。小說寫的冥界，實為現實的寫照，唯立憲的成功乃作者主觀的想像。

朝廷下詔維新，整頓軍隊，科舉廢除八股，興辦新式學堂，選派學生出國留學，提倡漢族婦女不再纏足等等，維新成

為時尚。光緒二十七年（一九〇一年）秋天梁啟超即驚呼，「吾昔見中國言維新者之少也而驚，吾今見中國言維新者之多而益驚」（《維新圖說》），「咸與維新」，高喊維新的投機客招搖過市，一點也不奇怪。朝廷確實推行了一些改革措施，但它的終極目的是維護和鞏固君權，絕非要把君權置換成民權。維新實為君權籠子中的舞蹈，其局限和虛偽隨著時間的推移，越來越暴露在國人的面前。因此，革命派對維新派的批判也就與日俱增。光緒二十九年（一九〇三年）十一月孫中山在檀香山《檀山新報》上發表〈敬告同鄉書〉，籲請國人要識破維新派的保皇真面目，「革命、保皇二事決分兩途，如黑白之不能混淆，如東西之不能易位。革命者志在撲滿而興漢，保皇者志在扶滿而臣清，事理相反，背道而馳，互相衝突，互相水火」[04]。

反對維新運動的小說，有站在革命立場的作品，也有只是看不慣打著維新旗號謀取私利的投機者，他們反對的是假維新，其立場仍是主張立憲。

批評立憲運動的，首先有李伯元的《文明小史》六十回。此書連載於由他主編的光緒二十九年（一九〇三年）至三十一年（一九〇五年）的《繡像小說》上。李伯元（西元一八六七年至西元一九〇六年）名寶嘉，別署南亭亭長。江蘇上元人。清末著名小說家，其代表作還有《官場現形記》。《文明小史》敘寫

04　《孫中山全集》第一卷，中華書局 1981 年版，第 230—233 頁。

庚子事變（一九〇〇年）以後幾年間的中國社會狀況。所謂「文明小史」，就是指西方列強用軍艦槍炮攻入中國，西方的物質和精神文明也隨之而輸入中國，中國社會在此衝擊下所發生的文明與蒙昧混雜沸騰躁動的記錄。《文明小史》不像《新中國未來記》之類的未來型小說，用形象圖解理念，甚至以論說替代形象的敘述，它用寫實的手法，描述了「文明」進入中國後的社會動態，以及動態社會中的各色人物。其中有懼怕洋人的官僚，趾高氣揚的洋務人士，更有表裡不一的維新派領袖。在作者看來，現實的「維新」不過是用新瓶裝舊酒，「文明」不過是給陳腐的舊社會披上了一件亮麗的新裝。小說前十回描述遠離京師的湖南永順府由洋人探礦引發的社會騷亂，欺壓百姓、畏懼洋人的官府，仇外而又蒙昧的民眾，在這個事變中都得到充分的展現。此後作者的視野轉向了全國各地的維新改革，開學堂，興實業，辦報紙，新政新學遍地開花，在這個文明大潮中活躍的都是企圖維護已有特權的官吏，乘勢謀求私利的假洋鬼子和虛偽醜陋的維新領袖。小說中的安紹山影射康有為，顏軼回影射梁啟超，小說對安紹山的虛偽作態和顏軼回的熱衷功名，都進行了諷刺性的描寫，可謂入木三分。《文明小史》對維新大潮中社會各色人物的描寫，寫實而富有強烈的嘲諷，筆調與《官場現形記》相同。

光緒三十一年（一九〇五年）刊行的《上海之維新黨》（又名《新黨嫖界現形記》）九回，作者「浪蕩男兒」（葉景範），浙江杭州人。此書序言曰:「或問此書何為而作？曰:為憤而作，為恨而作，為懼而作。憤者，憤新黨既自命為中國之主人公，何以腐敗若是？恨者，恨新黨既如是之腐敗，舊黨必以此為口實，中國新機，益難有望。懼者，懼所謂中國之主人翁者且如此，吾中國安得而不亡？」小說描寫從日本留學回到上海的戚定君，打著維新的旗號，糾集一幫維新同志，狂嫖濫賭，甚至在妓女身上騙取錢財，這類人在檯面上演說維新，慷慨激昂，痛哭流涕，彷彿真是愛國熱血志士。在作者看來，新黨比舊黨還要壞，這種觀點當然是偏執和淺薄的。

《新黨升官發財記》十六回也是攻擊維新派的作品，卻要比《上海之維新黨》寫得豐滿和真實。此書刊於光緒三十二年（一九〇六年），未題撰人。小說主人公袁伯修原本一介寒士，庚子事變後，看準「維新」是一個飛黃騰達的良機，遂靠著「維新」的名號，夤緣發達起來，不僅官兼數職，而且財源廣進。第十六回他酒後吐真言:「目下雖然萬口一詞，說維新維新，卻不可把維新兩字看得認真。只可求形式上的維新，不可求精神上的維新。要曉得精神上的維新，乃是招災惹禍的根苗。若只作形式上的維新，便是升官發財的捷徑。」作者並不像《上海之維新黨》那樣把維新黨一概罵倒，他所批判的是假維新的投機分子。

第三章　時事政治小說

批判假維新的小說較多，如光緒三十二年（一九〇六年）出版的《立憲鏡》十回，作者「戊公」在小說中就寫一位出洋回來的金人，聞知朝廷宣告立憲，興奮不已，但結識了一些維新人士之後則大失所望，這些高喊維新的人士，嗜賭嫖娼，欺壓良民，文明外衣包裹的是腐朽醜惡的靈魂。小說也寫了維新大潮中的別樣人物，如江湖俠士、虛無黨的女豪傑等。光緒三十三年（一九〇七年）刊登在《月月小說》第五期上的〈立憲萬歲〉，這個短篇以虛幻的筆法描寫天上的立憲，這「立憲」只是換幾個官名，舊官僚一律照舊供職，所以舊官吏們齊呼「立憲萬歲」。作者吳趼人（沃堯，西元一八六六年至西元一九一〇年）是清末著名小說家，他對假維新的態度，在他的代表作《二十年目睹之怪現狀》中也有表露。

站在種族革命立場批判立憲運動的是黃小配的《大馬扁》十六回，成書在光緒三十四年（一九〇八年）。作者黃小配，此前已發表時事小說《洪秀全演義》，所宣揚的就是種族革命思想。他早年受教於南海朱次琦（九江），與康有為同門，他與康有為的性情皆極詭誕，不能相融，日後政見不同，更是勢若水火。黃小配曾往南洋謀生，後回香港從事報刊編輯、記者工作，宣統元年（一九〇九年）加入同盟會，積極參與革命工作，辛亥革命後被廣東新軍閥陳炯明殺害。《大馬扁》之「馬扁」即一「騙」字。此小說將康有為描寫成一個欺世盜名的騙子，

寫他狂蕩自大，貪名逐利。剽竊友人著作《新學偽經辨》，改題《新學偽經考》為己有。自稱「南海聖人」，在上海與妓女鬼混，虛偽而且齷齪。公車上書，巴結翁同龢，聯絡孫中山，無不是追求一己之私利。戊戌變法失敗後亡命日本，被日本人犬養鄙視曰：「那姓康的實有三件本領：第一是酒，第二是色，第三是說謊。」弄得聲名狼藉，被驅逐出日本。全書未完，但也未見下文。卷首有詩概括康有為云：「保國保皇原是假，為賢為聖總相欺。未諳貨殖稱商祖，也學耶穌號教師。」總是一個「騙」字。此書站在種族革命立場，但對康有為種種惡性的描寫卻並不符合事實，態度過於偏激，文筆也失於輕率，缺乏文學的感染力。

清末政治小說中獨樹一幟的是鼓吹推翻清朝，實行種族革命的小說。這一類作品所表現的對清朝君主專制的勢不兩立的仇恨情緒最為激昂，但多是情緒的宣洩，少有形象的刻畫和情節的編織，即便缺乏小說的藝術性，在當時的社會情勢下也對清朝統治產生了極大的衝擊。

連載於光緒二十八年（一九〇二年）《新小說》第一號至光緒二十九年（一九〇三年）第五號的《東歐女豪傑》五回，敘俄國虛無黨人反對沙皇專制的故事，宣揚以暴力手段推翻專制政府的思想。小說所謂的「東歐女豪傑」蘇菲亞，貴族出身，深受民族主義文學家、思想家的影響，走向民間，欲喚起民眾反抗沙皇專制，組織「革命團」，謀刺君王，乃至為革命而獻身。小說作者署「嶺南羽衣女士」，實為廣東順德人羅普，康有為之弟子。馮自由《革命逸史・康門十三太保與革命黨》記云：「羅普，字孝高，順德人，康門麥孟華之妹婿也。戊戌東渡留學。吾國學生入早稻田專門學校（時尚未改稱大學）者，羅為第一人。易西服後，仍留長髮不去，故自號『披髮生』。新民叢報社出版之《新小說》月刊中，有假名『羽衣女士』著長篇小說，曰《東歐女豪傑》，敘述俄國虛無黨謀刺專制君王之為國犧牲，及女傑蘇菲亞之慷慨義烈，繪聲繪影，極盡歌頌之能事，最為膾炙人口者，即出羅氏手筆。」作者署「嶺南羽衣女士」，是小說以一位在瑞士留學的中國女士得悉俄國虛無黨人和蘇菲亞的壯烈事蹟，從而撰出小說，故有此署名。全書五回，並未完結，如此有頭無尾的半截小說在清末並不少見。《東歐女豪傑》雖以異國人事為題材，作品又發表在日本橫濱的《新小說》上，但其推翻專制，號召暴力革命的思想，對中國留日學生，傳入國內後對中國智識階層均產生了巨大影響。

鼓吹種族革命的小說，在光緒二十九年（一九〇三年）又有《自由結婚》二編二十回。署「猶太遺民萬古恨著，震旦女士自由花譯」，按此署作者當是失去國家的猶太人，這當然只是一個托詞。小說寫的明明是中國的現實，作者託名「猶太人」，乃是以猶太人亡國的歷史慘痛的教訓來警醒中國人。作者為江蘇無錫人張肇桐，字葉侯，號軼歐。留學日本早稻田大學政治

科，後赴比利時學習採礦冶金。《自由婚姻》以一個虛擬國度裡的黃禍和關關兩位青年男女的婚戀為線索，展開他們反對專制的異族政府、反對欺壓國人的洋人的革命行為。按作者〈弁言〉，全書應為三編，「首期以兒女之天性，觀察社會之腐敗；次期以學生之資格，振刷學界之精神；末期以英雄之本領，建立國家之大業」，然僅發表了二編，主人公革命奮鬥建立國家的經過，沒有寫出來，作者大概也寫不出來。小說虛擬的國度名曰「愛國」，明眼人一看即知指的就是中國。作者不注重形象的描寫，但議論人膽尖說，指中國的專制政體就是盜主國體、賊民政體，立憲是維持異族統治，要救國就必須革命，「第一步，我們不是人就罷，倘然是個人，一定要報洋人欺我的仇。第二步，洋人欺我，大半是異族政府做出來的，所以要報洋人的仇，一定先要報那異族政府的仇。第三步，要報異族政府的仇，家奴是一定也要斬的。第四步，欲達以上所說的目的，我們同志的人，一定要結個大大的團體，把革命軍興起來」。反對帝國主義，反對勾結帝國主義的異族君主專制，反對依附異族統治者的「同族奴隸」，其種族革命的立場十分鮮明而且激進。

《自由結婚》虛擬了一個國度來宣揚種族革命的主張，《洗恥記》六回則虛構了一段歷史來表達反清排滿的政治思想。此書標「歷史小說」，出版於光緒二十九年（一九〇三年），署「漢國厭世者著，冷情女史述」。作者真實姓名不詳。小說述牙洲

漢國兩百年前被野蠻的民族滅亡，漢國志士明易民（明遺民）奮起反抗，異族統治者賤牧王借洋兵將其剿滅。明易民之子繼承父志，聯絡各方志士作起義的準備。作品寫到一半，按卷首插圖，結局是起義成功，推翻了異族統治。《洗恥記》也是一部概念化的作品，其中一個志士所唱山歌曰：「小丑亡，大漢昌，天生老子來主張。雙手扭轉南北極，兩腳踏破東西洋。白鐵有靈劍吐光，殺盡胡兒復祖邦，一杯血酒灑天荒！」概括了中心思想。

光緒三十年（一九〇四年）在蕪湖《安徽俗話報》連載的《黑天國》四回則是敘寫俄國反抗沙皇專制而遭流放到西伯利亞的革命者的悲壯生活，第一回曰：「俄國也是一個專制政體，君主貴族，獨攬國權，嚴刑苛稅，虐待平民，國中志士如有心懷不服，反對朝廷的，便要身首異處，或者人犯眾多，或者是罪證不確，無罪殺人，又恐怕外國人看了說閒話，便也一概發配到西伯利亞，充當極苦的礦工，受種種的嚴刑虐法，便是暗暗的置之死地，無論什麼好漢，便教他呼天不應，插翅難飛，歷年以來，那一班英雄好漢文人學士名姝閨秀，只因干冒宸嚴，一經發配到西伯利亞，便同活埋一般，能望生還的，千百人中難得一個，其葬身絕域，飲恨千秋的，至今也不知有多少。」小說敘大學生榮豪被發配到西伯利亞這個「黑天國」，不堪折磨，自殺未遂，幸遇流放到此的虛無黨人父女，與其女萌生愛意，方有所振作。作品未完，亦不見下文。作者署名「三愛」，實為陳獨秀。陳獨秀（西

元一八七九年至西元一九四二年），字仲甫，號三愛等。安徽安慶人。曾留學日本，一九〇四年創辦《安徽俗話報》，在蕪湖成立反清組織岳王會，辛亥革命後創辦《新青年》雜誌，任北京大學教授，是「五四」新文化運動的領導者之一。《黑天國》是他的青年時的作品，雖以俄國反對專制的鬥爭為題材，但其針對清朝專制統治、宣揚革命的精神，仍是十分鮮明的。

光緒三十一年（一九〇五年）出版的《盧梭魂》十二回虛擬了一個「唐人國」，說盧梭的靈魂來到這裡，與黃宗羲、展雄、陳涉會合，策劃欲推翻陰府的君主專制，被閻王追捕，逃到人間，自由之魂於是附著人間，演繹成一段革命的故事。小說以「唐人國」影射中國，以「曼殊人」影射滿族，說「我們唐人國做曼殊的孝子順孫，已二三百年了。他吃我們肉，吃我們血，還不甘心，再放出這些虎狼來，啃我們的筋骨，便想再做他的孝子順孫，也是奄奄一息，不得常做的了」。漢縣朱家村三位豪傑立志光復唐人國，殺死曼殊人的知縣，在漢山聚義，留日學生也上山共謀光復大計，他們發現舊黨頑固，新黨又借革命之名斂財，唯江湖會黨尚可指望，這時曼殊女王圍剿漢山，黃帝授以自由鐘成為鎮山之寶，自由鐘響即宣告河山光復。作者署「懷仁」，真實姓名不詳。

光緒三十二年三月十二日（一九〇六年四月五日）東京《民報》第三號開始連載《獅子吼》，至九月二十九日（十一月十五

日）第九號止，共刊載八回，署「星臺先生遺稿」，第八回末編者按語曰：「星臺至此絕筆矣。」、「星臺」即陳天華（西元一八七五年至西元一九〇五年），湖南新化人。出身貧苦，留學日本，積極從事革命活動，曾參與謀劃在湖南發動武裝起義，事跡敗露復逃亡日本，參加中國同盟會，任《民報》編輯，一九〇五年十二月參加抗議日本文部省頒佈〈取締清韓留日學生規則〉的鬥爭，憤而投海自殺，留下萬言絕命書，以死喚醒國人。所著除小說《獅子吼》之外，還有《猛回頭》、《警世鐘》等，影響甚大。《獅子吼》發表在他逝後，是一部尚未完成的長篇小說。作者對全書一定有大的構想，寫成的八回只是一個開場，〈楔子〉以「混沌國」寓指現在的中國，雖有幾千年的輝煌歷史，而今被異族統治，被列強瓜分，面臨亡國滅族的危機，作者不禁哀聲長號。這哀號卻驚醒了沉睡的大獅，獅子大吼一聲，嚇走了周圍的虎狼。作者入夢譜寫〈黃帝魂〉曲，「掃三百年狼穴，揚九萬里獅旗」、「翻二十世紀舞臺，光五千秋種界」，暢想了種族革命成功的願景。第一回以世界情勢驗證弱肉強食的哲學，以喚醒癡迷不悟的國人。第二回敘寫滿人入關奴役中國的慘痛歷史。第三回以後寫獨立於清政府統治之外的海上孤島舟山，保持著文明的制度，並與世界潮流溝通，小說的中心人物與各地會黨聯絡，策劃進行種族革命，而政府則採用殘酷手段鎮壓革命活動。以後應當有更豐富的情節，惜作者蹈海自殺，未能繼續。

鼓吹種族革命的小說作品還有不少，這些作品的作者很多都是留學生和逃亡在異國的革命志士，其作品的共同特點在於宣揚革命主張，抨擊維新保皇派，大率為即興之作，情感憤怒激越，不在意塑造藝術形象和編織細密真實生動的情節，或許是為了躲避清政府的迫害，大都採用非現實的和影射象徵的手法，且多半是有頭無尾的「半截子」作品。這些作品在中國境內基本沒有刊行的可能，它們大多發表在日本的中文刊物上。清政府視這類作品為洪水猛獸，必欲滅之而後快。據光緒二十九年三月初五（一九〇三年四月二日）天津《大公報》「時事要聞」報導：「探悉：外務部奉旨電致駐日本橫濱領事封禁小說報館，以息自由、平權、新世界、新國民之謬說。並云該報流毒中國有甚於《新民叢報》。《叢報》文字稍深，粗通文學者尚不易入云云。」事實上清政府對發生在日本的小說創作實行封禁的力量有限，種族革命小說創作興盛不衰，這類作品對小說藝術的貢獻無多，但對於革命情緒的推波助瀾，卻發揮不可低估的作用。

第四章

譴責小說

第四章　譴責小說

與時事小說和鼓吹立憲及種族革命的小說一樣，對現實秉持批判態度的，還有一類被稱之為「譴責小說」[01]的作品。譴責小說走的是傳統世情小說的路徑，尤其受《儒林外史》的影響，以寫實的筆觸暴露現實社會的黑暗醜惡和荒誕。它們所描寫的政治、社會現象十分真實，而人物形象則多臉譜化和簡單化，不像《儒林外史》直指人性。揭露和抨擊雖然痛快，卻缺乏《儒林外史》的美學張力和思想深度。魯迅稱之為譴責小說，而不叫它諷刺小說，是有道理的。

第一節　李伯元《官場現形記》

譴責小說發軔之作為《官場現形記》六十回。此作品首先在光緒二十九年（一九〇三年）四月至光緒三十一年（一九〇五年）六月連載於上海《世界繁華報》。隨即由該報分為五編、每編十二回線裝六冊，依次出版。

《官場現形記》的作者李伯元（西元一八六七年至西元一九〇六年），名寶嘉，字伯元，別署「南亭亭長」。江蘇武進人。少年為諸生，鄉試累舉不第，絕意仕進，光緒二十二年（西元一八九六年）赴上海投身報業，先後參與《指南報》、《遊戲報》、《世界繁華報》的工作，喜為俳諧嘲罵之文，又工篆刻，所著小說除《官場現形記》之外，還有《文明小史》六十回、《活

01　譴責小說之名出自魯迅，見魯迅《中國小說史略》第二十八篇。

地獄》四十三回、《海天鴻雪記》二十回等等。

李伯元的《文明小史》批評立憲運動，但他批評的是「假維新」，並不反對維新。他創作《官場現形記》的終極目的是想救中國，其第十六回說：「上帝可憐中國貧弱到這步田地，一心要想救救中國。然而中國四萬萬多人，一時那能夠統統救得。因此便想到一個提綱挈領的法子，說：中國一向是專制政體，普天下的百姓都是怕官的，只要官怎麼，百姓就怎麼，所謂上行下效。為此拿定了主意，想把這些做官的先陶熔到一個程度，好等他們出去，整躬率物，出身加民。又想：中國的官，大大小小，何止幾千百個，至於他們的壞處，很像是一個先生教出來的。因此就悟出一個新法子來：摹仿學堂裡先生教學生的法子，編幾本教科書教導他們。」李伯元計畫編前後兩部，前部「專門指摘他們做官的壞處，好叫他們讀了知過必改」，後部是「教導他們做官的法子」。前部即《官場現形記》六十回，後部據說被火燒掉了，這自然是托詞，因為那是寫不出來的。清朝大大小小的官吏都是專制體制陶熔出來的，不推倒這個專制體制，如何能教導出他心目中的好官來？李伯元秉持的還是維新主張，不改變社會制度，只對腐朽的制度做修修補補的工作。不過，《官場現形記》揭露官場黑暗，描繪了官吏們的醜惡面孔和卑汙靈魂，對於清朝統治在客觀上仍有顛覆效用。

《官場現形記》從陝西同州府朝邑縣城外趙、方兩家子弟讀

書應試寫起，年輕人不知中舉有何好處，塾師告訴他說：「中舉之後，一路上去，中進士，拉翰林……拉了翰林就有官做。做了官就有錢賺，還要坐堂打人；出起門來，開鑼喝道。啊唷唷，這些好處，不念書，不中舉那裡來呢？」這番話直白地道出科舉時代讀書做官的真諦，讀書不為明理，而在做官發財高人一等，循此路出來的官吏，如何不貪贓枉法、魚肉百姓？趙家子弟趙溫中舉後踏進官場，由此，作者使讀者的視點也隨趙溫進入官場，從陝西到北京，其間不斷地傳遞變換故事的角色，從北京到地方，中央六部及朝廷各個機關，省、道、府、州、縣大小各衙門，凡制度所設之官職，無論文官武將，大致都在小說的視野之中。

小說尖銳地指出，品級不同、出身各異的官員以及他們的下屬和幕友，種種寡廉鮮恥、蠅營狗苟的行徑，統統都是為了一個「財」字。第十九回寫科舉正途出身、署理浙江撫院的傅理堂以節儉清廉自命，他最鄙視捐班出身的官員：「不是兄弟瞧不起捐班，實實在在有叫我瞧不起的道理。譬如當窯姐的，張三出了銀子也好去嫖，李四出了銀子也好去嫖。以官而論：自從朝廷開了捐，張三有錢也好捐，李四有錢也好捐，誰有錢，誰就是個官。這個官，還不同窯姐兒一樣嗎？」捐納制度雖不始於清朝，但到咸豐、同治年間已成市易，氾濫不可收拾，稍有貲財者無論良莠，皆趨之若鶩。買了個「候補道」的黃三溜

子原是個鹽商，大字不識一個，從來不會寫字；另一個捐納得來的「候補道」劉大侉子，自詡有才學，把個頂戴的「戴」字寫成一個「載」字，然後加上兩點，弄得「戴」不像「戴」，「載」不像「載」。向來瞧不起捐納出身的傅理堂，原打算把他們諮回原籍，但黃三溜子走門路送上萬兩銀子，又特地換上一身破舊衣衫，這位標榜理學的署院大人便改口稱黃三溜子「雖然是個捐班，然而勇於改過，著實可嘉」，委任他「會辦營務處」。黃三溜子拿錢捐官，又拿錢補得實缺，他的投資當然要在權位上得到利益回報。那位科班出身又號稱清廉的傅理堂，如杭州裕記票號二掌櫃所說，「現在的這位中丞，面子上雖然清廉，骨底子也是個見錢眼開的人。前個月裡放欽差下來，都是小號一家經手，替他匯進京的足有五十多萬」。第六十回當師爺的黃二麻子就認為「統天底下的買賣，只有做官利錢頂好」，官場中人，無論是科班還是捐納，個個唯利是圖，演了一出出可鄙而又可笑的鬧劇。

文官如此，武官亦概莫能外。清朝八旗兵早已沒有了入主中原時的雄風，戰鬥力喪失殆盡。八旗之外的漢軍綠營，也是一幫烏合之眾。第六、七回寫山東撫院閱兵，如同耍猴戲一般。第十二回敘浙東嚴州一帶有土匪作亂，而官兵只要望見土匪的影子，早就逃之夭夭。綠營那些營官、哨官、千爺、副爺，他們的功名大多從鑽營奔競而來，太平時節十額九空，空額都被他們通吃，除了接差、送差、吃大煙、抱孩子之外，一無所能。防營是鎮壓太平軍、撚軍的淮軍、湘軍裁撤之後的駐防地方的軍隊，過去打過仗的軍人老的老、死的死，新任的統領幫帶和綠營的軍官一樣，只要有上頭的關係，無論什麼人都當得，鑽營貪汙與綠營完全一樣。第十四回至第十八回寫胡統領率軍往嚴州剿匪，這支軍隊沒見一個土匪影子，卻在嚴州燒殺擄掠，老百姓叫苦道：「官兵就是強盜。」

鴉片戰爭以來，清政府屢敗於外敵，尤其是庚子之變，讓八國聯軍占領了北京，官場普遍存在著懼外、排外的心理。小說對此有生動的描寫。山東藩司胡鯉圖為官多年，多次因處理與洋人有關案件得罪洋人而遭貶，第九回寫他代行撫院得意之時，卻碰到與洋人的買賣糾紛，一見電報，登時嚇得面無人色：「我想不到我的運氣就怎們壞！我走到那裡，外國人跟到我那裡！總算做了半年揚州運司，八個月的湖北臬司，算沒有同他來往，省得多少氣惱；就是在藩司任上也好，怎麼一署巡撫，他就跟著屁股趕來！偏偏是今天接印，他今天就同我倒蛋，叫我一天安穩日子都不能過！」官吏們處理涉外案件，皆以向外國退讓、妥協為原則，完全不管是非曲直。第五十七回寫一個法國人在長沙打死一個小孩，民情激憤，一定要懲辦兇手，湖南撫臺、道臺誰都不敢給洋人治罪，只把兇手留在洋務局優養，一面請示北京的總理各國事務衙門；而法國領事卻稟明駐京公使，詰責總理各國事務衙門，定要撤換湖南巡撫。總理各國事

務衙門的王爺和大臣們，只會按「默許」的訣竅辦理交涉：「凡是洋人來講一件事情，如果是遵條約的，固然無甚說得；倘若不遵條約的，面子上一樣同人家爭爭，到後來洋人生氣，或者拿出強項手段來辦事，他亦聽那洋人去幹，絕不過問。」（第五十八回）按此訣竅，不僅換掉了湖南巡撫，而且由洋人提名來委任新的巡撫，朝廷高官成了外國的代理人。

官僚懼外是心理的一面，另一面則是排外。第四十六回寫的署理戶部尚書的童子良就是一個典型，他「生平卻有一個脾氣，最犯惡的是洋人：無論什麼東西，吃的、用的，凡帶著一個『洋』字，他決計不肯親近」。鴉片煙是洋人弄進來的，叫作「洋煙」，一位王爺跟他開玩笑：「子良，你不是犯惡洋貨嗎？你為什麼抽洋煙呢？」這話惱了他，他發誓不再抽鴉片，可煙已成癮，不抽活不下去，他兒子想了個法子，說端上來的鴉片是雲南所產，於是就抽得心安理得。這位戶部大人愛錢如命，門生故吏以及有求於他的人，若送「洋錢」，他是一定璧還不受的，他只收銀票，就連朝廷新近鑄造的銀元，只因上面刻了洋字，他也是決計不肯使用的。此公出任九省欽差，不坐洋人造的火車、輪船，認為倘若用了這些「奇技淫巧」之具，便是「有傷國體」，從天津到上海，不坐輪船，只坐四人抬的長轎，出行須得二三十頂轎子，轎車、大車一百多輛，馬一百多匹，行動遲緩，費用昂貴，在山東繞一大彎，路經的省、府、縣都得

隆重接待，收得地方官員孝敬的銀子當然比坐火車輪船要多得多。愚頑、自私、顢頇，就是這類朝廷重臣的靈魂的寫照。

《官場現形記》還寫了一群不似官僚而勝似官僚的買辦。第五十二回寫徐大軍機的女婿尹子崇，為了賺得一筆買賣過手銀子，竟瞞騙徐大軍機，將安徽全省礦權以二百萬銀子賣給洋人。這類買辦，或有官僚背景，或與官僚勾結，為一己私利不惜出賣國家利益，實為外國利益集團的代理。

此外，官僚機器中的佐雜下僚，雖然是不入品的小吏，卻是衙門裡的具體辦事人員，直接與百姓打交道。他們營私舞弊，魚肉鄉民，幾成通例。第四十五回寫薊州捕廳吏目錢瓊光收了一個光棍的賄賂，不問事由簽發捕人的票子，那光棍要娶別人家女兒，人家不允，就買通錢瓊光出票抓人，險些鬧出人命。小說中的佐雜下僚，在官場上地位卑微，一方面固然要仰上司之鼻息，形同奴婢，但另一方面卻善於利用衙門的腐敗，無孔不入地尋機弄權賺錢，在百姓面前，他們又是惹不起的老爺。地方凡有訴訟案件出來，他們便興奮活躍起來。小說對這類人物的描寫，其真實生動竟超過對品級大員的刻畫。

《官場現形記》沒有一個貫串全書的人物，記事率由一人而起，亦與其人俱訖，名為長篇，實為短篇之連綴，結構頗似《儒林外史》。小說所描寫官場種種齷齪腐爛之狀，官員種種醜惡卑劣之嘴臉，已是當時人們有目共睹的現實，小說的成功只在於

對此官場現狀進行了全方位和多層面的描寫，描畫之淋漓，抨擊之痛快，筆墨之辛辣，令人解氣而已，而作者對專制官僚政治制度並無超出一般人的刻板印象。作者對官場人物的刻畫，遠不及《儒林外史》之觸及靈魂，且多用誇張的漫畫式手法，失於簡單和平板。張冥飛《古今小說評林》謂：「《官場現形記》，距今十年前，為膾炙人口之書，然以比較的眼光觀之，實有詞多意少之弊，且趣味亦殊淡薄。蓋官場中人之鑽營奔競，擠排傾軋，其手法大略相同，唯施用微異而已。寫之不已，花樣必然簡單，事實必然重複，閱之乃索然興盡。至作者之筆墨，因極善於形容，而有時亦嫌形容太過，不留餘地，使閱者無有餘不盡之思。」[02]

《官場現形記》問世後影響極大，當時民眾普遍對清政府失望，痛恨官吏的腐敗無能，讀得此書，甚感言所欲言，一吐怨憤之氣。相傳「慈禧太后索閱是書，按名調查，官吏有因以獲咎者，致是書名大震，銷路愈廣」[03]云云。受《官場現形記》的影響，在其版行後至辛亥革命的六七年間，出現了一大批揭露官場並擴大至商界、學界、醫界等各界黑暗之小說：

光緒三十一年（一九〇五年）：蜀岡蠖叟《官世界》；
光緒三十二年（一九〇六年）：遁廬《學生現形記》、郁聞

02　轉引自魏紹昌編《李伯元研究資料》，上海古籍出版社 1980 年版，第 110 頁。

03　顧頡剛：〈官場現形記之作者〉。轉引自魏紹昌編《李伯元研究資料》，上海古籍出版社 1980 年版，第 16 頁。

堯《醫界現形記》；

光緒三十三年（一九〇七年）：葛惠僕《宦海風波》、杭州老耘《新官場現形記》、仙源蒼園《家庭現形記》；

光緒三十四年（一九〇八年）：冷泉亭長《後官場現形記》、李韻《官場風流案》、心冷血熱人《新官場現形記》、白蓮室主人《紳董現形記》、冶逸《嫖賭現形記》；

宣統元年（一九〇九年）：天夢等《新官場風流案》、張春帆《宦海》、黃小配《宦海升沉錄》、香夢詞人《新官場笑話》、延陵隱叟《特別新官場現形記》、傀儡山人《官場笑話》、睡獅《革命鬼現形記》、瘦腰生《最新學堂現形記》、慧珠女士《最近女界現形記》；

宣統二年（一九一〇年）：天公《最近官場秘密史》、天夢《官場離婚案》、白眼《後官場現形記》、王遊山人《海上風流現形記》；

宣統三年（一九一一年）：陸士諤《官場怪現狀》、雲間天贅生《商界現形記》。

「現形記」一類的作品在六七年間如此之繁盛，說明《官場現形記》在當時影響之巨。梁啟超宣導的「新小說」雖能轟動一時，但它們只是一種政治主張的傳聲筒，似小說而非小說，其文學的生命力遠不及風格寫實的《官場現形記》。李伯元的創作在庚子事變之後，他和「新小說」的作者們一樣，面對亡國滅種的危機，欲通過小說來喚醒民眾。梁啟超是政治家和學者，把小說看成政治的工具；李伯元是文學家，他熟悉小說傳統，且遵循小說用故事情節和人物形象來表現生活和傳達政治主張的規律，他

一些遊戲般的軟性文字，表面看來不及「新小說」那樣情緒激昂，但卻能吸引讀者興趣，更深、更長遠地影響讀者。

李伯元的小說除《官場現形記》外，還有連載於光緒二十五年（西元一八九九年）《遊戲報》上的《海天鴻雪記》二十回，連載於光緒二十九年（一九〇三年）至三十一年（一九〇五年）《繡像小說》上的《文明小史》六十回，連載於光緒二十九年（一九〇三年）至光緒三十二年（一九〇六年）《繡像小說》上的《活地獄》四十二回。《海天鴻雪記》用吳語寫上海妓家生活，但它不是「嫖界指南」一類的作品，而是要揭露社會這一陰暗角落的悲慘生活。

《文明小史》在前一章第二節「政治小說」中已有所述，李伯元是主張維新的，但對於維新黨以及「維新」當時的現狀甚為不滿，這部小說就是揭露所謂「文明」的真實狀況的。《活地獄》寫衙門禍害百姓的故事。第一回開宗明義曰：「我為甚麼要做這一部書呢？只因為我們中國之民，第一件吃苦的事，也不是水火，也不是刀兵……不是別的，就是那一座小小的州縣衙門……我不敢說天下沒有好官，我敢斷定天下沒有好衙門。」全書寫了山西高陽縣、徐州府桃源縣、安徽亳州縣和天長縣、浙江仁和縣、湖南長沙縣、浙江湖州縣、山東泰安縣、安徽蕪湖縣、江蘇碭山縣、陝西石泉縣以及北通州等十五個縣衙發生的故事。描述了衙門裡令人髮指的真相，受理訴訟訛詐錢財，逼供使用種種殘毒酷刑，謂之人間地獄，毫無為過。全書名為長篇，實為短篇之集合。李伯元寫到第三十九回就去世了，吳趼人續寫了第四十回至第四十二回，第四十三回則是由「茂苑惜秋生」（歐陽鉅源）執筆。

第二節　劉鶚《老殘遊記》

《老殘遊記》也是一部描寫清末政治民生社會實況的作品。其前十三回於光緒二十九年（一九〇三年）連載於《繡像小說》半月刊，因作者不滿編者竄易文字和刪去有攻擊革命黨言論的第十一回，遂中斷連載，後於光緒三十二年（一九〇六年）在《天津日日新聞》連載初集二十回。次年七月至十月，二集九回連載於《天津日日新聞》。

作者劉鶚（西元一八五七年至西元一九〇九年），字鐵雲，別署「鴻都百煉生」。江蘇丹徒人。出身於官宦家庭，聰慧博學，不以科舉功名為念，放蕩不羈，崇奉太古學派儒佛道合一之說，金石文字醫算占卜無所不習，留心西洋科學，於治河之術有所研究。他行過醫，參與過山東治河工程，抱著實業興國的理想，投身於鐵路、礦產的開發，但均不成功。八國聯軍占領北京之際，他挾資進京，買下俄軍欲焚之太倉儲米賑濟饑民，又設瘞埋局掩埋無主屍骸。在光緒二十四年（西元一八九八年）因向英商借資在山西開礦而被指為「漢奸」，光緒

二十六年（一九〇〇年）剛毅奏請將其「明正典刑」，因人在上海才逃過一劫。他因用太倉儲米賑濟饑民之事，光緒三十四年（一九〇八年）被扣以「勾結外人，盜賣倉米」的罪名，在南京被捕，流放新疆，次年死於戍所。

劉鶚在他的《老殘遊記》中所寄寓的憂時感世之情，要比《官場現形記》深厚許多。他在這部小說的〈自敘〉中說：「吾人生今之時，有身世之感情，有家國之感情，有社會之感情，有種教之感情。其感情愈深者，其哭泣愈痛：此鴻都百煉生所以有《老殘遊記》之作也。」第一回借老殘的夢，以一艘在風浪中失去方向的破船來比喻中國。那些本該去拯救危船的水手們卻只顧勒索乘客的財物，而又有一種人鼓動乘客反抗水手，反抗的乘客被殺，鼓動造反的英雄卻斂了許多錢，老殘和他的朋友駕船追上去，欲將「向盤」（羅盤）和「紀限儀」（確定船體方位的儀器）送給駕駛的人，反而遭到水手的攻擊，說用這些洋鬼子的東西，定是將船賣給洋鬼子了，伴隨一片打殺漢奸的喊聲，老殘等人的小船被砸得粉碎。作者的寓意很明顯，駕駛的人就是最高統治者皇帝，他維繫著這艘破船即國家的安危，壞就壞在壓迫剝削百姓的「水手」，即官吏們，而高談闊論鼓吹造反的革命黨，則是不負責任的只管自己斂錢卻叫別人流血的騙子，挽救危局的唯一辦法是借用洋人的「向盤」和「紀限儀」，然而送上這種洋人製造的工具的人，卻被指為漢奸。聯

繫劉鶚與洋人合作開礦、用太倉儲米賑濟饑民而被斥為「漢奸」的經歷，這個夢的由來不是虛幻的，它申述了自己救國的主張以及這一主張不被理解的哀痛，同時也為《老殘遊記》定下了基調。

《老殘遊記》以走方郎中老殘的遊歷為線索，主要記敘了山東一帶地方的見聞，除了領略湖光山色和音樂曲藝之妙，尤其著力描寫了號稱「清官」的玉賢和剛弼的種種惡狀。第十六回作者自評云：「贓官可恨，人人知之；清官可恨，人多不知。蓋贓官自知有病，不敢公然為非；清官則自以為我不要錢，何所不可，剛愎自用，小則殺人，大則誤國。吾人親目所睹，不知凡幾矣。試觀徐桐、李秉衡，其顯然者也，廿四史中指不勝屈。作者苦心，願天下清官勿以不要錢便可任性妄為也。歷來小說皆揭贓官之惡，有揭清官之惡者，自《老殘遊記》始。」徐桐（西元一八一九年至西元一九〇〇年）是慈禧太后優寵的老理學家，疾惡西學和維新，累官至體仁閣大學士，力主借義和團排外，八國聯軍攻陷北京後自縊。李秉衡（西元一八三〇年至西元一九〇〇年），號稱「北直廉吏第一」，光緒二十一年（西元一八九五年）在山東巡撫任上獎掖仇外的義和團前身大刀會，後來毓賢在山西任巡撫時曾說，李秉衡和他就是義和團的魁首，八國聯軍攻陷天津，李秉衡率軍堵遏，兵敗在通州張家灣自殺。徐桐和李秉衡都是盲目排外、仇視維新的頑固保守派，但《老殘遊記》並沒有描寫他們二人，它著重刻畫的是

玉賢、剛弼二位「清官」。一般認為，玉賢隱指「毓賢」，剛弼隱指「剛毅」。毓賢任山東巡撫時招撫義和拳，並將其改名「義和團」，所以他自稱是義和團的魁首，任山西巡撫時殺戮傳教士數十人，被八國聯軍指為「禍首」之一，流放新疆途中在蘭州被處死。剛毅官至軍機大臣、協辦大學士，極力主張借助義和團圍攻各國使館，北京淪陷後扈從慈禧太后西逃，途中病死。他曾把劉鶚定罪為漢奸，要求朝廷明正典刑。《老殘遊記》並沒有對他們指名道姓。劉鶚在山東治水，毓賢時任曹州知府，或許有所交集；而剛毅卻沒有在山東做過官，也不是小說第十五回所說是呂諫堂(李秉衡字鑑堂）的門生，光緒二十五年(西元一八九九年）奉旨南下江蘇、江西、廣東等省查辦稅收、清理財政，人稱「搜刮大王」，決無李秉衡的「清官」美名。劉鶚痛恨這二位害民誤國的頑固派是毋庸置疑的。《老殘遊記》第十回「銀鼠諺」所云「乳虎」就指毓賢，「立豕」就指剛毅，「銀鼠諺」寓指這二人在庚子事變中的誤國行徑。如果作者直寫毓賢和剛毅，則會寫成時事政治小說。作者沒有這樣寫，小說中的玉賢和剛弼都是有虛構成分的藝術形象，不能與歷史真實人物畫上等號。

《老殘遊記》的主角老殘，是一位從功名中超脫出來的書生，在江湖行醫近二十年，因醫術高明、學識淵博、扶危濟困而享有盛名。小說以他的遊歷展示了清末山東一帶的社會實景。他在濟南大明湖聽了白妞的絕唱，給撫院幕僚高公之妾治

好疑難之病。有宮保銜的山東巡撫張耀欲招致他做幕僚，他婉辭以後往曹州探訪清官酷吏玉賢的政績。在董家口旅店聽掌櫃的老董講述玉賢用站籠虐死于家父子三人的冤案，一個小雜貨店掌櫃老王的兒子因酒後說了玉賢糊塗、冤枉好人的話，也被關進站籠站死。老殘離開董家口，來到離曹州府城只有四五十裡的馬村集，投宿的車店掌櫃的妹夫，也因酒席上說了幾句玉賢冤屈好人的話，也被放進站籠站死。玉賢的衙門口有十二架站籠，天天不得空。老殘進了曹州府城，在客店巧遇新任曹州屬縣城武知縣的申東造，授以良策，告之若請江湖著名俠士劉仁甫出山，保管一縣無盜，即不必依玉賢傷天害理。第八回至第十一回寫申東造的族弟申子平往桃花山訪劉仁甫的經歷，這四回老殘退出情節，主角變成了申子平，是子平遊記而非老殘遊記，就情節結構而論，是枝蔓於主幹的部分。而且這一部分所描寫的桃花山頗有世外桃源的景象，其中明媚嫻雅的山鄉女子璵姑和超凡脫俗的隱士黃龍子雖遠離塵囂，卻對道德哲學和國祚危顛有深邃獨到的見解，其中對「北拳南革」的抨擊，以及「南革」之亂將逼出甲寅（一九一四年）之變法，應該代表了作者的思想觀念和政治見解。第十二回又回到老殘遊歷的行蹤，寫他由東昌府來到齊河縣，在客店遇到來山東治河的黃人瑞，從妓女翠環那裡得知黃河決堤所造成的人間悲劇，翠環家破人亡，淪落為娼。而此水災乃由張巡撫聽信史觀察的紙上談

兵所致。接著齊河縣又發生了賈家十三口吃月餅被毒死的大案，那月餅是魏家送來的，巡撫派了個「清廉得格登登的」剛弼來審案，魏家的管事為了救主人，籌集幾千兩銀子打通關節，剛弼拿到這行賄證據，斷定魏氏父女下毒，重刑逼供，老殘知為冤枉，知會巡撫，方在公堂上救下魏氏父女。為捕拿真凶，老殘追尋蛛絲馬跡，查明真相，不但將真凶捉拿歸案，而且找到解毒之藥，將已入棺的十三人救活。二十回書到此結束。《老殘遊記二集》僅發表九回，另有尚未發表的殘稿十五頁，不到五千字。《老殘遊記二集》敘老殘離開齊河縣回揚州，他攜了已納為侍妾的翠環（此時已易名環翠）與德慧生夫婦同行，在泰山邂逅女尼逸雲，這逸雲是《老殘遊記二集》中濃墨重彩描寫的人物，作者讓她自述如何從欲念中超升，差不多一回篇幅的心理描寫，在古代小說中是絕無僅有的。《老殘遊記二集》重在探求人的精神信仰境界，與前集二十回描述社會的基調已有明顯的變異。

《老殘遊記》二十回對於清官之惡描寫得淋漓盡致，是全書給人印象深刻的部分。曹州知府玉賢被譽為能吏，他的衙門前擺放十二架站籠，籠的上端是枷，枷住人的脖頸，人的腳下墊著若干塊磚，抽掉磚塊，人就懸空致死，磚塊逐一抽去，故籠中之人受折磨的時間又較長，其殘酷甚於絞刑。這玉賢看誰不順眼，就將誰送進站籠，站籠幾乎天天不空，不滿一年就站

死了兩千多人。第四、五回敘于家父子三人被強盜移贓陷害，玉賢不問青紅皂白，指于家就是強盜，將父子三人送進站籠站死，于家二媳婦也在站籠中的丈夫于學禮面前自刎而死。衙門中人皆知于家冤枉，有人將于家媳婦為夫自盡的情節報告玉賢，以求救下奄奄一息的于學禮，玉賢笑道：「你們倒好，忽然的慈悲起來了！你會慈悲于學禮，你就不會慈悲你主人嗎？這人無論冤枉不冤枉，若放下他，一定不能甘心，將來連我前程都保不住。俗話說的好，『斬草要除根』，就是這個道理。」這位清官的靈魂其實是極其卑汙的。第六回老殘評論說：「這個玉太尊不是個有才的嗎？只為過於要做官，且急於做大官，所以傷天害理的做到這樣。而且政聲又如此其好，怕不數年之間就要方面兼圻的嗎？官愈大，害愈甚：守一府則一府傷，撫一省則一省殘，宰天下則天下死！」

另一個素有清廉之名的剛弼更自以為是，既然說是賈家十三人吃了有毒的月餅而死，那就應該查明月餅的來歷，況且家中有人吃了月餅並未中毒，而死去的十三人經仵作屍檢，並無中毒情形，剛弼一概不論，僅以魏家有人以錢通關節，就武斷下結論魏家父女下毒，用嚴刑逼他們招供。作者借白公的口說：「清廉人原是最令人佩服的，只有一個脾氣不好，他總覺得天下人都是小人，只他一個人是君子。這個念頭最害事的，把天下大事不知害了多少！」

派剛弼來審案的是有「愛才若渴」、「禮賢下士」之名的山東巡撫張耀，這位頂著「宮保」頭銜的封疆大吏，治黃河廢民埝，淹死了幾十萬人；剛弼和玉賢都是他提拔重用的，當他從老殘那裡得知玉賢之惡跡時，對老殘說：「前日捧讀大劄，不料玉守殘酷如此，實是兄弟之罪，將來總當設法。但目下不敢出爾反爾，似非對君父之道。」玉賢是他保舉的，他決不肯承擔「舉薦非人」的罪名。宮保也算是一個清官，所以老殘感歎說：「天下大事，壞於奸臣者十之三四，壞於不通世故之君子者倒有十分之六七也！」（第十四回）

《官場現形記》譴責的是貪官，《老殘遊記》卻把抨擊的矛頭指向「清官」。劉鶚如此描寫，自有他獨到和深刻之處。貪官，在君主專制的法規裡也是違法的，《官場現形記》寫遍地都是貪官，凸現了當時封建法制已經崩壞，社稷即將不保；清官卻沒有違法，他們是在體制法規中行事的，他們的害民實為專制法規害民。劉鶚的批判應當更能引發讀者的深思。劉鶚並沒有推翻君主專制的意思，第一回老殘在夢中就說過「駕駛的人（君主）並未曾錯」，意指誤國的是他手下的水手和鼓動造反的「英雄」。第十一回又借黃龍子的口指斥「北拳南革」都是妖魔鬼怪，「北拳」指義和團，「南革」指孫中山為首的革命黨，認為革命不受天理、國法、人情的拘束，放肆做去，雖然痛快，不有人災，必有鬼禍。劉鶚的政治傾向是保皇的，但卻又充滿

矛盾，他反對革命，同時也預感革命之不可避免，「南革之亂所以逼出甲寅（一九一四年）之變法」，「甲寅之後文明大著，中外之猜嫌，滿漢之疑忌，盡皆銷滅」。總之，《老殘遊記》憂國憂民之深，作者自認為可為屈原、莊子、司馬遷、杜甫、曹雪芹等人同類。至少，在譴責小說中他的憂患意識是顯為突出的。

《老殘遊記》以寫實的筆觸描述老殘之所見所聞，其寫景狀物不但精細傳神，而且以景寓情，詩意盎然。第二回寫老殘於大明湖聽白妞唱曲，形容白妞的姿容風度寥寥白描數筆，即形神兼備，尤其是寫她歌聲的絕妙，作者不只訴諸聽覺，還調動了味覺、觸覺、視覺加以描摹，形容聲調的高揚，像一線鋼絲拋入天際，聲調的回落低轉，猶如一條飛蛇在黃山三十六峰半中腰盤旋，低至無聲之後又一聲飛起，彷彿煙火沖天，在天際散作千百道五色火光。白居易《琵琶行》曾用「急雨」、「私語」、「鶯語」、「流泉」、「銀瓶乍破水漿迸，鐵騎突出刀槍鳴」來形容琵琶彈奏的樂曲，可謂妙喻聯翩。《老殘遊記》則用散文來寫抽象的音樂，又別有一番聲情並茂的境界。第十二回寫老殘在黃河岸邊觀看雪月交輝的景致，山水星空一片白色，點綴著船上的點點燈火，蕭瑟苦寒，令他想到國勢之頹危，竟不覺滴下淚來。這種景與情的交融，真實而動人。如此意趣淵厚的文字，在清末小說中實不多見。

《老殘遊記》所敘各個故事之間沒有因果關係，各個故事都是遊歷者老殘串聯起來，結構近似《西遊記》，但《西遊記》中唐僧一行西遊有一個簡單而明確的目的—取經，老殘是一位江湖郎中，走街串巷，信步而行，所見所聞也不限於官場，興致所至，也可以觀覽風景和進場聽書，有些部分就帶有濃厚的散文意味。第八回起用四回的篇幅寫申子平的桃花山之行，逸出了老殘的視野；末尾又用很大篇幅寫老殘偵破毒月餅之案，與全文基調不甚相合。作者大概只憑自己興趣寫下去，並沒有多所經營小說的結構，但這些並不能掩蓋他飽含情感的遒勁的寫實筆力。

第三節　吳沃堯《二十年目睹之怪現狀》

《二十年目睹之怪現狀》一百零八回，前四十五回連載於光緒二十九年（一九〇三年）八月至光緒三十一年（一九〇五年）十二月《新小說》第八至第十五號、第十七至第二十四號。光緒三十二年（一九〇六年）上海廣智書局陸續以八冊出版單行本，至宣統二年十二月出齊。廣智書局本附有眉批和回末評。

作者署「我佛山人」，即吳沃堯（西元一八六六年至西元一九一〇年），字小允，號趼人、繭人，筆名我佛山人、老上海、老少年、嶺南將叟等。廣東佛山人。生在北京。曾祖吳榮光為嘉慶四年進士，授翰林院編修，擢御史，道光間累官至湖

南巡撫兼湖廣總督。祖父吳尚志，以監生任工部員外郎。父吳昇福，官浙江候補巡檢。吳氏三代的地位漸次下降。光緒八年（西元一八八二年）其父卒於寧波巡檢任上，遺下的銀子被季父拿去捐官，這對十七歲的吳沃堯是一次極大的刺激。十八歲的他因家境艱難不得不往上海謀生，先在一家茶莊做夥計，次年進入江南製造軍械局，在局工作十三年，潛心學習機械之學。光緒二十三年（西元一八九七年）轉而投入報界，先後主持《消閒報》、《采風報》、《奇新報》、《寓言報》筆政。光緒二十八年（一九〇二年）離開上海，任《漢口日報》主筆。次年因不滿武昌知府將《漢口日報》收為官辦，辭職返滬。這年八月，開始在《新小說》發表《二十年目睹之怪現狀》。這年冬天曾東渡日本，短暫停留後回國。光緒三十一年（一九〇五年）再赴漢口，任《楚報》中文主筆，旋因美國通過排華法案，憤而辭職返滬。次年上海《月月小說》創刊，吳沃堯任總撰述。宣統二年（一九一〇年）秋，病故於上海，時年四十五歲。吳沃堯創作的小說，除《二十年目睹之怪現狀》外，重要的還有《發財秘訣》、《痛史》、《劫餘灰》、《九命奇冤》、《兩晉演義》、《上海遊驂錄》、《新石頭記》、《最近社會齷齪史》等。

《二十年目睹之怪現狀》第一回（楔子）說，此書原是一個叫作「九死一生」的筆記，「死裡逃生」偶然得到，將它改成小說體裁，再加上評語，遂成為今天的模樣。這當然是小說家

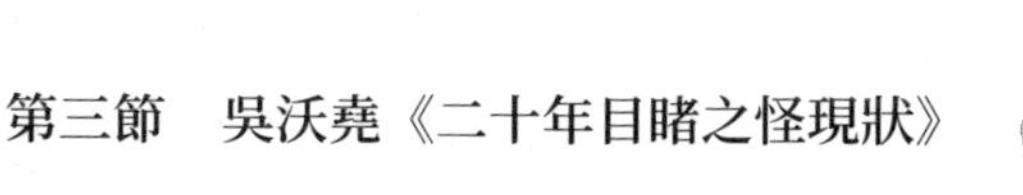

故弄玄虛之筆，「九死一生」與「死裡逃生」皆作者吳沃堯之自謂也。全書以第一人稱（九死一生）講述自己從家鄉出來在社會上闖蕩的親歷，第二回云：「我出來應世的二十年中，回頭想來，所遇見的只有三種東西：第一種是蛇蟲鼠蟻，第二種是豺狼虎豹，第三種是魑魅魍魎。二十年之久，在此中過來，未曾被第一種所蝕，未曾被第二種所啖，未曾被三種所攫，居然被我都避了過去，還不算是九死一生麼！」小說所敘的二十年，大約起自光緒十年（西元一八八四年）中法戰爭稍前，訖於光緒二十九年（一九〇三年）。這二十年間發生了中法戰爭、甲午中日戰爭、戊戌變法、庚子事變等重大歷史事件，洋務運動和維新變法運動相繼失敗，革命運動漸漸興盛。不過小說沒有正面描述這一系列重大歷史事件，第十六回提到中法戰爭，第八十三回提到甲午中日戰爭，但都是側筆，全書以「九死一生」的視角掃描了這二十年中社會各個層面的光怪陸離的景象。「九死一生」在此期間走遍了半個中國，南至廣州、香港，北至天津、北京，東至山東，西至四川，在南京、上海居留時間最長，以南京、上海為中心的區域，是當時中國發達的地區，大致上可以代表當時中國社會的面貌和風氣。作者秉持實錄的態度，用生動的筆墨記下自己的見聞，其見聞的範圍，以官場為主，次及商場、家庭以及社會諸多方面，多達一百五十六十個故事，從而留下了十九世紀、二十世紀之交中國社會的種種真實光影。

第四章　譴責小說

小說的主人公亦敘述者「九死一生」的父親是商人，伯父、叔父都做官，他自幼亦習舉業，迫於生計，跑到南京投靠昔日同窗學長吳繼之。吳繼之是進士出身的官吏，同時又從事商業活動，在亦官亦商的吳繼之左右，他接觸到大小官吏，更直接與商人、買辦打交道，並且從同行和友人的口中，獲得官場、商場和社會各方面的大量訊息。

在「九死一生」眼中，中國就是一個官吏的世界。他每到一處，坐船也好，住店也好，每一次社交或商務活動，都可以看到官吏醜惡的嘴臉或聽到官吏卑汙的故事。中國社會生活被牢固地掌控在官吏手中。將「九死一生」所見所聞的片斷拼合起來，可以顯現出當時官僚政治的全景圖像。

晚清的入仕，不外科舉和捐納二途。科舉是傳統之正途，到了晚清，幾乎成了黑道。科場考試和閱卷，如同兒戲。同考官的吳繼之可以讓「九死一生」扮作家人混入貢院，幫助吳繼之閱卷。考生作弊，手段層出不窮。「九死一生」在貢院內射下一隻鴿子，鴿子尾巴上竟縛著考生題目，而且非手寫，乃為印刷，可見外泄之廣。這樣選拔出來的舉人進士，有何真材實料？即使是沒有作弊，如吳繼之所言：「以八股取士，那作八股的就何嘗都是正人。」第七十三回那個虐待祖父、奸詐無行的符彌軒，恰是正途的兩榜出身。捐納始於清初，原為拯荒、軍需、河工，事竣即停，是暫行事例。朝廷明知其有害吏治，然因收捐甚豐，雖

屢屢裝模作樣下詔停止，實際上卻愈行愈烈，以致市井駔儈、土痞無賴之徒，亦溷入仕途。第三回吳繼之講妓女花錢為錢莊夥計「土老兒」捐了一個二品頂戴的道臺，自己得了誥封成為二品命婦，就是捐納的範例。「九死一生」眼中的官場就是賣場，官職就是貨物，「這個貨只有皇帝有，也只有皇帝賣」。

小說描述買官賣官和官場用錢消災的故事多不勝數。京城中就有專營這單生意的仲介，第七十五回所寫惲洞仙掌櫃的錢鋪，第九十二回所寫徐二化子的興隆金號，就是這類商家。他們都是手眼通天，前者直通朝廷的周中堂，一筆交易高達萬金；後者可以交通權傾朝野的大太監，那太監發話，軍機處華中堂無不照辦，三百萬兩銀子就保了一個貪汙至少五百萬兩銀子的烏將軍。

「九死一生」對他的母親說：「這個官竟然不是人做的！頭一件先要學會了卑汙苟賤，才可以求得著差使；又要把良心擱過一邊，放出那殺人不見血的手段，才弄得著錢。」否則，即如第十四回所寫榜下候補知縣陳仲眉窮困無助而自殺，或如第一百零八回所寫耿直清正的蒙陰知縣蔡侶笙被奪官法辦。吳繼之算是一個良心未泯的大關委員，他告訴「九死一生」，既在官場混，就不能潔身自好，「你說誰是見了錢不要的？而且大眾都是這樣，你一個人卻獨標高潔起來，那些人的弊端豈不都叫你打破了？只怕一天都不能容你呢！就如我現在辦的大關，內中我不願意要的錢，也不知多少，然而歷來相沿如此，我何犯著

把他叫穿了，叫後來接手的人埋怨我。只要不另外再想出新法子來舞弊，就算是個好人了」。

「九死一生」目睹和耳聞的官吏，形形色色。涉外的有中法戰爭中不打自沉逃命的馭遠號管帶（艦長），聽見炮響便溜之大吉的欽差大臣，有甲午中日戰爭中平壤之役棄城乞降的葉軍門，亦有將廬山牯牛嶺白送給洋人的總理衙門大臣；內政方面的腐朽無能更是無處不在，自詡明察而被下屬欺瞞的兩江總督，號稱「留心時務，學貫中西」、卻以為煤炭可榨煤油的特旨班道臺，那洋務運動的新生機構—製造局和招商局與舊式衙門一樣，招商局督辦及其夫人視局產為私產，為爭風吃醋就可以隨意調動一艘輪船賓士於上海與漢口之間。這些官吏，不論是武的還是文的，是朝廷的還是地方的，也不論品級職位大小，他們唯一在意的是攫取金錢財貨，完全不顧國家的興衰和民眾的疾苦，完全是國家的蛀蟲。

全書以繁簡不等的文字，濃淡不同的筆墨描寫了許多官吏，寫得較為完整和詳實的是署理過藩臺，做過安徽銀元局總辦的苟才。這位旗人齷齪無恥，被人呼為「狗才」。他原是一個窮得要租衣見官的候補道，只因巴結上總督，做了南京製造局總辦，還兼籌防局、貨捐局，一躍而成顯貴豪富。他背著潑皮的老婆在外偷娶了一位秦淮河妓女，不料妻妾在大庭廣眾之中大打出手，醜聲遠揚。後來被參劾，保全了功名卻丟了差使。

為謀得差使，巴結總督，竟向新寡的兒媳下跪，懇求兒媳在熱喪中嫁給總督做侍妾。總督滿意其兒媳的姿色，給了他籌防局、牙釐局兩個差使，接著又署了巡道，還署理了幾天藩臺。然而新任總督早已風聞苟才的醜行，以「行止齷齪，無恥之尤」的考語，把他撤職。他不得不北上天津找那個娶了他兒媳的總督，謀得河工上的差事。這位總督又上保折稱他「才識優長」，朝廷賞還他原官原銜，外加賞了一枝花翎。他到北京拜了華中堂的門，得到安徽銀元局總辦的肥缺。錢財撈得盆滿缽滿，又納了五六個姨太太，豈料樂極生悲，竟患了個怔忡之症。他的兒子頗有「父風」，不但勾搭父親的六姨太，更處心積慮要置父親於死地，以圖掌控豐饒的家產。苟才在宦海浮沉大半生的傳奇，生動地顯現了晚清官場汙濫和黑暗的實況。

《二十年目睹之怪現狀》所描寫的商場，在官本位的社會中毫無自由競爭的可能，欺詐和傾軋是這個領域的常態。吳繼之亦官亦商，按清朝制度，官員「做了生意要擔處分」，吳繼之的生意全由「九死一生」出面，吳繼之只是暗中運籌，有了官府的庇護，他的生意越做越大，長江中下游城市幾乎都有他的商業網點。第八十五回寫雲南藩臺的兒子從雲南運了五六百擔白銅到上海，官家子弟扶喪回福建原籍，各處關卡都不完釐上稅，這「一筆釐稅，就便宜不少」。而這只是官商擁有的特權之九牛一毛。

在「九死一生」眼中，民間的商人亦不知自愛，欺詐和傾軋成了見怪不怪的手段。第二十一回出現的王伯述，棄官從商，從上海販石印書到北京發售，再換京板書賣到上海。他沒有店鋪，只能滿街張貼廣告招攬顧客，北京琉璃廠書商派人將他廣告上的發售地址塗掉或撕去，硬把他擠出北京的市場。第五、六回記一位南京珠寶店老闆，別出心裁，從本店的掌櫃、夥計們手裡訛得一萬六千兩銀子，掌櫃、夥計們都是業務行家，居然沒有一個人識破老闆的圈套。第七回寫一個鴉片商行的老闆，從十六七家錢莊貸得二十多萬兩銀子，然後逃之夭夭，改名換姓捐納了一個功名，堂而皇之要做起官來。第二十回寫四川一個當鋪的小夥計，拐走東家的一個丫頭，自己也開起當鋪來，後來跑到上海，胡亂弄了幾種丸藥，打起北京「同仁堂」的招牌，在報紙上登廣告，大張旗鼓地發賣。

誠信是當時商業活動中最缺乏的東西，法律的漏洞缺失和不作為，在客觀上為一切不誠信行為開了方便之門。吳繼之常常教導「九死一生」如何在社會上求生，告誡他不能輕信別人，他在全國各地的商號，「每處都派了自己家裡人在那裡」，他的商業王國規模龐大，卻帶有濃厚的家族色彩。他以為血親宗法關係牢不可破，而壞他事的人卻恰是自己家裡人。漢口商號的吳作猷是他的本家叔父，此人乘吳繼之丁憂回鄉，「九死一生」遠去山東覓弟之空檔，卷走五萬多兩銀子逃走，使吳繼之的商業資金鏈條斷裂，吳氏商業大廈瞬即倒塌。

作者對於傳統家庭倫理的沉淪和宗法關係的崩壞，有切膚之痛。「九死一生」的父親遺下的八千兩銀子和十條每條十兩重的赤金就是被其伯父鯨吞的，後來拿一張假官照給「九死一生」，謊稱花了三千兩銀子買來。「九死一生」的叔父、嬸母在山東沂水縣汶河司巡檢任上去世，遺下兩個未成年的兒子，這位伯父不施以援手，反勸「九死一生」不必多事。第三十二回寫的黎景翼，為了奪得疑似藏有錢財的幾口皮箱，害死親兄弟，兄弟一死，又把弟媳賣給了妓院。第五十三回寫一個鹽商的兒子，為奪得家產，竟誣告父親當過太平軍，還劫掠過鉅款。前已有述的苟彌軒，對待養育他長大成人的祖父，連僕人都不如，但高談理學而不知羞恥。昭穆有序溫情脈脈的宗法家庭，在赤裸裸的金錢利害關係以及膨脹起來的私欲的腐蝕之下，已無可救藥地敗壞下去。

在「九死一生」看來，社會積已成習的痼疾還有抽鴉片煙和迷信。他每到一處，無論是城市還是鄉村，每一個角落都少不了鴉片，各種交際應酬，首先是煙槍侍候。第十三回吳繼之告訴他，吸煙以官場為烈，當官的「十居其九」有煙癮。第四十七回說時任臺灣巡撫的劉銘傳最恨鴉片，一旦發現下屬吸食，立即撤差驅逐，若是帳下兵弁，還要軍法從事。他手下的僚佐買通他的侍僕，把鴉片換入他所吸的旱煙中，使他不知不

覺染上煙癮。一個堅決禁煙的人，竟變成須臾離不得鴉片的癮君子。第六十九回「九死一生」從天津到北京途中在老米店歇宿，這是一個幾戶人家的村落，破敗蕭瑟，幾乎沒有半點生氣，然而就是這樣一個窮瘠的小村子，居然開著兩家鴉片煙店。京城衛戍部隊「神機營」，每個士兵都有兩支槍，一支作戰的火槍，一支吸鴉片的煙槍。

鴉片毒害了人的體魄，吸乾了社會的財富，而迷信則蒙蔽了人的精神，其危害社會的程度，在「九死一生」心目中不亞於鴉片。迷信之風，也是遍及全國。小說寫了社會上上下下許多愚不可及的迷信行為。廣東的搭棚匠把蜘蛛供奉為祖師，上海一家洋行買辦的小姐患病，不信醫生，篤信扶乩，一副仙方斷送了小姐的性命。軍隊也迷信。第六十八回寫天津北洋水師營在演武廳設壇祭拜「金龍四大王」，場面肅穆威嚴，那「金龍四大王」原來是一條二尺來長的小花蛇！說是李鴻章還要親自來拜。

「九死一生」二十年走南闖北，接觸到士、農、工、商各階層人士，他的所見所聞雖不能說完全反映了當時中國社會面貌，但可以說距離真實面貌不遠。「九死一生」說他遇到的只是「蛇蟲鼠蟻」、「豺狼虎豹」和「魑魅魍魎」，完全是一片黑暗，他雖是這樣說，書中還是寫了一點點亮色的人事，如吳繼之溫情的家庭，「九死一生」的堂姐，賢良方正的蔡侶笙，淳樸的農民惲老亨、惲來父子，惲來與鹹水妹的故事或可稱為〈賣

油郎獨占花魁〉的近代版。這些微弱的亮點，大概寄託著作者的希望。作者不主張革命，他把中國的前途寄託在傳統道德的重振，他在光緒三十三年（一九〇七年）《上海遊驂錄·識語》中說：「今日之社會，誠岌岌可危，固非急圖恢復我固有之道德，不足以維持之；非徒言輸入文明，即可以改良革新者也。」這個思想，與李伯元《文明小史》的主旨十分相近。《二十年目睹之怪現狀》如同《文明小史》一樣，寫了洋務運動所產生的一些新事物，但不是肯定而是否定，如把附於江南製造局的翻譯西方科技書籍的廣方言館描繪成不學無術，騙取中國編譯費的汙爛之所；把新興的民間報館全都看成是歪風邪氣的宣導者，第三十五回回末批語曰：「蓋報館實有轉移風氣之力，當日報館提倡詞章，故上海遍地名士。年來報館提倡民氣，故上海又遍地志士。昔日狙獪皆名士，今日屠沽皆志士。報館實有轉移風氣之力，而所轉移者，乃如此，乃如此！」吳沃堯思想中保守而偏激的一面，自然限制了他的視野和思想洞察能力。

吳沃堯的觀念雖然有所局限，但他是懷著憂國憂民的深情，振筆直書的。寫實，是他創作《二十年目睹之怪現狀》的基本原則。他曾批評吳熾昌的文言小說集《續客窗閒話》敘潮州痲風女的故事是憑空捏造，又批評魏秀仁的章回小說《花月痕》描寫妓女吟詩作賦，是溢美不實，可見他主張小說家言也應該有根有據。包天笑曾問他：「所謂目睹者，難道都是親眼

目睹嗎？」吳沃堯笑著給包天笑看一本手抄冊子，「很像日記一般，裡面抄寫的都是每次聽得友人們所談的怪怪奇奇的故事。也有從筆記上抄下來的，也有從報紙上剪下來的，雜亂無章的成了一巨冊」[04]。吳沃堯寫《二十年目睹之怪現狀》，很有點近似傳統文言筆記小說的做法，他只不過用通俗的白話，安排一個主人公「九死一生」，把一百五六十個故事串聯起來。道聽塗說的東西不都是真實發生過的，但在吳沃堯，卻是據耳聞而錄，比起純粹虛構的小說，還是有所不同。

無名氏《缺名筆記》評曰：「書中影托人名，凡著者親屬至友，則非深悉其身者莫辨。當代名人如張文襄、張彪、盛杏蓀及其繼室，聶伸芳及其夫人、太夫人，曾惠敏、邵友濂、梁鼎芬、文廷式、鐵良、衛汝貴、洪述祖等，苟細繹之，不難按圖而索也。」[05] 索隱固然不必，這不符合小說創作規律，此說只是證明作者據聞而錄，有點筆記小說的意味。這一點決定了《二十年目睹之怪現狀》偏重於記敘奇聞怪事，寫人物只能寫到與故事有關的性格方面，而實際生活中的人物性格是多面的，書中著墨較多的如苟才之類，也都是揭露其醜行，罔顧其他，故寫人缺乏人性深度。據聞而錄，還決定了作者沒有刻意追求諷刺效果而採用過於誇張的手法，這與《官場現形記》有所不同，吳沃堯的風格更接近《儒林外史》。

04　包天笑：《釧影樓筆記》，載《小說月報》第十九期，1942 年 4 月。

05　轉引自孔另境編輯《中國小說史料》，上海古籍出版社 1982 年版，第 240 頁。

在結構上，吳沃堯有自己的追求。他在全書篇末總評中說：「此書舉定一人為主，如萬馬千軍均歸一人操縱，處處有江漢朝宗之妙，遂成一團結之局。且開卷時幾個重要人物，於篇終時皆一一回顧到，首尾聯絡，妙轉如圜。」此言不差。全書以「九死一生」為貫串首尾的人物，他周圍的吳繼之及其屬下文述農、管德泉、金子安等，也都相伴始終。這一點與《儒林外史》敘事率與一人俱起，亦即與其人俱訖，略有不同；但若除去「九死一生」這條線索，絕大多數故事也都是自成單元，互相之間沒有因果關係，其結構方式與《儒林外史》又沒有本質的差別。

在敘事方式上，本書採用第一人稱，記敘「我」（九死一生）的目睹或耳聞。書名稱「目睹」，實則以耳聞居多。第一人稱敘事是一種限知的敘事，只能寫你看到或聽到的，那些「我」看不到的東西，只能聽別人講述出來。這種第一人稱敘事方式在文言小說中已有先例，例如《周秦行紀》、《秦夢記》、《癡婆子傳》等，但在白話小說中則較為罕見。作者把握這種敘事方式是嫻熟的，不過到了第八十七回以後就有些走調，開始出現第三人稱全知敘事。第八十七回至第九十四回敘苟才官場沉浮和家庭內幕全用第三人稱，到了第九十五回才交代說，這些故事「不過就聽得繼之談起罷了」。接著記敘兩廣總督汪中堂在杭州的家庭醜聞，用第三人稱描述汪家少奶奶與和尚私通的故事，故事結束時說明道：「苟才和繼之談的，就是這麼一樁故

事。我分兩橛聽了，便拿我的日記簿子記了起來。」第九十七回下半回敘莫可文招搖撞騙的劣跡，亦是第三人稱，到第一百零一回才說：「從九十七回的下半回起敘這件事，是我說給金子安他們聽的，直到此處一百一回的上半回，方才煞尾。且莫問有幾句說話，就是數數字數，也一萬五六千了。一個人哪裡有那麼長的氣？又哪個有那麼長的功夫去聽呢？不知非也，我這兩段故事，是分了三四天和子安們說的，不過當中說說停住了，那些節目，我懶得敘上，好等這件事成個片斷罷了。」可是第一人稱限知敘事，是有些麻煩的，等於帶著鐵鐐跳舞，不能像第三人稱全知視角敘事那麼自由。吳沃堯寫作本書，到第八十回時曾有一個中途停頓，也許是因為沒有一氣呵成，才造成了這敘事風格的不完全統一。

第四節　曾樸《孽海花》

《孽海花》的創作過程較其他三部譴責小說要漫長和複雜得多。最初發表時，署「愛自由者發起，東亞病夫編述」。「愛自由者」是金天翮（西元一八七四年至西元一九七四年），初名懋基，改名天羽，又名金一，字松岑，號鶴舫，筆名愛自由者、天放樓主人、麒麟等。江蘇吳江人。他在光緒二十九年（一九〇三年）參加上海愛國學社，與鄒容、章太炎、蔡元培等人鼓吹種族革命。他擘畫創作《孽海花》，原是要揭露帝俄侵華

野心，寫成一部政治小說。「東亞病夫」是曾樸（西元一八七二年至西元一九三五年），字太樸，後改字孟樸，又字小木、籀齋，筆名東亞病夫。江蘇常熟人。光緒十六年（西元一八九〇年）常熟縣試第一、府試第二，次年中式舉人，光緒十八年（西元一八我九二年）北京會試因打翻墨汁汙染試卷被取消資格，其父斥貲捐得內閣中書。在京供職三年間，出入翁同龢之門，與同治戊辰科狀元洪文卿（鈞）交往甚密，亦識洪鈞之妾趙彩雲（賽金花）。光緒二十年（西元一八九四年）甲午中日戰爭，次年入同文館學習法文。光緒二十二年（西元一八九六年）應總理衙門考試，未被錄用，遂南下返鄉。光緒二十三年（西元一八九七年）夏赴上海籌辦實業，結識譚嗣同、林旭、唐才常、楊深秀等維新派人物。戊戌變法失敗後，從陳季同學習法語及法國文學。光緒二十九年（一九〇三年）在上海經營絲業，同年十月金松岑《孽海花》第一、二回發表於《江蘇》第八期。光緒三十年（一九〇四年）與丁芝孫、徐念慈等在上海創辦「小說林社」，並接手金松岑創作《孽海花》。民國建立後，歷任江蘇省議員、財政廳廳長等職。晚年在上海創辦「真善美書店」和《真善美》雜誌，同時翻譯法國文學作品，計有雨果、莫里哀等人的小說戲劇等。創作小說除《孽海花》外，還有《魯男子》，又戲曲《雪曇夢院本》四卷。

《孽海花》最初發表時署「愛自由者發起」是有道理的。曾

樸（東亞病夫）在一九二八年《孽海花》修改本卷首《修改後要說的幾句話》中說：「這書發起的經過怎麼的呢？這書造意的動機，並不是我，是『愛自由者』。『愛自由者』在本書的楔子裡就出現，但一般讀者，往往認為虛構的，其實不是虛構，是實事。現在『東亞病夫』已宣佈了他的真姓名，『愛自由者』何妨在讀者前顯他的真相呢？他非別人，就是吾友金君松岑，名天翮。他發起這書，曾做過四五回。我那時正創辦『小說林書社』，提倡譯著小說，他把稿子寄給我看。我看了，認是一個好題材。但是金君的原稿，過於注重主人公，不過描寫一個奇突的妓女，略映帶些相關的時事，充其量，能做成了李香君的《桃花扇》、陳圓圓的《滄桑豔》，已算頂好的成績了，而且照此寫來，只怕筆法上仍跳不出《海上花列傳》的蹊徑。在我的意思卻不然，想借用主人公做全書的線索，儘量容納近三十年來的歷史。避去正面，專把些有趣的瑣聞逸事，來烘托出大事的背景，格局比較廓大。當時就把我的意見，告訴了金君。誰知金君竟順水推舟，把繼續這書的責任，全卸到我身上來。我也就老實不客氣的把金君四五回的原稿，一面點竄塗改，一面進行不息，三個月功夫，一氣呵成了二十回。這二十回裡的前四回，雜揉著金君的原稿不少，即如第一回的引首詞和一篇駢文，都是照著原稿，一字未改；其餘部分，也是觸處都有，連我自己也弄不清楚誰是誰的。就是現在已修改本裡，也還存在

著一半金君原稿的成分。從第六回起，才完全是我的作品哩。」儘管金松岑（天翮）寫了頭五回，並且同曾樸商定了全書六十回的題目，但曾樸的立意和擬定的格局，卻與金松岑大不相同，又實際上修改了前五回，著手撰寫了五回以後的部分，應當肯定此書是曾樸一人之作。

《孽海花》第一回發表在光緒二十九年（一九〇三年），到辛亥革命前的光緒三十三年（一九〇七年）共發表了二十五回。民國以後，又陸續發表經過修改的第二十一至二十五回以及第二十六回至三十五回，第三十五回發表時已是一九三〇年。前後二十七年，跨越了清朝和民國兩個時代。作者在此期間由一個清朝的士大夫變成民國的官僚，思想無疑也發生了巨大的變化，我們討論清代文學的《孽海花》，當以辛亥革命前所創作的，未經後來修改過的前二十五回本為准。其版本是光緒三十一年（一九〇五年）、三十二年（一九〇六年）上海小說林社出版的一編十回、二編十回，以及光緒三十三年（一九〇七年）《小說林》月刊所載第二十一回至二十五回。[06]

《孽海花》寓指情天孽海中的賽金花。第一回〈惡風潮陸沉奴隸國，真薄幸轉劫離恨天〉寫茫茫孽海中一座奴樂島，島上居民一味崇拜強權，獻媚異族，醉生夢死，不知奴樂島即將沉沒。這孽海中的奴樂島即象徵在外國列強虎視眈眈下的蒙昧腐

06　參閱魏紹昌編《孽海花資料》第一輯，上海古籍出版社 1982 年版。

朽的中國，那「孽海」就不僅指作品主人公的孽情，還隱指內憂外患危機四伏的時局。小說描寫的金汮（字雯青）與傅彩雲的一段情緣，正發生在同治、光緒年間政治社會急劇動盪的時代。作者無意於把男女主人公的故事寫成言情的作品，如《孽海花》出書廣告時說：「本書以名妓賽金花為主人，緯以近三十年新舊社會之歷史，如舊學時代、中日戰爭時代、政變時代，一切瑣聞軼事，描寫盡情，小說界未有之傑作也。」[07] 小說中的人物多有真實人物做原型，金汮即同治戊辰狀元洪鈞（文卿），傅彩雲即賽金花，小說人物的原型，曾樸曾手擬一個名單[08]，言之鑿鑿。不過，小說人物形象絕不等同於生活原型，他是作者對原型有所取捨、有所加工、有所創造後的產物。作者對生活原型的經歷也有所剪裁，虛構與誇飾亦隨處可見。曾樸在一九三四年接受記者訪問時說：「《申報》記者責余在《孽海花》中，描寫賽金花過於美麗、聰明而偉大，以為言過其實，實則該記者腦筋欠清楚，竟分不出文學作品與歷史之區別。《孽海花》乃小說而非傳記，小說家對於其所描寫之人物有自由想像之權利，該記者不此之察，以為書中之賽金花，即今日之賽金花，無怪其大失所望也。」[09]《孽海花》儘管以歷史人物和事件為原型，但它不是據實而錄的時事政治小說。

07　《孽海花．附錄》，臺灣河洛圖書出版社 1980 年版，第 409、410 頁。

08　參見魏紹昌編《孽海花資料》卷首影印頁，上海古籍出版社 1982 年版。

09　魏紹昌編：《孽海花資料》，上海古籍出版社 1982 年版，第 142 頁。

《孽海花》二十五回以第一回〈惡風潮陸沉奴隸國，真薄幸轉劫離恨天〉為楔子，敘同治戊辰（同治七年，西元一八六八年）小說主人公金汮（雯青）狀元及第，做了江西學臺，然老母病逝，丁憂回到蘇州。一年後的清明佳節戀上當地名妓傅彩雲，不顧熱孝在身即納為小妾。雯青服滿，被朝廷委派駐俄、德、荷、奧四國大使，因其正妻不慣外國交際，遂攜傅彩雲出使歐洲。傅彩雲與雯青相差三十五歲，伶俐美貌且風流多情，私通俊僕阿福，旅歐期間與德國陸軍中尉瓦德西（後來任八國聯軍統帥）互通款曲，任滿回國途中與船主質克勾搭，回國後又與優伶孫三兒熱戀，妓家本性難改。雯青因錯刻中俄交界圖致使大片國土喪失，遭到嚴厲彈劾，又覺察傅彩雲種種放蕩穢跡，羞憤之極，竟一病而亡。而此時日本在朝鮮挑釁，第二十五回寫到甲午之戰大敗為止。

金汮（雯青）與傅彩雲的這一段孽情只是全書的線索，在這條線索上串聯著清末三十年的歷史，描寫了這段劇烈動盪的歷史中的風雲人物。有以唐卿、珏齋等為代表的傳統名士，他們都是科舉中人，時文高手，講考據，論版本，皆以風雅自詡，他們的傳統觀念根深蒂固，然而在外國炮艦和西方文明的衝擊下，也不得不學習西法，識些洋務。也有以孫汶、陳千秋等為代表的革命黨人，這些人物深受西方博愛平等思想的薰染，以推翻專制、建立共和為己任，不畏艱險和犧牲。著墨雖不多，

卻寫得生動傳神。第十六、十七回還寫了俄國虛無黨人（無政府主義者）夏雅麗為推翻沙皇不惜犧牲愛情、最後壯烈獻身的事蹟。在中國小說中寫外國人物者先有王韜之文言小說《淞隱漫錄》，白話小說有羅普之《東歐女豪傑》、陳獨秀之《黑天國》等，把外國人物編入中國故事之中，則以《孽海花》為首次。

《孽海花》著墨最多的人物是金汮和傅彩雲。金汮是在西方文化衝擊下的傳統士人，狀元及第，清華高貴，在當時的中國算得是第一流人物。面對西方潮流，他對科舉名場的價值也有懷疑，這時正是所謂「同光新政」時期，洋務運動方興未艾，第四回寫他在離京回鄉省親途中於上海一品香聚餐聽到眾人議論西國政法藝學，不免暗暗慚愧：「我雖中個狀元，自以為名滿天下，那曉得到了此地，聽著許多海外學問，真是夢想沒有到哩。從今看來，那科名鼎甲，是靠不住，總要學些西法，識些洋務，派入總理衙門當一個差，才能夠有出息哩。」這種想法的出發點仍是「有出息」，亦即仕宦升遷，並無時局國事之憂。他們思想觀念和生活方式仍然依舊，吃花酒，狎豔妓，母親熱喪中納妓為妾。出使歐洲，身膺外交重任，明知列強覬覦中國，卻毫無作為，仍孜孜於《元史》的考證，一有外事交涉就膽戰心驚，對外國人提供的一張關係國家領土得失的中俄邊界圖竟連一點考證的意識也沒有，信以為真，使中國喪失了八百里國土。腐朽透頂的滿清王朝，就是由金汮這樣的一類重臣維持

著，其末日的來臨毫無懸念。

傅彩雲原是蘇州名妓，被金汮納為侍妾後，身分一下變得華貴起來，尤其是伴隨金汮出使歐洲，以其容貌舉止和善於應酬交際，轟動了歐洲上層社交界，竟能與德國皇后合影。但她終難脫去妓家本色，在歐洲外交場合，她至多擔當著一個花瓶的角色，而她的自私和浪蕩本性則從未有所改變。先與俊僕阿福私通，再與德國軍官瓦德西愛得難捨難分，回國在船上與船主質克勾搭，回到北京又與優伶孫三兒打得火熱，用金汮的車夫的話說：「別再說我們那位姨太太了，真個像饞嘴貓兒似的，貪多嚼不爛，才扔下一個小仔，倒又刮上一個戲子了！」傅彩雲的醜行被金汮察知後，她對金汮說：「你們看著姨娘本不過是個玩意兒，好的時抱在懷裡、放在膝上，寶呀貝呀的捧；一不好，趕出的，發配的，送人的，道兒多著呢！就講我，算你待我好點兒，我的性情，你該知道了；我的出身，你該明白了。當初討我時候，就沒有指望我什麼三從四德、七貞九烈，這會兒做出點兒不如你意的事情，也沒有什麼稀罕……若說要我改邪歸正，呵呀！江山可改，本性難移。」本要來興師問罪的金汮，被她的一番話咽得啞口難言。傅彩雲嫁進豪門，甚至充任了大使夫人，但她對自己的小妾身分有著清醒的認識，自主意識強烈，放浪而不想有所節制，溫婉中包藏著尖辣，她虐待身邊丫頭的細節，更顯示了她性格中兇狠的一面。高貴與低賤集於一身。曾樸在民國以後續寫的第二十六回至第三十五回中，按傅彩雲的性格邏輯，敘她在金汮死後堅決脫離金家，在上海掛牌重操舊業，名噪一時。

曾樸是清末小說家中較有歐洲文學修養的作家。他於光緒二十一年（西元一八九五年）入同文館學習法文，光緒二十四年（西元一八九八年）結識曾以外交官身分居留法國多年的陳季同，陳季同深通法國文學，並以法文寫過小說《黃衫客傳奇》（西元一八九〇年於巴黎）[10]，曾樸在他的指導下進入法國文學殿堂，寫過一本論述法國詩歌的專著《吹萬廎文錄》和研讀法國文學的劄記《蟹沫掌錄》，翻譯囂俄（雨果）的《馬哥王后佚史》，譯撰《大仲馬傳》等。法國文學的修養，對於《孽海花》的創作有著深刻的影響。

《孽海花》的立意，金松岑（「愛自由者」）原是想寫清末大動盪時代中的一個奇突的妓女，曾樸接過手來，卻改為以金汮、傅彩雲為線索，來展開近三十年來的歷史。這種主意以及實現這個意旨的小說結構，便不是《桃花扇》、《海上花列傳》式的作品，同時又不同於按時序串聯歷史事件的歷史小說。用金汮、傅彩雲的孽情，映串他們周圍的人和事，來表現歷史的大主題，這種寫法突破了傳統，多少可以看見西方小說的一點影子。曾樸說《孽海花》的結構不同於一線穿珠式的《儒林外

10　《黃衫客傳奇》由李華川譯成中文，人民文學出版社 2010 年版。

史》，若以穿珠作喻，他是蟠曲迴旋著穿珠，時收時放，東西交錯，不離中心，是一朵珠花，不是珠串。《孽海花》中的人物故事，都是相互牽連、前後照應的，不似《儒林外史》式的小說，記事率與一人俱起，亦與其人俱訖。《孽海花》的結構略近於《紅樓夢》，但它對作為全書線索的金汮、傅彩雲著墨有限，而對金汮參與的如雅敘園、談瀛會等聚談，以及與金汮相關的朝廷權力中心的各色人物有筆墨酣暢的描寫，由此展開那三十年社會政治變動的全景。作品未必達到作者創作的預期，但這種嘗試，顯現出小說從古代向現代轉變的痕跡。

《孽海花》的思想較《官場現形記》、《老殘遊記》、《二十年目睹之怪現狀》要激進得多，第二回批判科舉是專制君主束縛國民最毒的手段；第四回描寫廣東青年志士在集會上鼓動革命，推翻專制，建立共和；第五回以讚揚的筆調描寫興中會領袖孫汶（號一仙），說他是一位「眉宇軒爽、神情活潑的偉大人物」。作者基於傾向革命的立場，對當時的官僚、政客和學者的刻畫，又較其他譴責小說要深刻一些。

《孽海花》初刊之時，即以其思想之激進犀利以及藝術魅力而吸引眾多讀者，不到一二年，再版至十五次，銷行至五萬部之多，成為當時的暢銷書。林紓為商務印書館光緒三十二年（一九〇六年）出版《紅礁畫槳錄》所作譯序《譯餘剩語》曾評論說：「方今譯小說者，如雲而起，而自為小說者特鮮。紓日困

於教務，無暇博覽，昨得《孽海花》讀之，乃歎為奇絕。《孽海花》非小說也，鼓蕩國民英氣之書也。其中描寫名士之狂態，語語投我心坎。嗟夫！名士不過如此耳。」[11]

曾樸對於林紓的評論不予認同，他說「非小說」之說，是林紓「囚在中國古文家的腦殼裡，不曾曉得小說在世界文學裡的價值和地位」，曾樸的小說創作觀念已滲入西方文學的元素，與林紓以古文來框定小說是不同的。其次，曾樸認為「鼓蕩民氣」和「描寫名士狂態」兩點在《孽海花》中只具「附帶的意義」，「這書主幹的意義，只為我看著這三十年，是我中國由舊到新的一個大轉關，一方面文化的推移，一方面政治的變動，可驚可喜的現象，都在這一時期內飛也似的進行。我就想把這些現象，合攏了它的側影或遠景和相連系的一些細事，收攝在我筆頭的攝影機上，叫他自然地一幕一幕的展現，印象上不啻目擊了大事的全景一般」[12]。

曾樸自認為《孽海花》大旨是在反映中國處於大轉變的時代。當時對《孽海花》的好評如潮，《侗生叢話》云:「《孽海花》為中國近著小說，友人謂此書與《文明小史》、《老殘遊記》、《恨海》為四大傑作。顧《孽海花》能包羅數十年中外事實為一書，其線絡有非三書所及者。其筆之詼諧，詞之瑰麗，又能力敵三

11　轉引自時萌《曾樸研究》，上海古籍出版社 1982 年版，第 165 頁。

12　轉引自魏紹昌編《孽海花資料》，上海古籍出版社 1982 年版，第 131 頁。

書而有餘。」[13]《負暄瑣語》也稱：「近來新撰小說，風起雲湧，無慮千百種，固自不乏佳構。而才情縱逸，寓意深遠者，以《孽海花》為巨擘。」[14]至於有不少論者，以考索《孽海花》人物之隱指為事，一時成風，反而掩蓋了小說的思想藝術光芒。

《孽海花》印行半年，作者輟筆，遂有他人續作。宣統二年（一九一〇年）改良小說出版陸士諤《新孽海花》，接續在《孽海花》二十回之後，自第二十一回「背履歷庫丁蒙廷辱」至第六十二回「自由神還放自由花」，回目完全依傍金松岑與曾樸合擬的回目文字，由是涉訟被禁毀。曾樸後來於一九二七至一九三〇年陸續在《真善美》雜誌發表第二十六回至第三十五回並修改了前二十五回的文字，結集為三十回本，最後五回未收入，由真美善書店出版。今所通行的為曾樸修訂過的三十五回本。對《孽海花》前二十五回的修訂反映了曾樸在民國時期的思想，這個問題已不在本書論述的範圍。一九四三年出版的《續孽海花》接續在《孽海花》第三十回之後，自第三十一回至第六十回，與金、曾合擬的回目殊異。作者「燕谷老人」（張鴻）乃受曾樸囑託而作，民國二十三年（一九三四年）在常熟虛霩園曾樸對張鴻說：「你看我身體精神，還能夠續下去麼？我的病相續不斷，加以心境不佳，煩惱日積，哪裡有心想做下去呢？我看你年紀雖比我稍大，精神卻比我好得多，《孽海

13　轉引自蔣瑞藻編《小說考證》，上海古籍出版社 1984 年版，第 729 頁。
14　轉引自時萌《曾樸研究》，上海古籍出版社 1982 年版，第 167 頁。

花》宗旨，在記述清末民初的軼史，你的見聞，與我相等，那時候許多名局中的人，你也大半熟悉，現在能續此書者，我友中只有你一人，雖是小說，將來可以矯正許多傳聞異辭的。」[15] 可惜曾樸於次年病逝，未及一睹他念念在心的張鴻的續作。清末四大譴責小說作家，李伯元卒於一九〇六年，劉鶚卒於一九〇九年，吳沃堯卒於一九一〇年，唯曾樸經歷了新舊時代的更替，活過了辛亥革命，見證了五四運動和新文化運動，卒於一九三五年。如果就他增補和修訂的三十五回本《孽海花》來說，算得上是一部近現代交替中具有跨時代特徵的作品。

15　張鴻：《續孽海花．楔子》，黑龍江人民出版社 1981 年版，第 2 頁。

第五章

小說其他流派及短篇小說新文體的出現

第一節　哀情小說

哀情小說是從才子佳人小說變異出來的一種小說類型。才子佳人小說終以大團圓收場，其間雖經歷曲折艱險，好事多磨，但畢竟苦盡甘來，苦中自有甘味。哀情小說亦寫才子佳人，但結局多半生離死別，其間儘管男女曾有過甜蜜之情，或者結局終究團圓，但故事的基調都是無限的哀痛。哀情小說的興起與光緒二十年甲午中日戰爭以後動盪的時局和外患內憂的社會情勢密切相關。這類小說的發端者為吳沃堯的《恨海》。

《恨海》十回於光緒三十二年（一九〇六年）九月由上海廣智書局出版。署「南海吳趼人撰」。標「寫情小說」。本書描述兩對已訂婚的青年男女陳伯和與張棣華、陳仲藹與王娟娟在庚子之亂中的離散悲慘遭遇。陳伯和墮落成癮君子，貧病流落死去，張棣華對婚約堅貞不移，雖未與伯和成婚，也眼見他沉溺下流，卻仍盡夫妻之道，親侍湯藥，待伯和去世，即斬斷青絲，遁入空門。另一對訂婚男女，王娟娟在兵荒馬亂中淪落為娼，陳仲藹在苦苦尋訪之後發現這一殘酷現實，絕望中披髮入山，不知所終。《恨海》所寫之「情」，是兒女之情，也不是兒女之情。兩對訂婚而又未婚的男女對婚約的忠貞不移，不能說與情無涉，但作者要宣揚的又不是俗人所謂的兒女之情，他認為那兒女之情「只可叫做癡」，「浪用其情的……只可叫做魔」，「前人說的那守節之婦，心如槁木死灰，如枯井之無瀾，絕不

動情的了。我說並不然，他那絕不動情之處，正是第一情長之處」（第一回）。可見小說所寫的「情」，其實是封建禮數的「理」。不過《恨海》的價值並不系於此，它透過這兩對訂婚男女的令人感動的悲慘故事，反映了庚子事變給普通百姓帶來的災難，具有很強的現實意義。《恨海》出版之次年，吳沃堯在《月月小說》第八號上發表的《雜說》中說：「出版後偶取閱之，至悲慘處，輒自墮淚，亦不解當時何以下筆也。能為其難，竊用自喜。然其中之言論理想，大都皆陳腐常談，殊無新趣，良用自歉。所幸全書雖是寫情，猶未脫道德範圍，或不致大雅君子所唾棄耳。」[01]《恨海》雖為白話章回小說，但明顯受歐洲小說影響，它不只是敘述故事，更著重描狀，有較多筆墨刻畫人物心理，與側重講故事的才子佳人小說在風格上迥異。

光緒三十三年（一九〇七年）吳沃堯在《月月小說》上陸續發表《劫餘灰》十六回。標「苦情小說」，也是敘說一對訂婚男女的悲慘情事。故事發生在廣東南海縣，陳耕伯與朱婉貞是一對青梅竹馬的兒女，訂婚之後，陳耕伯赴省考中舉人，卻被他的叔父騙賣去做「豬仔」（海外華工），又將朱婉貞騙到香港做妓女。朱婉貞逃出獲救，不料在回家途中翻船溺水，救她的一個官員欲逼她為妾，因不從而被毆氣絕，遂被置入棺中拋於曠野。甦醒後被尼庵收留，大病一場，被一位醫生治好並送

01　轉引自陳平原、夏曉虹編《二十世紀中國小說理論資料》第一卷，北京大學出版社 1997 年版，第 279 頁。

她回到家裡。陳耕伯的父親為找兒子下落，跑到長沙去追問關在監獄的騙子兄弟，其兄弟謊稱陳耕伯在香港病死。朱婉貞獲知此信，傷痛欲絕，決定抱陳耕伯的牌位成親。幾年之後，陳耕伯竟奇跡般回到家鄉，且已在外婚娶，經全家議定，兩人完婚，一夫二妻。小說故事哀婉動人，亦反映了清末廣東香港一帶的世風社情，而所寫之情，亦如《恨海》，實是傳統觀念中的「理」，朱婉貞儼然是一位封建禮教社會中不肯失節的貞烈淑女。

《恨海》和《劫餘灰》所展示的是男女婚姻與社會環境的矛盾，不像才子佳人小說那樣描寫才子佳人為尋覓和選擇最佳配偶所進行的努力，才子佳人雖然沒有突破禮教的樊籬，但在封建婚姻制度上爭取了一些自主性。這或者是吳沃堯稱之為的兒女之情的「魔」。《恨海》和《劫餘灰》不寫「魔」，寫的是由禮法所締結的婚姻遭到戰亂和歹人的突襲，男女主人公被迫離散，在極其殘酷的考驗中，矢志不渝地恪守禮教時規定的節操。《恨海》和《劫餘灰》所展示的不是才子佳人小說描繪的夢想的情景，而是當下的活生生的殘酷的現實，它們的現實性遠遠超過才子佳人小說。但在「情」字上，哀情小說是在才子佳人小說的道德立場上倒退了半步。吳沃堯對現實政治社會持批判的態度，但他的道德觀念卻相當保守。

標識為「哀情小說」的是光緒三十二年（一九〇六年）出版的符霖所撰《禽海石》十四回。符霖生平事蹟不詳。小說以

第一人稱描述秦如華與顧紉芬訂婚後，未及成婚。庚子亂起，秦如華隨父惶急逃離北京回南，而顧紉芬僅與其母逃到上海，因拒絕為娼，吞鴉片自盡，雖被救活，卻被病餓折磨得奄奄一息，待秦如華尋至，顧紉芬執其手一慟而亡，秦如華悲痛中亦離開人世。此作品與《恨海》顯為一個類型。

《恨海》之後，寫哀情的作品還有光緒三十四年（一九〇八年）出版的小白《鴛鴦碑》十章、李涵秋《瑤瑟夫人》三十八章，宣統三年（一九一一年）平垞《十年夢》十二回等。清末小說中寫情而局限於「哀」的作品也不少，但可觀的並不多，包括哀情小說在內的寫情作品，繼續發展，甚至拋棄白話章回形式，改用文言或駢體文，由一九一二年徐枕亞的《玉梨魂》三十章發其端，在民國初年形成風靡一時的鴛鴦蝴蝶派小說。

第二節　借古諷今的講史小說

講史小說發展到清代前期已經沒有往昔的蓬勃的活力，除了在明代所編撰的講史系列小說的空缺中插補作品之外，便是對舊有作品進行修訂評點，「按鑑演義」的講史小說似乎已經走到終點，嘉慶以後便沉寂了下來。到了清末，受到民族存亡危機的刺激，講史成為一種激發國恥的手段，復又一振。

戊戌變法前夕，梁啟超《變法通議．論幼學第五．說部書》宣導新小說要肩負「雜述史事，近之可以激發國恥，遠之

可以旁及彝情，乃至宦途醜態，試場惡趣，鴉片頑癖，纏足虐刑，皆可窮極異形，振厲末俗」[02]的時代使命。光緒三十二年（一九〇六年）吳沃堯〈歷史小說總序〉亦云：「年來吾國上下競言變法，百度維新，教授之術亦采法列強，教科之書日新月異，歷史實居其一。」但史冊浩繁，句讀非易，無如以小說家言，更能引人入勝，「吾於是發大誓願，編撰歷史小說」[03]。

吳沃堯的第一部歷史小說《痛史》連載於光緒二十九年（一九〇三年）八月至光緒三十二年（一九〇六年）十二月的《新小說》上，共二十七回，未完。此作描述蒙古人滅掉南宋的一段歷史，蒙古鐵騎南下江淮，南宋昏庸懦弱的皇帝和奸相賈似道一如既往地奢靡享樂，罔顧大軍壓境的危局，結果社稷傾覆，生靈塗炭，文天祥、張世傑、陸秀夫等忠烈之士竭力拒敵，亦不能挽狂瀾於既倒。南宋滅亡後，謝枋得等遺民義士聚義抗元，悉被鎮壓。《痛史》選擇講述這段悲壯慘烈的亡國史，目的是借古鑑今，警醒國人，激發愛國仇寇之心。

吳沃堯撰寫的另一部歷史小說《兩晉演義》二十三回發表在光緒三十二年（一九〇六年）九月至次年十月的《月月小說》上。明代已有楊爾曾《東西晉演義》五十回，吳沃堯再寫東西

02　轉引自陳平原、夏曉虹編《二十世紀中國小說理論資料》第一卷，北京大學出版社1997年版，第28頁。

03　轉引自舒蕪等編《中國近代文論選》上，人民文學出版社1981年版，第216、217頁。

晉混亂動盪的歷史，也有借古鑑今的意味。這部作品因《月月小說》停刊而中斷，二十三回只寫了西晉部分。小說演述了晉武帝司馬炎奪取曹魏政權後，淫佚無度，即位的惠帝更是昏庸不堪，賈后穢亂宮廷，作威作福，致使朝政崩壞，諸王為爭權而互相殺戮，完全不顧西北部遊牧民族崛起對中原虎視眈眈，托漢裔的劉淵和後趙國的石勒即將結束西晉腐朽的統治，小說寫到「投劉淵石勒封王」就戛然中斷。

《痛史》和《兩晉演義》開創了講史小說的一個新局面。在立意上，它們不像傳統「按鑑演義」小說那樣通過歷史來表現一般的政治道德歷史道德的「義」，而是以歷史來針砭現實，警醒世人，有強烈的現實意義。在敘事上完全摒棄了羅列排比史實以致失於粗範的寫法，而是按世情人情小說敘說故事的方式，效法《三國志演義》，其趣味性又多於一般傳統的講史小說，使「今日讀小說而如身親如境」[04]。

受吳沃堯《痛史》影響，復有描述明朝覆亡歷史的《仇史》問世。作者「痛哭生第二」，真實姓名不詳。此篇初載於光緒三十一年（一九〇五年）革命派在日本東京創辦的《醒獅》第一、二期，僅刊出楔子及第一、二回。卷首「凡例」云：「是書乃繼《痛史》而作，我佛山人之著《痛史》，伸莊論，寓微言，蓋欲我民族引古鑑今，為間接之感觸。嗚呼！今禍亟矣，

04　吳沃堯：〈歷史小說總序〉。引自舒蕪等編《中國近代文論選》上，人民文學出版社 1981 年版，第 217 頁。

眉睫之間，斷非間接之刺激所能奏效，故鄙人焦思苦慮，振筆直書，極力描寫本族之喪心病狂，與異族之野蠻狂悖。言者無罪，聞者可興，其或觸成《自由魂》、《革命軍》之價值歟？」《痛史》以南宋朝廷寓指清朝，《仇史》作者認為是「間接之刺激」，他把清滅明看作是一段「仇史」，視清為仇敵，其種族革命的思想十分鮮明。小說一、二回敘明萬曆年間失意秀才投靠後金努爾哈赤，輔佐後金進攻撫順，招降守將李永芳，火燒撫順城，百姓慘遭殺戮。一、二回只是小說的開頭，後面的情節應當都是講述清軍進入中原的暴行。

與《仇史》題材相近的還有刊於光緒三十二年（一九〇六年）的《精禽填海記》十回，作者署「沁梅子」。小說第一回云：「此書載明末清初虎鬥龍爭的事業，自崇禎元年（後金皇太極天聰二年），至永曆三十七年(清康熙二十二年）止，共曆五帝(崇禎，弘光，隆武，紹武，永曆)，五十六年，而中國版圖，始全歸大清統轄。其間庸人誤國，烈士死義，與夫驕將悍卒之跋扈飛揚，蔑上無等，凡可驚可愕可歌可泣之事，為從前小說所未有者，此書無不全備。然書系歷史，作者斷不敢恣弄筆墨有誣古人。故凡寫一事，記一言，莫不旁稽博考，力求無誤。」其反滿之意旨與《仇史》相同。

列強用艦炮打開了國門，亦使國人從封閉的黑屋子裡看到了世界，於是有人以小說來演述外國的歷史。這就突破了講史

小說只講中國歷史的傳統。將外國歷史演繹為小說，不只是獵奇，也不只是介紹世界歷史知識，他們大都也有以古鑑今、激勵民族自立救亡精神的意思。

光緒二十七年（一九〇一年）《杭州白話報》第四至十期連載小說《美利堅自立記》。作者「宣樊子」，實名林獬（西元一八七四年至西元一九二六年），字少泉，號宣樊，別署白水，福建閩侯人。留學日本，入早稻田大學法科，兼習新聞科。曾與章太炎等人辦《俄事警聞》（後改為《警鐘日報》），自辦《中國白話報》，鼓吹反滿革命。民國後因抨擊軍閥，一九二六年被軍閥張宗昌殺害。《美利堅自立記》演述美國在西元一七七五年獨立戰爭前後的一段歷史。此作發表之同年，林獬在《杭州白話報》第十五至十九期上又發表小說《菲律賓民黨起義記》，敘述西元一八九六年至西元一八九八年菲律賓民黨人士為推翻西班牙殖民統治、爭取民族獨立舉行武裝起義的始末。這兩部歷史小說依據美國史實和菲律賓時事加以演繹，旨在宣揚以革命手段爭取民族獨立的思想。林獬的另一部講史小說《俄土戰記》連載於《杭州白話報》第十一至十五期，此作演述的是土耳其的盛衰史。十三世紀土耳其建帝號，遷都君士坦丁堡，國勢日盛，但十九世紀以來，內政紊亂，列強干預，俄國趁勢興兵大敗土耳其，德、奧諸國阻止俄國獨吞土耳其，搶占緊要海口，土耳其徹底衰敗。此作寫在中國處在被列強覬覦瓜分危機

之時，其警示之意圖甚明。

撰寫外國歷史和歷史人物傳記的小說，尚有署名「貫庵」（鄭貫一）的《摩西傳》，署名「自由」（馮自由）的《貞德傳》，均發表在日本橫濱出版的《開智錄》，時間約為光緒二十六年（一九〇〇年）至二十七年（一九〇一年）間。《摩西傳》敘述的是猶太偉人摩西的故事，依據《聖經》記載演繹。貞德則是英法戰爭中的法國女英雄。《摩西傳》和《貞德傳》表彰民族戰爭中的英烈，目的是振奮民族抵禦外辱的抗爭精神。

還有一類作品，徒有章回小說的形式，實為外國歷史的普及讀物，如光緒二十九年（一九〇三年）杭州作新社的《萬國演義》六十卷，其〈凡例〉云：「是編專述泰東西古近事實以供教科書之用，特為淺顯之文，使人易曉。故命曰『萬國演義』。」此書用「物競天擇」進化論的觀點敘述世界歷史，講述了古巴比倫、波斯、埃及、希臘、羅馬、印度等文明古國的興衰，以及近代列強西班牙、英國、俄國、法國、美國、日本諸國的崛起。卷末總結說：「問天夢私切杞人憂，喚國魂戲作虞初說。保種之道在於自強，自強之道在於政治腐敗之後改革新猷，文明中保存國粹。」連載於光緒二十九年（一九〇三年）至光緒三十年（一九〇四年）《繡像小說》第一至三十八期的《泰西歷史演義》三十六回，則專講歐美列強的興盛史，以法國拿破崙、美國華盛頓、俄國彼得大帝的恢弘業績為主幹，目的仍在以古鑑今。

第三節　擬舊小說

「擬舊小說」是借用歷史和舊小說的書名、人名，來寫自家懷抱的作品。這類作品或者也可以叫「歷史新編」和「故事新編」，他們對於歷史和舊有作品採用一種戲說的方式，不是按鑑演義，也不是某個作品的續書。這類小說的創作在清朝最後三四年間頗成氣候，湧現出數量不菲的作品。

此類作品影響較大的當推吳沃堯的《新石頭記》四十回。此部小說開始連載於上海《南方報》光緒三十一年八月二十一日（一九〇五年九月十九日）附刊「小說欄」。作者在第一回開頭說：「大凡一個人，無論創事業，撰文章，那出色當行的，必能獨樹一幟。倘若是傍人門戶，便落了近日的一句新名詞，叫做『倚賴性質』，並且無好事幹出來的了。別的大事且不論，就是小說一端，亦是如此⋯⋯按《石頭記》是《紅樓夢》的原名，自曹雪芹先生撰的《紅樓夢》出版以來，後人又撰了多少《續紅樓夢》、《紅樓後夢》、《紅樓補夢》、《綺樓重夢》，種種荒誕不經之言，不勝枚舉，看的人沒有一個說好的。我這《新石頭記》，豈不又犯了這個毛病嗎？然而據我想來，一個人提筆作文，總先有了一番意思。下筆的時候，他本來不是一定要人家讚賞的，不過自己隨意所如，寫寫自家的懷抱罷了。」《新石頭記》借用了《石頭記》中寶玉、焙茗、薛蟠幾個人物，以寶玉為主人公，寫他們重又來到塵世，這時的中國已經進入到

第五章　小說其他流派及短篇小說新文體的出現

一九〇一年，西方的物質文明和精神文明已經完全改變了《紅樓夢》原小說的社會面貌，種種新奇事物包括世風人心都是寶玉生平從未經見的，作者借由寶玉的觀察和思考，對洋務運動以來的社會狀況進行了評論。認為「以時勢而論，這維新也是不可再緩的了」，即引進西方的工藝技術是必需的，但要維持和堅守傳統的禮教道德，若一意崇洋媚外，忘記了愛國，即便自由也是「野蠻自由」。第二十二回描寫的「文明境」，在傳統禮法範圍內的現代化，正是作者的社會理想。「中學為體，西學為用」，小說的維新思想表達得淋漓盡致。《新石頭記》安排太虛幻境中的寶玉下凡到二十世紀初的現實社會中，主觀和客觀的強烈反差造成一定戲劇性，頗富想像力，但作者意在表現對現實的評論，理念大於形象，在藝術上並無多少建樹。

擬舊小說作品較有影響的還有《新三國》和《新水滸》。兩部作品皆為陸士諤所作。陸士諤（西元一八七八年至西元一九四四年），名守先，字雲翔，號士諤，別署雲間龍、沁梅子、雲間天贅生、儒林醫隱等。江蘇青浦（今屬上海市）人。出身仕宦書香門第，少年時學過醫，做過典當學徒，光緒二十五年（西元一八九九年）與李友琴成婚。李友琴成為他小說創作上的摯友，曾為他的小說撰寫序跋和點評。陸士諤所作小說數十種，並有醫學著作傳世。

《新三國》三十回，宣統元年（一九〇九年）改良小說社出

版，卷首有光緒三十四年（一九〇八年）冬十月古越孟叔任序。此作敘說魏、蜀、吳三國的故事，自稱是「社會小說」，不說是「歷史小說」，其借題表達對現實社會看法之意圖十分顯明。小說描寫魏、蜀、吳面臨外夷以輪船火炮之利威脅其存亡的危局，三國皆意識到若維持祖宗舊法，將無生存之可能。吳國孫權起用詐死隱居的周瑜，改官制，建新軍，築鐵路，辦學堂，頒行《東吳新律》，吳國頓現活沽生機。魏國曹丕由篡奪而得政權，專以鎮壓異己為事，而管寧等人組織革命黨奮起反抗，迫於壓力，朝廷遂頒行新政，然司馬懿、司馬昭父子總攬大權，新政成了君臣聚斂財富的手段，國勢日益衰頹。唯蜀國在孔明主持下，徹底實行君主立憲，施用議會制，一切財政軍政國家大事須悉經議院認可，方能施行，由是國勢大張，以新法訓練之海陸兩軍，滅魏降吳，統一天下，中國從此昌盛文明。《新三國》成書之日，正是清王朝擬議立憲而又不肯放棄神聖君權之時，其現實針對性十分鮮明。

《新水滸》二十四回，宣統元年（一九〇九年）七月改良小說社出版。小說寫梁山聚義後，宋江居安思危，仿王安石變法，在梁山管轄地區實行新政，令各英雄自顯神通，經營各種事業謀取利益，「綠林暴客，翻為新學傳人」。扈三娘經營夜總會，孟康承攬造船，盧俊義主政鐵路，亦有採辦軍械、辦鐵廠、開妓院、經營藥房、創辦報館等舉措，一時梁山財政收入

甚為豐厚。然而營商亦使一些人見利忘義，蔣敬、時遷開辦的忠義銀行，以二萬多兩銀子的資本，發行三四十萬的鈔票，卷走鉅額銀子逃之夭夭，就連宋江設立的「天災籌賑公所」、吳用創辦的《呼天日報》也都在文明的面目下包藏著營私和欺詐。《新水滸》對洋務運動以來的中國社會狀況進行了辛辣的諷刺，在對社會現實的揭露和批判上與譴責小說並無二致。

擬舊小說所選舊題繁多，如《新西遊記》、《新金瓶梅》、《新封神傳》、《新西湖佳話》、《新癡婆子傳》、《新鏡花緣》、《新兒女英雄》、《新七俠五義》等。甚至一部舊作，就有幾種新編，《新石頭記》有兩種，《新西遊記》則有三種。可見這種風氣之盛，「五四」以後魯迅的《故事新編》應當是這種風氣的延續。

第四節　短篇小說的初興

話本小說源遠流長，其體制由「三言」、「二拍」而基本定型。它以作家專集問世，專集由多篇作品構成，每篇作品均有回目，敘事方式由「說話」脫胎而來。話本小說就篇幅而言，相對長篇章回小說，可以認為是白話短篇小說。但在清末之前是沒有「短篇小說」的概念的。話本小說在明末清初盛極一時，馮夢龍的「三言」代表了它的最高藝術水準。入清以後，文人創作擺脫對「說話」現成故事的依賴，多從野史、時事傳聞中擷取素材，甚至從自己的生活經驗中提煉故事情節，敘事

方式與「說話」套路漸行漸遠，愈益濃厚的文人氣息取代了往昔話本小說的市井色彩。話本小說的文人化並沒有突破原有的體制，它固然使話本小說變得比較雅馴，但卻犧牲掉了話本小說原有的粗野稚拙中的草根活力，曾幾何時便萎縮下來。清初的《無聲戲》、《十二樓》、《照世杯》、《豆棚閒話》等文人化作品尚有可讀，自康熙二十三年（西元一六八四年）以後的兩百多年間，話本小說專集寥若晨星，雍正間有石成金的《雨花香》、《通天樂》，乾隆間有杜綱的《娛目醒心編》，同治間有《俗話傾談》初集、二集，光緒間有《躋春臺》等，存世的專集，二百多年裡算起來也就十部左右。勉強可讀的《娛目醒心編》也都顯擺著一幅道德說教的面孔，話本小說一蹶不振的命運已不可挽回。

清末短篇小說勃興起來，但它卻不是話本小說蔓藤上結出來的瓜，而是直接受西方短篇小說影響產生出來的新文體。外來影響當然只是事物生成和變化的外因，內因則是中國的敘事傳統。就敘事傳統而言，它繼承的不是話本小說，而是文言小說的敘事傳統。簡而言之，它是一種有別於話本小說的新的小說體裁。

光緒三十年（一九〇四年）九月二十一日（十月二十九日）上海《時報》刊載「冷血」的〈馬賊〉，附廣告說：「本報昨承冷血君寄來小說〈馬賊〉一篇，立意深遠，用筆宛曲，讀之甚有趣味。短篇小說為近時東西各報流行之作，日本各日報、各

雜誌多有懸賞募集者。本館現亦依用此法。如有人能以此種小說（題目、體裁、文筆不拘）投稿本館，本報登用者，每篇贈洋三元至六元。」[05]

短篇小說〈馬賊〉的作者「冷血」，真名陳景韓，從日本留學回國，時任《時報》編輯。譯有外國小說、尤其是短篇小說多種，他創作的小說〈馬賊〉，是中國短篇小說發軔期的作品。《時報》的廣告說得很清楚，這短篇小說的體裁來自域外，是「東西各報流行之作」、「日本各日報、各雜誌多有懸賞募集者」。吳趼人在他的短篇小說《預備立憲》的開頭也說得很清楚：「恆見譯本小說，以吾國文字，務吻合西國文字，其詞句之觸目於眼目者，覺別具一種姿態，而翻譯之痕跡，即於此等處見之，此譯事之所以難也夫。雖然，此等詞句，亦頗有令人可喜者。偶戲為此篇，欲令讀者疑我為譯本也。」吳趼人創作了《二十年目睹之怪現狀》等多部章回小說，從未說過他的章回小說像「譯本」，唯短篇小說，他不加掩飾地說像「譯本」，挑明了短篇小說的體裁樣式來自域外。

短篇小說，顧名思義，當然指篇幅較為短小的小說。篇幅短小是它的表像特徵，更重要的、決定它性質的在於它的旨意和佈局，這也是它區別於話本小說的本質特徵。魯迅與周作人在宣統元年（一九〇九年）翻譯出版外國短篇小說選《域外小

05　陳大康：《中國近代小說編年史》第二冊，人民文學出版社 2014 年版，第 761 頁。

說集》，銷路不佳，一九二〇年魯迅在《域外小說集》新版序中說：「《域外小說集》初出的時候，見過的人，往往搖頭說，『以為他才開頭，卻已完了』！那時短篇小說還很少，讀書人看慣了一二百回的章回體，所以短篇便等於無物。」傳統小說無一不講究有頭有尾的故事性，而外國短篇小說並不絕對地追求故事的完整，作者往往攝取事實中最精彩的片斷，用經濟而富於感染力的文學手段表現出來，其旨意和佈局與話本小說是迥然不同的。清末致力於短篇小說創作的卓呆（徐築岩）說：「小說是以描寫人生斷片為主，所以既不必有始有終，又無須裝頭裝腳，能夠寫實當然更好，最容易達這目的的，不消說了，自然是短篇小說。」[06]

短篇小說初創時期，無論是內容和形式都在探索之中。異名頗多，如「袖珍小說」、「小本小說」、「寓言短篇小說」、「短篇紀事」等。一段人物對話，一篇議論文字，一篇滑稽遊戲散文，都可以標識為「短篇小說」。例如《申報》標為「短篇小說」的「嘉定二我」（陳其淵）〈小說之小說〉（宣統三年十一月十一日，一九一一年十二月三十日），其實就是一篇議論小說文體的千字文。光緒三十二年正月初四（一九〇六年一月二十八日）《時報》刊登的冷血〈拆字先生〉，是新年祝福的遊戲文字，後來還被收入《短篇小說叢刻》第一編。

06　卓呆：〈小說無題錄〉，載《小說世界》第一卷第 7 期，1923 年。

第五章　小說其他流派及短篇小說新文體的出現

光緒三十年（一九〇四年）《時報》發表「冷血」的〈馬賊〉，並徵集短篇小說，標誌著短篇小說作為一種新興文體走上文學舞臺。「冷血」是短篇小說的多產作家，除了〈馬賊〉（俠客談之一）外，〈刀餘生傳〉、〈路斃〉、〈歇洛克來遊上海第一案〉、〈賣國奴〉、〈三家村〉、〈千里馬〉等都在當時產生了較大影響。後來進入《時報》工作的戈公振曾回憶說：「《時報》出世以後，每日登載『冷』（陳景韓）或『笑』（包天笑）譯著的小說，有時每日有兩種。冷血先生的白話小說，在當時譯界中確要算很好的譯筆；他有時自己也做一兩篇短篇小說，如〈福爾摩斯來華偵探案〉等，也是中國人做新體短篇小說最早的一段歷史。」[07] 與「冷血」同時在《時報》就職的包天笑也是最早嘗試短篇小說創作的作家，他的〈人力車夫〉、〈張先生〉、〈愛國幼年會〉、〈蘇州之員警〉、〈新黃粱〉等，都是短篇小說發軔期的作品。

創刊於光緒三十二年九月（一九〇六年十一月）的《月月小說》是推動短篇小說創作最著力的雜誌。至光緒三十四年十二月（一九〇九年一月）停刊，共出版二十四號，發表短篇小說七十三種。該雜誌創刊號就辟有「短篇小說」專欄，首發了該雜誌總撰述吳趼人的〈慶祝立憲〉。其後多次廣告徵求短篇小說。僅吳趼人在《月月小說》上就發表了〈慶祝立憲〉、〈預

07　戈公振：《中國報學史》，上海古籍出版社 2003 年版，第 176 頁。

備立憲〉、〈大改革〉、〈義盜記〉、〈黑籍冤魂〉、〈立憲萬歲〉、〈平步青雲〉、〈快升官〉、〈查功課〉、〈人境學社鬼哭傳〉、〈無理取鬧之西遊記〉、〈光緒萬年〉等十二篇短篇小說。吳趼人是清末短篇小說有代表性的作家。

短篇小說篇幅短小，可以在報刊上一次性載完，不像長篇小說須要連載，以致會造成閱讀中斷。它的樣式活潑，貼近生活，可讀性強，給文壇帶來了新鮮空氣，給小說增加了新的色彩，故而幾年間便形成一種創作風氣，成為一種時尚的小說文體。光緒三十二年八月（一九〇六年九至十月）上海鴻文書局出版灌文書社編輯的《短篇小說叢刻》第一編，收入冷血（陳景韓）、大笑（包天笑）、心青（鐘心青）等人的作品三十六種。次年八月出版第二編，收入天笑（包天笑）、心青（鐘心青）、劍雄、新（周桂笙）等人的作品四十三種，足見短篇小說在幾年間便成為讀者所能接受的文學樣式。

清末短篇小說數量不少，其題材類型和思想傾向與當時充斥報刊的長篇章回小說大致是協調的。除了偵探、武俠、科幻等題材的作品以外，反映現實的還是以批判、揭露社會黑暗腐敗的作品居多，鼓吹維新和革命與反對維新和革命的傾向並存，間有敘寫愛情和家庭倫理的作品。總體觀之，速就篇多，精心謀劃的作品少，情緒激昂、思想偏激的作品觸目皆是，鮮有揭示人性深度的動人心弦的作品。

儘管如此，清末短篇小說在它的稚拙中卻蘊含著強大的生命力。它是在西方文學風氣吹襲下，在中國敘事傳統的土壤上開放出來的花朵。它擺脫了話本小說的體制和傳統的敘事方式，展現出新的時代風貌。在古代小說的現代化轉變中，它是先蛻變出來的具有現代小說形態的類型。新文化運動狂飆突起，作為小說的先鋒，便是短篇小說的魯迅《吶喊》和《徬徨》。

清末十七年間，小說數量遠超清朝前二百五十年小說之總和，呈現出空前繁榮的局面。毋庸置疑，小說已成為一種時髦的文體，而海內外新興的報紙雜誌又為小說提供了廣闊的舞臺。小說數量雖多，但多為朝脫稿而夕印行的草率之作，許多作品草創數回刊於報端後竟不復續成，半截子作品成為一種常態，苦心經營的精品佳作極為罕見。光緒三十二年（一九〇六年）吳沃堯在《〈月月小說〉序》中就曾指出：「今夫汗萬牛充萬棟之新著新譯之小說，其能體關係群治之意者，吾不敢謂必無；然而怪誕支離之著作，詰曲聱牙之譯本，吾蓋數見不鮮矣！」[08]

吳沃堯是梁啟超「新小說」理論的踐行者，他是站在「新小說」的立場上觀察和評論當時小說界現狀的。清朝覆亡後的一九一五年，梁啟超在《中華小說界》第二卷第一期發表〈告小說家〉，更強烈地表達了對新小說十數年的業績的失望，他說流覽書肆，其出版物除教科書外，十分之九皆小說也；拿報紙

08　轉引自陳平原、夏曉虹編《二十世紀中國小說理論資料》第一卷，北京大學出版社 1997 年版，第 187 頁。

一閱，除蕪雜猥屑之記事外，皆小說及遊戲文也。小說勢力之大，確非往昔所能比，然而這些小說，十分之九都是誨盜、誨淫之作，或者是尖酸輕薄毫無取義之遊戲文，「嗚呼！吾安忍言！吾安忍言！」梁啟超的評論反映了清代末期小說創作現狀的部分事實，他提倡的新小說的概念比較狹窄，專指宣傳變革圖強的時事政治小說，他一向把《水滸傳》、《紅樓夢》視為「誨盜」、「誨淫」的作品，所以他的評論亦不免有偏頗之嫌。

清末小說的精品固然不多，但從中國小說的發展史來看，其歷史貢獻卻不可抹殺。

清末小說對現實強烈的干預，是前代小說不曾具有的顯明的時代特徵。帝國主義的侵略，清朝統治的腐敗，亡國滅族的危機，逼使有識者奮起變革圖強，主張維新的人士將小說看作是啟迪民智、喚醒國人的有效工具，使小說在維新運動中扮演了宣傳鼓動的歷史角色。小說面向現實，多以現實生活為題材，或揭露官場腐敗，或描寫世風敗壞，宗旨皆在棄舊圖新，即使是以浪漫筆墨幻想未來，或者演述歷史，亦在激勵國人為美好社會努力奮鬥。清末小說對現實的關注和表現，根本改變了傳統小說比較疏離現實的傾向，亦提高了小說的社會地位，為小說向現代方向的轉變作了鋪墊。

域外小說的翻譯使中國小說作者獲得了創作的新的參照系統。實際上，清末小說作者中不少人有留學外國和出洋的經

歷，域外小說的題材取向、結構形態和敘事方式，都潛移默化地影響著他們的創作。白話小說的傳統類型不是消失就是發生了蛻變，話本小說除了個別新選本的編刊外，幾乎沒有新作問世；短篇小說卻異軍突起，成為具有現代小說色彩的新體裁；講史小說傳統的抄史加故事的寫法被完全打破，代之而起的是借古諷今的歷史小說；才子佳人小說演化為哀情小說。而活躍於小說界的偵探小說、科學小說、冒險小說、教育小說、社會小說等，則是前所未有的類型。此外，小說的敘事方式和修辭手法也在發生微妙的變化，如以個人經歷來表現時代變遷的寫法，以黎明前的黑暗、暴雨即將來襲的天空、洶湧巨浪中的破船來象徵中國的手法，第一人稱敘事不再是偶然的個例，千篇一律的大團圓結局基本上被打破。總之，清末小說正在告別傳統，它雖然因為社會環境和作者個人的原因，還沒有完全走出古代的影子，但已站在了現代小說的門口。

參考文獻

楊伯峻（1990）。《春秋左傳注》。北京：中華。
[漢]司馬遷（1975）。《史記》。北京：中華。
[漢]班固著［唐]顏師古注（1962）。《漢書》。北京：中華。
[南朝宋]范曄撰［唐]李賢等注（1965）。《後漢書》。北京：中華。
[晉]陳壽（1959）。《三國志》。北京：中華。
[後晉]劉昫等撰（1975）。《舊唐書》。北京：中華。
[宋]歐陽脩（1975）。《新唐書》。北京：中華。
[宋]司馬光（1956）。《資治通鑒》。北京：中華。
吉林出版編（2005）。《御批通鑒綱目》。吉林：吉林出版
汪聖澤（1977）。《宋史》。北京：中華。
[明]宋濂（1976）。《元史》。北京：中華。
[清]張廷玉（1974）。《明史》。北京：中華。
[清]吳乘權等輯，施意周點校（2009）。《綱鑒易知錄》。北京：中華。
[清]趙爾巽等撰（1977）。《清史稿》。北京：中華。
王鍾翰（1983）。《清史列傳》。北京：中華。
中華書局編（1986）。《清實錄》。北京：中華。
[清]阮元校刻（1980）。《十三經注疏》。北京：中華。
聞人軍（1986）。《諸子集成》。上海：上海古籍。
[唐]杜佑（1988）。《通典》。北京：中華。
[宋]馬端臨（1986）。《文獻通考》。北京：中華。
1965年。《四庫全書總目》。北京：中華。
[南朝梁]蕭統（1986）。《文選》。上海：上海古籍。
陳鼓應注譯（1983）。《莊子今注今譯》。北京：中華。
陳鼓應編著（1984）。《老子注譯及評介》。北京：中華。
余嘉錫（1980）。《四庫提要辨證》。北京：中華。
葉瑛校注（1994）。《文史通義校注》。北京：中華。
季羡林校注（2000）。《大唐西域記校注》。北京：中華。

文獻

[清] 浦起龍通釋（1978）。《史通通釋》。上海：上海古籍。
[清] 趙翼著，王樹民校證（1984）。《廿二史劄記》，北京：中華。
[宋] 蘇軾（1981）。《東坡志林》。北京：中華。
伊永文（2006）。《東京夢華錄箋注》。北京：中華。
[宋] 孟元老（1998）。《東京夢華錄》（外四種），北京：文化藝術。
[元] 陶宗儀（1959）。《南村輟耕錄》。北京：中華。
[南宋] 周密（1988）。《癸辛雜識》。北京：中華。
[唐] 徐堅（2004）。《初學記》。北京：中華。
[明] 謝肇淛（2001）。《五雜組》。上海：上海書店。
[明] 胡應麟（2001）。《少室山房筆叢》。上海：上海書店。
[明] 王守仁（1992）。《王陽明全集》。上海：上海古籍。
王明編（1960）。《太平經合校》。北京：中華。
[明] 陸容（1985）。《菽園雜記》。北京：中華。
[明] 葉盛（1980）。《水東日記》。北京：中華。
[明] 郎瑛（1988）。《七修類稿》。北京：文化藝術。
[明] 鄧士龍（1993）。《國朝典故》。北京：北京大學。
[明] 陸粲撰，譚棣華、陳稼禾點校（1987）。《庚巳編客座贅語》。北京：中華。
[明] 李詡（1982）。《戒庵老人漫筆》。北京：中華。
[明] 熊過（1997）。《南沙先生文集》。《四庫全書存目叢書．集部》第 91 冊，山東：齊魯。
[明] 陳洪謨（1985）。《治世餘聞繼世紀聞》。北京：中華。
[明] 沈德符（1959）。《萬曆野獲編》。北京：中華。
[明] 余繼登（1981）。《典故紀聞》。北京：中華。
[明] 田汝成（1980）。《西湖遊覽志》。浙江：浙江人民。
[明] 田汝成（1980）。《西湖遊覽志餘》。浙江：浙江人民。
[明] 何心隱（1981）。《何心隱集》。北京：中華。
楊正泰校注（1992）。《天下水陸路程（三種）》。山西：山西人民。
[明] 王錡（1984）。《寓圃雜記》。北京：中華。
[明] 宋懋澄（1984）。《九籥集》。北京：中國社會科學。

[明] 李清（1982）。《三垣筆記》。北京：中華。
[明] 鄭曉（1984）。《今言》。北京：中華。
[南宋] 洪邁（1994）。《容齋隨筆》。吉林：吉林文史。
[明] 劉若愚（1982）。《明宮史》。北京：北京古籍。
[清] 錢謙益（1982）。《國初群雄事略》。北京：中華。
[明] 王應奎（1983）。《柳南隨筆》。北京：中華。
[明] 湯顯祖（1982）。《湯顯祖詩文集》。上海：上海古籍。
[清] 王士禛（1982）。《池北偶談》。北京：中華。
[清] 王定安（1995）。《求闕齋弟子記》。上海：上海古籍。
[清] 陳田（1993）。《明詩紀事》。上海：上海古籍。
[清] 錢大昕（1997）。《嘉定錢大昕全集》。江蘇：江蘇古籍。
[清] 劉廷璣（2005）。《在園雜誌》。北京：中華。
[清] 劉獻廷（1957）。《廣陽雜記》。北京：中華。
[明] 姚士麟（1985）。《見只編》。《叢書集成初編》。北京：中華。
[明] 李贄（1975）。《焚書》。北京：中華。
[清] 徐鼒（1957）。《小腆紀年附考》。北京：中華。
[清] 俞樾（1995）。《茶香室叢鈔》。北京：中華。
[清] 琴川居士編（1967）。《皇清奏議》。新北：文海。
[清] 余治（1969）。《得一錄》。新竹：華文。
[清] 張宜泉（1984）。《春柳堂詩稿》。上海：上海古籍。
[清] 丁日昌（1969）。《撫吳公牘》。新竹：華文。
鄧之誠（1996）。《骨董瑣記全編》。北京：北京出版社。
朱駿聲（1958）。《六十四卦經解》。北京：中華。
李慈銘（2001）。《越縵堂讀書記》。遼寧：遼寧教育。
上海書店出版社編（2007）。《清代文字獄檔》。上海：上海書店。
[清] 爱新覺羅敦敏（1984）。《懋齋詩鈔 · 四松堂集》。上海：上海古籍。
[清] 繆荃孫（2014）。《繆荃孫全集》。江蘇：鳳凰。
汪維輝編（2005）。《朝鮮時代漢語教科書叢刊》。北京：中華。
[清] 董康（1988）。《書舶庸譚》。遼寧：遼寧教育。
浙江古籍出版社輯（1992）。《李漁全集》。浙江：浙江古籍。

文獻

[清] 丁耀亢（1999）。《丁耀亢全集》。河南：中州古籍。
盛偉編（1998）。《蒲松齡全集》。上海：學林。
孫漱石（1997）。《退醒廬筆記》。上海：上海書店。
[清] 梁啟超（1989）。《飲冰室合集》。北京：中華。
陶湘編（2000）。《書目叢刊》。遼寧：遼寧教育。
吳熙釗、鄧中好校（1985）。《康南海先生口說》。廣東：中山大學。
中國社科院近代史所等編（1981）。《孫中山全集》。北京：中華。
包天笑（1971）。《釧影樓回憶錄》。香港：大華。
[清] 顧炎武（1994）。《日知錄集釋》。湖南：岳麓書社。
[漢] 許慎（1963）。《說文解字》。北京：中華。
上海古籍出版社編（1986）。《全唐詩》。上海：上海古籍。
周振甫（1981）。《文心雕龍注釋》。北京：人民文學。
[明] 高儒（2005）。《百川書志》。上海：上海古籍。
王重民等編（1957）。《敦煌變文集》。北京：人民文學。
王重民（1983）。《中國善本書提要》。上海：上海古籍。
葉德輝（1988）。《書林清話》。遼寧：遼寧教育。
[清] 梁啟超（1985）。《中國近三百年學術史》。北京：北京中國書店。
湯用彤（1983）。《漢魏兩晉南北朝佛教史》。北京：中華。
程千帆（1980）。《唐代進士行卷與文學》。上海：上海古籍。
傅璿琮（1986）。《唐代科舉與文學》。陝西：陝西人民。
陳垣（2001）。《中國佛教史籍概論》。上海：上海世紀。
錢鍾書（1979）。《管錐編》。北京：中華。
錢存訓（2004）。《中國紙和印刷文化史》。廣西：廣西師範大學。
張秀民（1989）。《中國印刷史》。上海：上海人民。
雷夢辰（1989）。《清代各省禁書匯考》。北京：北京圖書館。
陳寅恪（1980）。《柳如是別傳》。上海：上海古籍。
余英時（1987）。《士與中國文化》。上海人民出版社。
戈公振（2003）。《中國報學史》。上海：上海古籍。
長澤規矩也（1952）。《和漢書的印刷及其歷史》。日本：吉川弘文館。
馬祖毅（1999）。《中國翻譯史》。湖北：湖北教育。

吳世昌（1984）。《羅音室學術論著》。北京：中國文聯。
陳耀東（1990）。《唐代文史考辨錄》。北京：團結。
謝國楨（2004）。《明清之際黨社運動考》。上海：上海書店。
蕭一山（1986）。《清代通史》。北京：中華。
中國人民大學清史研究所編（2000）。《清史編年》。北京：中國人民大學。
[清] 蟲天子（1992）。《香豔叢書》。北京：人民文學。
周越然（1996）。《書與回憶》。遼寧：遼寧教育。
鄭光主編（2000）。《元刊〈老乞大〉研究》。北京：外語教學與研究。
陳平原、夏曉虹編（1997）。《二十世紀中國小說理論資料》。北京：北京大學。
W C 布思 (John Wilkes Booth) 著，付禮軍譯（1987）。《小說修辭學》。北京：北京大學。
大衛．利明、愛德溫．貝爾德（1990）。《神話學》（李培茱等譯），上海：上海人民。
[英] 盧伯克（1990）。《小說美學經典三種》。上海：上海文藝。
愛克曼輯錄，朱光潛譯（1978）。《歌德談話錄》。北京：人民文學。
丁錫根編（1996）。《中國歷代小說序跋集》。北京：人民文學。
舒蕪等編（1981）。《中國近代文論選》。北京：人民文學。
侯忠義編（1985）。《中國文言小說參考資料》。北京：北京大學。
中國戲曲研究院編（1959）。《中國古典戲曲論著集成》。北京：中國戲劇。
大連圖書館參考部編（1983）。《明清小說序跋選》。遼寧：春風文藝。
孫楷第（1982）。《中國通俗小說書目》。北京：人民文學。
孫楷第（1958）。《日本東京所見小說書目》。北京：人民文學。
樽本照雄（1997）。《清末民初小說目錄》。日本：清末小說研究會。
石昌渝主編（2004）。《中國古代小說總目》。山西：山西教育。
李劍國（1993）。《唐五代志怪傳奇敘錄》。天津：南開大學。
李劍國（1997）。《宋代志怪傳奇敘錄》。天津：南開大學。
朱一玄、劉毓忱編（1983）。《三國演義資料彙編》。百花文藝出版社。
馬蹄疾編（1980）。《水滸資料彙編》。北京：中華。
劉蔭柏編（1990）。《西遊記研究資料》。上海：上海古籍。

文獻

黃霖編（1987）。《金瓶梅資料彙編》。北京：中華。
李漢秋編（1984）。《儒林外史研究資料》。上海：上海古籍。
欒星編（1982）。《歧路燈研究資料》。河南：中州書畫。
一粟編（1963）。《紅樓夢卷》（古典文學研究資料彙編），北京：中華。
北京故宮博物院明清檔案部編（1975）。《關於江甯織造曹家檔案史料》。北京：中華。
一粟編（1963）。《紅樓夢書錄》。北京：中華。
魏紹昌編（1980）。《李伯元研究資料》。上海：上海古籍。
魏紹昌編（1982）。《孽海花資料》。上海：上海古籍。
蔣瑞藻編（1984）。《小說考證》。上海：上海古籍。
孔另境編（1982）。《中國小說史料》。上海：上海古籍。
1994 年。《傳奇匯考》。北京：書目文獻。
莊一拂（1982）。《古典戲曲存目匯考》。上海：上海古籍。
馮其庸、李希凡主編（2010）。《紅樓夢大辭典》（修訂本），北京：文化藝術。
王利器輯錄（1981）。《元明清三代禁毀小說戲曲史料》。上海：上海古籍。
譚正璧（1980）。《三言兩拍資料》。上海：上海古籍。
[宋] 李昉等編（1961）。《太平廣記》。北京：中華。
[元] 陶宗儀（1986）。《說郛》。北京：北京中國書店。
魯迅輯（1997）。《古小說鉤沉》。山東：齊魯。
李時人編校（2014）。《全唐五代小說》。北京：中華。
[元] 陶宗儀（1988）。《說郛三種》。上海：上海古籍。
李劍國輯校（2001）。《宋代傳奇集》。北京：中華。
程毅中編（1995）。《古體小說鈔．宋元卷》。北京：中華。
喬光輝校注（2010）。《瞿佑全集校注》。浙江：浙江古籍。
[南宋] 洪邁（1981）。《夷堅志》。北京：中華。
[明] 臧懋循編（1989）。《元曲選》。北京：中華。
隋樹森編（1959）。《元曲選外編》。北京：中華。
北京圖書館出版社著（1998）。《日本藏元刊本古今雜劇三十種》。北京：北京圖書館。

李佑成、林熒澤編譯（1997）《李朝漢文短篇集》。韓國：一潮閣。
周欣平主編（2011）。《清末時新小說集》。上海：上海古籍。
吳組緗主編（1991）。《中國近代文學大系．小說集》。上海：上海書店。
劉世德、陳慶浩、石昌渝主編（1991）。《古本小說叢刊》。北京：中華。
《古本小說集成》編輯委員會著（1994）。《古本小說集成》。上海：上海古籍。
陳慶浩、王秋桂主編（2000）。《思無邪匯寶》。臺北：大英百科。
魯迅（1975）。《中國小說史略》。北京：人民文學。
胡適（1988）。《胡適古典文學研究論集》。上海：上海古籍。
胡適（1988）。《胡適紅樓夢研究論述全編》。上海：上海古籍。
鄭振鐸（1984）。《鄭振鐸古典文學論文集》。上海：上海古籍。
魯迅（1979）。《魯迅論中國古典文學》。福建：福建人民。
孫楷第（2009）。《滄州集》。北京：中華。
孫楷第（2009）。《滄州後集》。北京：中華。
趙景深（1980）。《中國小說叢考》。山東：齊魯。
袁珂（1982）。《神話論文集》。上海：上海古籍。
譚正璧（1956）。《話本與古劇》。上海：上海古典文學。
戴望舒（1958）。《小說戲曲論集》。北京：作家。
聞一多（2009）。《神話與詩》。武漢：武漢大學。
胡士瑩（1980）。《話本小說概論》。北京：中華。
周紹良（1984）。《紹良叢稿》。山東：齊魯。
阿英（1985）。《小說閒談四種》。上海：上海古籍。
阿英（1980）。《晚清小說史》。北京：人民文學。
[清] 王國維（1944）。《宋元戲曲史》。上海：商務印書館。
吳曉鈴（2006）。《吳曉鈴集》。河北：河北教育。
周汝昌（1976）。《紅樓夢新證》。北京：人民文學。
戴不凡（1980）。《小說見聞錄》。浙江：浙江人民。
馬幼垣（1980），。《中國小說史集稿》。臺北：時報。
許政揚（1984）。《許政揚文存》。北京：中華。
葉德均（1979）。《戲曲小說叢考》。北京：中華。

文獻

馬幼垣（1992）。《水滸論衡》。新北：聯經出版。

周貽白（1986）。《周貽白小說戲曲論集》。山東：齊魯。

韓南著，尹慧珉譯（1989）。《中國白話小說史》，浙江：浙江古籍。

王秋桂等譯（2008）。《韓南中國小說論集》。北京：北京大學。

李劍國（1984）。《唐前志怪小說史》。天津：南開大學。

李劍國、陳洪主編（2007）。《中國小說通史》。北京：高等教育。

李豐楙（1996）。《誤入與謫降》。臺北：學生書局。

徐志平（1988）。《清初前期話本小說之研究》。臺北：學生書局。

陳益源（1997）。《元明中篇傳奇小說研究》。香港：學峰文化。

黃仁宇（2001）。《十六世紀明代中國之財政與稅收》。香港：三聯。

吳晗（1956）。《讀史劄記》。香港：三聯。

鄧廣銘（2007）。《岳飛傳》。香港：三聯。

徐復嶺（1993）。《醒世姻緣傳作者和語言考論》。山東：齊魯。

周建渝（1988）。《才子佳人小說研究》。臺北：文史哲。

胡萬川（1994）。《話本與才子佳人小說之研究》。臺北：大安。

韋鳳娟（2014）。《靈光澈照》。河北：河北教育。

王瓊玲（2005）。《夏敬渠與野叟曝言考論》。臺北：學生書局。

路大荒（1980）。《蒲松齡年譜》。山東：齊魯。

陳美林（1984）。《吳敬梓研究》。上海：上海古籍。

時萌（1982）。《曾樸研究》。上海：上海古籍。

陳大康（2014）。《中國近代小說編年史》。北京：人民文學。

梅節（2008）。《瓶梅閒筆硯》。北京：北京圖書館。

陳益源（2003）。《王翠翹故事研究》。北京：西苑。

張愛玲（2012）。《紅樓夢魘》。北京：北京十月文藝。

鄭明娳（2003）。《西遊記探源》。臺北：里仁書局。

磯部彰（1993）。《西遊記形成史研究》。日本：創文社。

王三慶（1981）。《紅樓夢版本研究》。臺北：石門圖書公司。

陳平原（1997）。《陳平原小說史論集》。河北：河北人民。

胡從經（1988）。《中國小說史學史長編》。上海：上海文藝。

林明德編（1988）。《晚清小說研究》。新北：聯經出版。

後記

寫完最後一節，長長吁了一口氣。終於到達了終點。

想要做這個課題很久了，但遲遲未能完成。並非不用功，提筆方知讀書少，若東拼西湊草率成篇，就有違當年的初心，故不能不潛入文獻浩瀚海洋，同時對小說發展進程中許多問題進行反覆思考，完成的日子就這樣延宕。這是我深感愧疚的。其間研究《清史》。花去了九年時間，當然，在研究〈典志·小說篇〉，對於撰寫小說史清代部分大有助益，但畢竟使小說史的寫作中斷。隨著時間推移，更加覺得重要的歷史應該被看見，這樣的信念使我不能不竭盡全力，完成了這部書。

且不論這部書品質如何，但我必須感謝許多學界友人對我的幫助，也令我難以忘懷。在日本訪學期間，磯部彰教授不辭辛苦和繁難，幫我聯繫並陪我到宮城縣圖書館、內閣文庫、尊經閣文庫、東京大學圖書館及東京大學東洋文化研究所圖書館等日本著名的各公私圖書館查閱文獻資料。在東京和京都的訪書，還得到大塚秀高教授和金文京教授的大力協助。在荷蘭萊頓大學訪學時，承蒙漢學院圖書館館長吳榮子女士特許，利用高羅佩特藏室，此時已在哈佛大學執教的原漢學院院長伊維德(Wilt L.Idema)教授從美國回來，在高羅佩特藏室與我討論小說版本與《水滸傳》成書年代問題，使我受益良多。

後記

書稿中引用前輩和時賢的研究成果頗多，有的已加注標明，也有未盡注明者，他們的成果都是我今天賴以向上攀登的基石，在此，謹向他們表示崇高的敬意。

電子書購買

國家圖書館出版品預行編目資料

傳統小說的衰微與轉型：從 << 鏡花緣 >> 到 << 老殘遊記 >>, 從婉曲隱晦的暗諷到直言不諱的譴責 / 石昌渝著 . -- 第一版 . -- 臺北市：崧燁文化事業有限公司 , 2022.06

面； 公分

POD 版

ISBN 978-626-332-415-2(平裝)

1.CST: 清代小說 2.CST: 文學評論 3.CST: 中國文學史

820.97　　111008040

傳統小說的衰微與轉型：從《鏡花緣》到《老殘遊記》，從婉曲隱晦的暗諷到直言不諱的譴責

臉書

作　　者：石昌渝

封面設計：康學恩

發 行 人：黃振庭

出 版 者：崧燁文化事業有限公司

發 行 者：崧燁文化事業有限公司

E-mail：sonbookservice@gmail.com

粉 絲 頁：https://www.facebook.com/sonbookss/

網　　址：https://sonbook.net/

地　　址：台北市中正區重慶南路一段六十一號八樓 815 室

Rm. 815, 8F., No.61, Sec. 1, Chongqing S. Rd., Zhongzheng Dist., Taipei City 100, Taiwan

電　　話：(02) 2370-3310　　　　**傳　　真**：(02) 2388-1990

印　　刷：京峯彩色印刷有限公司（京峰數位）

律師顧問：廣華律師事務所 張珮琦律師

定　　價：350 元

發行日期：2022 年 06 月第一版

◎本書以 POD 印製